古典文獻研究輯刊

九　編
曾永義　主編

第 10 冊

唐寅研究

買艷霞 著

國家圖書館出版品預行編目資料

唐寅研究／買艷霞 著 — 初版 — 新北市：花木蘭文化出版社，
2014〔民 103〕
序 4+ 目 2+168 面；19×26 公分
（古典文學研究輯刊 九編：第 10 冊）
ISBN：978-986-322-542-3（精裝）
1.（明）唐寅 2.明代詩 3.詩評
820.8 103000752

ISBN-978-986-322-542-3

古典文學研究輯刊
九 編 第 十 冊
ISBN：978-986-322-542-3

唐寅研究

作　　者　買艷霞
主　　編　曾永義
總 編 輯　杜潔祥
副總編輯　楊嘉樂
編　　輯　許郁翎
出　　版　花木蘭文化出版社
社　　長　高小娟
聯絡地址　235 新北市中和區中安街七二號十三樓
　　　　　電話：02-2923-1455／傳眞：02-2923-1452
網　　址　http://www.huamulan.tw 信箱 hml 810518@gmail.com
印　　刷　普羅文化出版廣告事業
初　　版　2014 年 3 月
定　　價　九編 27 冊（精裝）新台幣 48,000 元

唐寅研究

買艶霞　著

作者簡介

買豔霞（1977），女，回族，河南周口人，文學博士，主要研究明清文學，曾在《文獻》、《山西大學學報》、《東南大學學報》、《文史知識》等刊物上發表過多篇學術論文。

提　要

　　在明代文人中，唐寅（字伯虎）的大名可謂是家喻戶曉、婦孺皆知，當然這一切都源於「點秋香」中那個風流倜儻、滿腹文采又玩世不恭的才子形象。然而，歷史眞實中的唐寅卻可謂懷才不遇、命運多舛，他自詡爲「江南第一風流才子」，雖然滿腹才華、風流任性、慷慨俠義，卻終因科場受挫、仕途失意，只能在詩文書畫煙花酒月中寄託自己的抑鬱情懷，在失意困頓中英年早逝。本書採取知人論世的方法對目前學界唐寅研究中的薄弱環節做出深入探討。在唐寅生平考述中，主要對唐寅的理想、唐寅豫章之行的史實作專題研究。唐寅的理想具有鮮明的武功色彩，對俠客精神的嚮往曾是唐寅熱烈的追求。唐寅的豫章之行給唐寅的身心帶來了巨大的傷害，此行成爲唐寅人生中的污點，唐寅最終爲此放棄了立言傳世的想法。在唐寅的交遊考述中，主要從地域特色、身份特點、交遊關係特點來分析探討唐寅交遊圈的情況。在唐寅的文集版本考述中，重點梳理明版唐寅集之間的關係，並探討各個版本的優缺點。對署名唐寅的《六如居士尺牘》等幾本尺牘作品的眞僞作甄別。在唐寅的詩文研究中，主要探討唐寅對待詩歌的創作態度並非很隨意；《詩經》對唐寅的詩歌創作有明顯的影響。我們不但要喜愛傳說中的風流才子唐伯虎，還應熟悉歷史眞實中的唐伯虎。斯人已逝，幽思長存！

序

傅承洲

　　以前沒有給他人的著作寫過序，當買豔霞博士打電話提出這一要求時，我遲疑了一會兒，還是同意了。我想到自己的博士論文出版時，也曾請導師郁賢皓先生寫序，郁師毫不猶豫地答應了。給弟子的博士論文寫序既是一種慣例，也成了一種責任。

　　買豔霞是我指導的第一個博士研究生，讀博前在蘭州大學工作多年，碩士也是在蘭州大學讀的，研究方向是先秦兩漢文學，碩士論文做的是《詩經》。考博面試時，我曾問過她，爲什麼要改換研究方向，她說，先秦兩漢文學研究已經非常深入細緻，再做難度很大。說得也有她的道理。進校後發現，她對明清文學的文獻掌握不太全面，一方面是要求她補課，另一方面是建議她在考慮博士論文選題時，開口不要太大。最後確定研究唐寅，有些偶然。我在講《馮夢龍研究》時，要求她把馮夢龍的作品與研究文獻都看一看，「三言」中有一篇影響很大的小說，叫《唐解元一笑姻緣》，買豔霞讀後，查其本事，《情史》卷五《唐寅》條謂「事出《涇林雜記》」。於是又找《涇林雜記》，發現《涇林雜記》並無此條。學界關於《涇林雜記》的存佚、作者、年代說法不一，買豔霞撰寫了《〈涇林雜記〉及其作者小考》，後來在《文獻》雜誌發表。爲查找《唐解元一笑姻緣》的本事，她讀了唐寅的別集和相關文獻，覺得作爲文學家的唐寅研究並不充分，還有文章可做，最終決定博士論文作唐寅研究。

　　爲寫這篇論文，買豔霞花了大量時間做唐寅別集的版本調查，跑遍了北京、上海的各大圖書館，這一工作的最終成果便是論文的第三章《唐寅文學著述考》。論者將現存明代刊刻的唐寅詩文集分爲四大系統：「一爲袁褧輯《唐

伯虎集》二卷；一爲萬曆年間何大成輯本，包括《唐伯虎先生集》上下卷、《唐伯虎先生外編》五卷、《唐伯虎先生外編續刻》十二卷，簡稱何大成系統；一爲萬曆年間沉思輯、曹元亮校本，包括《唐伯虎集》四卷，附刻外集一卷紀事一卷，簡稱曹元亮系統；一爲《袁中郎先生批評唐伯虎彙集》本，編刻人不詳，簡稱袁批本系統。」並對各個系統之關係進行梳理，認爲「何大成在1592 年翻刻了袁褱刊刻的《唐伯虎集》二卷，更名爲《唐伯虎先生集》上下卷；於 1610 年或稍後刊刻了《唐伯虎先生外編》五卷；1617 年或稍後刊刻了《唐伯虎先生外編續刻》十二卷。曹元亮的《唐伯虎集》刊刻於 1612 年，這個時間恰好在何氏刊刻的外編五卷與續刻十二卷之間。二者有著相互借鑒的密切關係。」而「袁批本以曹本爲底本，基本完全採用了曹本的內容，但在行款上是不一致的。」論者還對幾種署名唐寅的尺牘眞僞作了考辨，認爲「《六如居士尺牘》、《唐六如先生箋啓》應爲僞託之作，《唐伯虎尺牘》則眞僞混雜。」此前，還沒有人作如此大範圍的調查，買豔霞的工作可以彌補前人研究的不足，成爲這篇論文的一大亮點。

關於唐寅生平研究，前人是做得比較充分的，買豔霞沒有簡單地復述唐寅的生平事迹，而是選取影響唐寅思想與創作的重要事件進行深入分析，這種研究策略是可取的。唐寅的豫章之行是他一生中經歷的重大政治事件，給唐寅的身心帶來了巨大的傷害。買豔霞詳細考辨豫章之行的全過程，還原事情的眞相，在此基礎上探討唐寅的心態及此事對他的影響，「唐寅的豫章之行，實在是他人生路途上的又一次厄運。他乘興而去，卻回得斯文掃地。這件事對他造成了嚴重的傷害，可謂身心俱被摧殘。而此事也使得他最終放棄了立言之想，轉而徹底投入詩酒書畫的懷抱，在文藝中抒發自己苦悶的情懷。」這一結論建立在大量材料的基礎上，令人信服。買豔霞對唐寅交遊的研究也具有這種特點，她在考述唐寅的交遊圈時，發現「唐寅的交遊具有鮮明的地域性特徵，其主要交往對象爲蘇州府人，蘇州府以外的友人較少。」「細辨唐寅的交遊圈，我們可以發現他們中的很多人既是文學家、書法家、畫家，又是收藏家、鑒賞家，充分體現了吳門的文人的多才多藝。」進而分析交遊活動對唐寅的人生和創作的影響，如唐寅獎掖後進、退隱吳中、藏書、嗜茗等諸多行爲都和其交遊活動有密切的關係。唐寅青年時期和友人倡導的古文辭運動對其早期創作的影響是明顯的；中晚年學習白居易，也是受諸多師友如沈周、吳寬、王鏊等人的影響。唐寅兩次重要的科舉考試，都和其交遊活動

有密切的關係。梁儲爲唐寅延譽於程敏政不僅僅是出於欣賞唐寅的才華，還可能是因爲他們之間有著複雜的人際關係。早在梁儲向程敏政引薦唐寅之前，程敏政就從唐寅的諸多師友如沈周、楊循吉、文林等人的口中聽說過唐寅。這使得唐寅在會試前拜訪程敏政成爲必然。唐寅與徐經同行的原因並不僅是因爲徐經資助了他，二人是志趣相投的朋友。

清代詩評家朱彝尊曾批評唐寅：「然於畫頗自矜貴，不苟作，而詩則縱筆疾書，都不經意，以此任達，幾於遊戲。」後人多以此爲據，認爲唐寅寫詩「幾於遊戲」，買豔霞在細讀唐寅詩歌的基礎上，對此提出異議，認爲「唐寅對待詩歌是持兩種態度的，對應酬類作品是不經意的，但對於非應酬類作品還是很認眞的。簡單地把唐寅詩歌創作態度歸爲都不經意顯然是不太合適的。」很難想像，一個視作詩爲遊戲的人，能在詩歌創作上取得令人矚目的成就。

在確定選題之初，我希望買豔霞能在唐寅的詩歌創作方面也下一番功夫，由於時間關係，這一部分寫得比較簡略。畢業之後，專業與興趣發生了一些變化，這一工作沒能繼續下去，多少留下了一些遺憾。

買豔霞爲人謙遜，總說自己能力有限，主要精力用於相夫教子。據我觀察，她的事業心還是很強的，一旦有合適的課題，眞能深入下去，發現並解決一些問題。這篇博士論文，最初也是信心不足，叫我也很擔心，兩章初稿出來，讓人眼前一亮。答辯會上，各位委員給予了很好的評價，並被評爲中央民族大學優秀博士論文。臺灣花木蘭文化出版社看過論文後，希望出版，不知道作者的工作單位，還是通過我聯繫上的。中華書局也約買豔霞整理唐寅的文集。買豔霞在唐寅研究方面已經有了很好的基礎，眞希望她把這一工作繼續下去，相信她一定會有新的發現和成果。

傅承洲

2013 年秋於北京

目

次

緒　論

　　唐寅（1470～1523），字伯虎，一字子畏，號六如居士，別號桃花庵主，
魯國唐生等。吳縣吳趨里（今江蘇蘇州）人。有學圃堂、夢墨亭諸室名。唐
寅出生於商賈之家，天資聰穎。少年時即有俠客英雄之理想，無意於舉業。
弘治初年，曾與祝允明、文徵明等人倡爲古文辭。二十五、六歲時其家遭變
故，短短一兩年之內，親人接連喪故。父母妻兒及惟一的妹妹都離開了人世，
只剩下他和弟弟唐申一家相依爲活。遭遇變故的唐寅一度很消沉，後經好友
祝允明勸說，閉戶經年，準備舉業，於弘治十一年戊午參加鄉試，高中解元。
次年會試，與江陰富子徐經同行。後因給事中華昶、林廷玉，劾主考程敏政
鬻題於徐經事受牽連，被發往浙蕃爲小吏，唐寅以之爲恥，遂不就，從此歸
隱家鄉。四十五歲時，曾應寧王朱宸濠之聘，其間唐寅覺察到寧王有謀逆之
心，遂佯狂脫身。唐寅曾築室桃花塢，雖家無浮財，卻經常高朋滿座。他喜
藏書，通音律，詩文成就較高，書畫冠絕。年五十四而卒。錢謙益《列朝詩
集小傳》將唐寅與徐禎卿、祝允明、文徵明並稱爲「吳中四才子」。《明史》
卷二八六將唐寅列入「文苑傳」。

　　在明代文人中，唐伯虎的名字可謂是家喻戶曉、婦孺皆知，當然這一切
都得益於通俗文學作品中所展現的那個風流倜儻、滿腹文采又玩世不恭的才
子形象。雖然「點秋香」的故事純屬虛構，但人們卻從此記住了多情任性的
才子唐伯虎。而多情任性恰恰是唐寅最眞實最可愛的地方。歷史上的唐寅確
實也風流過，他自詡爲「江南第一風流才子」，他有過「平康驢背馱殘醉」（《漫
興》其三）、〔註1〕（後文引用此書時，僅標注書名與頁碼）「煖簇薰籠與妓烘」

〔註 1〕周道振、張月尊輯校：《唐伯虎全集》，杭州：中國美術出版社，2002 年，第
　　　　81 頁。

（《春日寫懷》）〔註2〕的風流生活，他曾是「平康巷陌倦遊人，狼藉桃花中酒身」（《漫興》其六）〔註3〕的浪蕩才子。但他同樣是一位有理想有抱負的文人，中解元後他滿懷「壯心未肯逐樵漁，泰運咸思備掃除」（《領解後謝主司》）〔註4〕的豪情，對功名他曾有過「名不顯時心不朽，再挑燈火看文章」（《夜讀》）〔註5〕的熱烈追求。他還具有俠客精神，「嘗自謂布衣之俠，私甚厚魯連先生與朱家二人」（《與文徵明書》）。〔註6〕科舉受挫、理想成空，他不禁消極的感歎：「追思浮世眞成夢，到底終須有散場」（《歎世》）；〔註7〕也難免憤慨地傾訴：「黃金誰買長門賦，黛筆難描滿額鬘」（《漫興》其六）。〔註8〕仕途失意，理想不能實現，使得空有豪情萬丈、滿腹才華的唐寅只有在詩文書畫煙花酒月中寄託自己抑鬱的情懷。唐寅的一生是孤獨與寂寞的。《伯虎絕筆》云：

> 生在陽間有散場，死歸地府也何妨？
>
> 陽間地府俱相似，只當漂流在異鄉。〔註9〕

筆者看到的不是面對死亡無所畏懼的瀟灑的唐寅，而是有著深深孤獨與寂寞的唐寅。對於唐寅來說，陽間和地府是一樣的，這一樣表現在不管在哪裏他都覺得自己是身處異鄉，這是何其沉痛與悲哀。風流瀟灑又抑鬱不得志的唐寅卻沒有靈魂的家園。

　　唐寅是明代著名畫家之一，因而美術界對唐寅的重視要高於文學界。但唐寅同時也是一位有成就的文學家，他於詩、詞、曲、賦、文等文學樣式均有涉獵，而以詩歌成就爲最高，在明代詩歌史上也佔有一席之地。在對唐寅詩歌歷史地位的評價上，章培恒在《明代的文學與哲學》（1989）將唐寅作爲南方文學的代表，與北方的李夢陽並提，是對唐寅文學價值的高度肯定。章培恒、駱玉明主編的《中國文學史》（1996）是近年來首次設專節介紹包括唐寅在內的「吳中四才子」的文學史，書中對唐寅與祝允明作了專門的論述。但該書認爲唐寅詩歌的俚俗之作「不事修飾，不計工拙，成功地表現了詩人

〔註2〕《唐伯虎全集》，第 91 頁。
〔註3〕《唐伯虎全集》，第 82 頁。
〔註4〕《唐伯虎全集》，第 59 頁。
〔註5〕《唐伯虎全集》，第 88 頁。
〔註6〕《唐伯虎全集》，第 220 頁。
〔註7〕《唐伯虎全集》，第 94 頁。
〔註8〕《唐伯虎全集》，第 82 頁。
〔註9〕《唐伯虎全集》，第 159 頁。

的個性。但它對向來的文人詩歌傳統，卻造成嚴重的破壞」。﹝註10﹞肯定了唐寅詩作在表達個性上的成就，也批評了他的創作對歷來的文人詩歌傳統帶來了破壞。有趣的是，在十一年後章培恒、駱玉明修訂的《中國文學史新著》（2007）中對唐寅的認識和肯定都出現了明顯的提高，他們提出唐寅「是明代最早出現的、有意識地在詩歌上進行創新的詩人。他的某些作品，在我國白話文學史上具有重要意義。至其創作態度，則是勇敢地抒寫他所認為的人性」。﹝註11﹞可謂是近年來文學史中對唐寅詩學成就的高度評價。陳書錄《明代詩文的演變》（1996）中認為以唐寅為代表的吳中詩壇是「以楊維楨為代表的尊情抑理的精神向晚明李贄、袁宏道等人獨抒性靈、尚今尚俗思潮過渡的一座橋梁」。﹝註12﹞黃卓越《明中後期文學思想研究》則提出了唐寅的詩歌情色學的新觀點，認為弘治以後吳中的感覺主義風尚開始添入了情欲論的成分，唐寅就是這一思潮的弄潮兒。由此可知，唐寅在明代詩歌史上的地位還是值得肯定和研究的。學界對唐寅的個案研究，較之吳中其他文人也是比較深入的。

目前學界在唐寅生平研究與文集整理上有以下幾部力作。楊靜庵的《唐寅年譜》（1947）可謂唐寅生平研究中的里程碑式著作，該年譜基本勾勒了唐寅一生中的基本活動和經歷的重大政治事件，此後的有關唐寅的生平史實的研究，及多種傳記文學的創作基本都以此書為準。臺灣學者江兆申《關於唐寅的研究》（1969）從六如居士之身世、六如居士之師友與遭遇、六如居士之遊蹤與詩文、六如居士之書畫與年譜等方面對唐寅作了細緻的研究，還對唐伯虎的詩文進行了輯佚，輯出詩歌111首，尺牘2則。臺灣學者鄭騫《唐伯虎詩輯逸箋注》（1982）繼江兆申輯作之後，該書輯唐寅各體詩302首（其中和江兆申輯詩一致的，鄭騫作出明確標示該詩江本已有）、聯句3首、斷句9則、詞2首，此外又輯出贊3首、題跋9篇、尺牘9篇，別成伯虎雜文輯存，列為附錄。附錄還收有《伯虎詩文辨偽》、《寶繪錄偽撰伯虎詩文匯輯》等文。江兆申所輯逸詩多未注明出處且無校箋，鄭騫此書於每篇下均注明出處，並給以簡單的校箋。大陸王寧章、王毓驊的《〈《唐伯虎全集》補遺〉之補遺》

﹝註10﹞章培恒、駱玉明主編：《中國文學史》下，上海：復旦大學出版社，1996年，第245頁。

﹝註11﹞章培恒、駱玉明主編：《中國文學史新著》下，上海：復旦大學出版社，2007年，第85頁。

﹝註12﹞陳書錄：《明代詩文的演變》，南京：江蘇教育出版社，1996年，第183頁。

（1998），也是對江兆申成果的補充，補入樂府 2 首、五言古詩 4 首、七言古詩 4 首、五言律詩 6 首、五言排律 1 首、七言律詩 46 首、五言絕句 10 首、七言絕句 117 首、詞曲 10 首、尺牘 7 篇、論 1 篇、題跋 11 則、贊 6 首、聯句 2 聯，共輯得各類作品 227 首（篇）。二王在輯逸說明中提到了江兆申，未提到鄭騫，似乎在作此項工作時未見到過鄭騫的《唐伯虎詩輯逸箋注》，因而所輯作品與鄭輯作品有重複之處。周道振的《唐伯虎全集》（2002），是目前收集唐寅作品最全的集子，所收輯逸作品依據的也主要是書畫題跋類。在該書的參考文獻中未見到江、鄭兩人之書，也未提及二王之工作，故周道振先生輯補唐寅作品與江、鄭及二王諸位先生的勞動亦有重複之處。但是周道振的收集本從整體結構和框架上都是較合理和完善的本子，也是研究唐寅最有參考價值的本子。

近三十年來有關唐寅的專題論文，從數量上來看，是逐年遞增的。以唐寅為主題的單篇研究論文，1979～1989 年，約有 11 篇。1990～1999 年約有 8 篇，2000～2009 年約有 45 篇。從數字上來看，上世紀 80 年代與 90 年代，學界對唐寅的關注度是比較平衡的，進入 2000 年以後，關注度大大提高，單篇論文是過去 20 年的兩倍。且從 2002 年馬宇輝的博士論文《新視野中的唐寅》開始，越來越多的高校學位論文選擇唐寅作為研究對象，博士論文也對他有較大篇幅的涉及。以唐寅為題的學位論文：2002 年，1 篇博士論文、1 篇碩士論文。2003、2006 年，各 1 篇碩士論文。2007 年，1 篇博士後出站報告、3 篇碩士論文。2008 年，2 篇碩士論文。另外，2003 年有 2 篇碩士論文涉及唐寅；2004 年有 2 篇博士論文涉及唐寅；2005 年有 1 篇博士論文 1 篇碩士論文涉及唐寅；2006 年有 2 篇碩士論文涉及唐寅；2008 年有 1 篇碩士論文涉及唐寅。從 2002 年至今，有 1 篇博士後出站報告，1 篇博士論文、8 篇碩士論文專題研究唐寅，3 篇博士論文、6 篇碩士論文涉及到唐寅研究。

以唐寅為題的學位論文涉及到唐寅的心態與詩歌創作、詞、曲研究、交遊研究、人格探究、年譜新編、「三笑」故事等方面。非專題論文則有將對唐寅的個體研究納入明代文人派系研究，如把唐寅納入「吳中派」或「吳中文人集團」的研究中，側重點在他的生平思想及詩歌創作的成就上。

臺灣相關的學位論文，以唐寅為題的有 4 篇，分別是柳喜在《三笑姻緣故事研究》（1986）、譚銀順《唐寅生平及其詩文研究》（1992）、朱龍興《論唐寅〈陶穀贈詞圖〉中的情色意涵》（1997）、李立明《唐寅及其詩歌研究》

（2007），均為碩士論文。涉及到唐寅的研究也有 4 篇，分別是林賢得《明代中葉吳中名士詩歌研究》（1986）、錢天善《明三家畫題畫詩研究》（2002）、徐德智《明代吳門詞派研究》（2005），以上 3 篇為碩士論文。另有 1 篇博士論文，是林宜蓉的《中晚明文藝場域「狂士」身份之研究》（2002）。這些論文僅能見到摘要，全文未見。從摘要來看，其研究涉及唐寅的生平、詩文（題畫詩）、詞作、「三笑」故事等方面。

　　對於唐寅研究中一些具體的問題，主要集中在唐寅的生平、思想、文學創作、影響及「三笑」故事等幾個方面。對此，鄧曉東在《百年來唐寅研究的回顧與展望》中則有較為簡要的總結。該文先對「唐寅研究的歷史回顧」作了簡單介紹，把百年來大陸的唐寅研究分為奠基、停滯、復蘇繁榮三個階段，對每一階段的主要成果給予了簡略介紹。該文還對「唐寅研究的五大內容」作出簡介，包括唐寅生平、交遊及作品輯逸；唐寅的思想性格；唐寅的文學創作；唐寅的影響；「三笑」的研究。基本上對唐寅的研究現狀作了較簡略的總結。為了清楚地展現唐寅研究中的具體問題，筆者在此不避重複，擬作一詳細性介紹。

　　唐寅一生經歷的兩次重大政治事件，一為弘治十二年「科場案」，一為應寧王朱宸濠之邀的南昌之行。然而，兩者都因為史料的不足而呈現語焉不詳的狀態。特別是後者，因宸濠後來的「謀逆」事件，唐寅在宸濠處的經歷，更是因所見資料較少而不太受學界關注。因而研究者把更多的目光集中在了弘治十二年的「科場案」上，案情大致如下：唐寅在弘治戊午舉鄉試第一。主考梁儲還朝後，極力向程敏政推薦唐寅。己未會試，敏政為主考官，唐寅與江陰舉子徐經同行至京參加會試。後因給事中華昶參劾敏政鬻題給徐經，此事株連到唐寅，涉嫌人員均下獄。雖然程敏政鬻題事難以核實，顯係捕風捉影。但程敏政還是被勒令致仕，徐經與唐寅也被黜落功名。會試前，唐寅曾拜會過程敏政，時值梁儲奉命出使安南，唐寅遂請程敏政作文以為梁儲送行。科場案發後，唐寅竟因請程敏政作文事，瓜田李下，終被牽連，論發到浙藩為吏。有說華昶彈劾程敏政，是因為傅瀚覬覦敏政之位，指使華昶所為。還有說程敏政鬻題給徐經事，很可能是因為都穆的告發。綜觀正史與野史的各種記載，明清兩代文人給以了眾多辨析。問題集中在程敏政是否「鬻題」？華昶的參劾是否被人假手？傅瀚是否欲奪敏政之位？徐經與唐寅有沒有於考試前得到試題？都穆是否是卑鄙的告發者？雖然，在諸多細節上大家見仁見

智，但最終得出在此案中，唐寅實爲無辜受累者。近人基本接受了這種結論，研究的分歧多集中在一些細枝末節上。如楊靜庵《唐寅年譜》認爲：唐寅「與同鄉都穆交惡，誓不相見，亦由科場案事」。〔註 13〕告發者或爲唐寅之友都穆。江兆申《關於唐寅的研究》看法與此相近，並指出了李東陽有可能存在「淹滅內簾證據，替程敏政彌縫」〔註 14〕的情況。陳寒鳴《程敏政與弘治己未會試「鬻題」案探析》（1998）、劉彭冰《弘治十二年科場風波考述》（2003），從《明孝宗實錄》及其他記載出發，均認爲程敏政並未「鬻題」。談晟廣《明弘治十二年禮部會試舞弊案》（2006），從涉案人員複雜的人際關係入手，對傅瀚是否「有謀代其（程敏政）位」，華昶是否「甘爲鷹犬」及「都穆構陷」提出質疑。楊繼輝《唐寅科場案詳考》（2006）也認爲都穆告發一事最經不起推敲。

關於唐寅的思想研究，主要集中在唐寅的思想與同時代王陽明的思想之比較，與晚明浪漫思潮的關係、其思想的複雜性（兼具儒佛道色彩）及人格等方面。對於唐寅思想與王陽明思想的關係，學者們作了初步探討，雖不深入，但發軔之功實不可沒。如魏際昌《唐六如評傳》（1986）認爲六如與陽明同時，思想境界很有許多相似之處。因爲兩人都是出入二氏歸本儒家的，不過一個以事功、理學著稱（王），一個以詩文書畫傳世（唐），應該說是各有千秋的。王文欽《唐寅思想初探》（1987）中認爲唐寅的哲學思想有別於與他同時的王守仁、湛若水。就他的思想淵源來看，遠受孟軻、近受陳獻章影響較多，也有莊周的影子。李雙華《論唐寅的人生態度及其文化意義》中認爲王陽明與唐寅在政治功業上雖然差別很大，但從文化上看，中晚明思想的變異都與二人有密切關係。王陽明開創了理學的新局面；唐寅則以他的思想行爲和人生態度，直接促成了明代知識分子心態的轉變，對明中後期的思想解放潮流產生重大影響。

王文欽在《唐寅思想初探》（1987）中認爲唐寅思想性格中的重個性、重眞情的成分實開晚明浪漫思潮的先聲。周月亮、章培恒、王乙、周怡、魏崇新、王春華等人均持此種觀點。他們認爲唐寅追求世俗生活、崇尚個性自由，以及反對假道學、重眞情等都使他成爲晚明類似思潮的前驅人物，他的精神現象標誌著那個時代審美意識的取向。諸多碩士論文也採用了這種觀點。李

〔註13〕楊靜庵：《唐寅年譜》，上海：商務印書館，1947 年，第 41 頁。
〔註14〕江兆申：《關於唐寅的研究》，臺北：「國立」故宮博物館，1969 年，第 47 頁。

雙華《明代中葉吳中派研究》中認爲市民性是解讀唐寅思想的關鍵，唐寅對個體的關注是新興的價值觀念體系，這種價值體系著眼於個人而不是集體國家。

　　另外，研究者還注意到唐寅思想的複雜性問題。段炳果《唐伯虎的遭遇及其對藝術思想的影響》（1989）認爲唐寅有孟子「兼濟」與「獨善」之一致的思想內核，化之以「濟物之心」而處世，又有超凡脫世的思想。還認爲唐伯虎審美思想中具有該時期社會思潮中尊重人、特別是尊重婦女勞動的文化意識在萌生。王富鵬《論唐寅思想的多面性和整體性》（2000）則認爲唐寅的思想既有及時行樂的市民意識，也有儒家讀書做官、顯親揚名的仕宦思想和佛道出世的理念，其思想意識體現了三者的統一與相通。王文英《唐伯虎的人生歷程及其立名思想》（2007）認爲雖然在唐伯虎的身上存在著道家思想，佛禪心理，玩世行爲，但儒家建功立業、名垂後世的思想意識卻佔據更主導的地位。謝丹《唐寅文學研究》（2008）認爲科考案前，唐寅的思想基本上以儒家的積極用世精神爲主導；科考案後，及時行樂和佛道出世思想成爲他思想的主體。他的思想中既有著仕宦用世的功名意識，又有著及時行樂的生命意識和佛道出世的空幻意識。

　　對唐寅狂放不羈的人格的研究也在逐日細化，王富鵬《論唐寅的佛道出世人格》（2002）和《論唐寅的儒俠入世人格》（2003）兩文中論述了唐寅既有佛道出世人格，又有儒俠入世人格。他還在《論唐寅性格的女性化特徵及成因》（2006）中認爲唐寅在科場案後，自覺不自覺地接受了傳統文人「擬女性」的創作手法，使他自己與詩中的落花、散曲中的棄婦三位一體，顯示出女性化的性格特徵。孫植《論唐寅詩的情志內容及其人格表現》（2004）中認爲唐寅率眞穎達、清高自傲的人格特徵通過花鶴琴笛等一般象徵寄託物和放曠的言行、風流的外表曲折反映在其詩歌的情志內容之中。此外，沈金浩《唐寅、文徵明文化性格比較論》（2005）從二人的壽命、科舉、仕途和社會地位；生活態度、人生趣味；詩、書、畫風格來對比研究，得出唐、文的這種差異，反映了在當時的政治體制下，文人及其所代表的文化可能作出的選擇。許麗媛《唐寅人格探析》（2007）從唐寅傲誕不羈、出名教外的行爲，追慕豪俠、避世隱居的思想，與崇新尚奇、自成一家的文學主張來論述唐寅張狂的人格。並探討了其人格形成的主客觀原因，認爲除自身性格及特殊經歷外，時代、地域、環境三個因素也不容忽視，具體落實在與之交遊的吳地狂士、隱逸傳

統以及市民階層、理學、吳中重文的傳統和新興商業之風交織諸多方面，對唐寅人格作了較系統的研究。

　　唐寅的文學創作以詩歌爲主，文、詞、曲、賦作品較少，因此學界研究多集中在他的詩歌創作上，近幾年來曲、文、詞、賦的研究也日益得到關注。李昌集《中國古代散曲史》（1991）、郭預衡《中國散文史》（1999）、張仲謀《明詞史》（2002）、孫海洋《明代辭賦述略》（2007）等書的相關章節對唐寅的曲文詞賦均略有涉及。

　　唐寅重性情、尚天趣的詩歌風尚，因張揚個性、獨具特色而頗受世人關注。胡適《王陽明之白話詩》中認爲唐寅的詩是明詩正傳。溫肇桐《明代四大畫家》中認爲唐寅的詩輕豔瀟灑。宋佩韋《明文學史》談到唐寅的詩作時說他：「晚年益自放，做詩不計工拙，然才氣爛漫，時復斐然」。〔註15〕基本沿用了錢謙益的觀點：「晚益自放，不計工拙，興寄爛熳，時復斐然」。〔註16〕鄭振鐸在《插圖本中國文學史》中，論及吳中詩人（包括唐寅）詩作時說他們的創作以抒寫性情爲第一義，但缺點在於每傷綺靡，與虛僞的復古運動相比，可算是沙漠中的綠洲，給以了較高的評價。錢基博在《中國文學史》中沿襲了四庫館臣的評價「寅詩頹唐淺率，老益潦倒」。〔註17〕學界對其詩歌的研究主要集中在詩歌內容、詩歌風格的轉變、詩歌審美特徵、詩歌的歷史地位及題畫詩的專題研究上。

　　關於唐寅詩歌的內容，俞明仁《漫議唐伯虎》歸納其詩歌內容爲述己詩、寫景詩、勸世詩、豔情詩四大類。章培恒《明代的文學與哲學》中提出唐寅詩歌有較新的內容，體現在其詩作中對飲食、聲色、市井等世俗生活的歌頌。朱萬曙《一個文學史不該忘卻的作家——唐伯虎文學創作試論》認爲其詩歌飽含著對現實的不滿和批判、對自由個性的讚美、對山水景物的生動描繪。周怡《略論唐寅》則認爲唐寅詩作尤愛詠花、詠美人、寫春情。邱曉平《明中葉吳中文人集團研究》認爲其詩歌可分爲對傳統儒家人生價值的否定、對享樂虛無的抒寫、爲市民寫心三個方面。王曉輝《唐寅生命意識的解讀》認爲理想和現實的矛盾給唐寅所造成的傷痛，與解決這一傷痛所進行的探求與

〔註15〕宋佩韋：《明文學史》，上海：商務印書館，1934年，第109頁。

〔註16〕（清）錢謙益：《列朝詩集小傳》，上海：上海古籍出版社，1983年，第298頁。

〔註17〕錢基博：《明代文學》，上海：商務印書館，1933年，第90頁。

思考，是其詩歌的主要內容。謝丹《唐寅文學研究》認為唐寅的詩歌大致可分為紀遊詩，感懷詩，詠物詩，豔情詩。

關於唐寅詩歌的藝術特色，學界基本上沿襲了明清兩代人對唐寅的詩歌評價，認為其詩作有穠麗熟俗之作，也有天真爛漫之語，且詩作注重抒發真性情。如宋戈《論唐寅詩歌的藝術特色》指出了唐寅詩歌的清新俊逸、自然流暢、想像力豐富的特點，並肯定了唐寅詩歌俚俗化的傾向。就其詩歌的審美特徵，陳書錄《明代詩文的演變》曾以憤世嫉俗之中有憂怨之美、超塵脫俗之中有飄逸之美、市井風俗之中有世情之美、紀遊題畫詩中有天趣之美加以概括。

唐寅詩風的變化，與其人生經歷有直接的關聯。錢謙益認為其詩歌風格有早、中、晚三變，江兆申論唐寅詩採用此種說法。今人則傾向於分成早晚兩期，認為其詩歌創作風格的變化，早年追慕六朝、初唐，崇尚華美豔麗；晚年走向頹然自放，俚俗淺白。如徐朔方、孫秋克《明代文學史》：「唐寅早年的詩比較穠麗，科場失利後性格狂蕩不羈，詩風也一變而為放達，風格則淺近俚俗」。〔註18〕李雙華、邱曉平的博士論文、諸多碩士論文等都基本都以此來論述其詩歌創作風格的變化。

關於唐寅的題畫詩，學者們主要從題畫詩的分類及其體現的審美特徵兩方面來探討。如周怡、林堅、施寧、俞明仁、汪滌、謝丹等就對唐寅的題畫詩多有關注。如周怡《略論唐寅》認為唐寅的題畫詩往往能夠從畫境之外多維地表達情景，以聽覺補充視覺。汪滌《明中葉蘇州詩畫關係研究》中認為唐寅山水詩畫，雖然數量眾多，但是表現的題材卻很有規律，一般不出以下幾類：一是表現看泉、聽風、遠眺、漁隱、騎驢等文人的山林隱逸；二是表現燕坐、納涼、品茗等文人家居生活；三是歸牧、船渡、行旅等日常勞作。謝丹《唐寅文學研究》認為唐寅題畫詩所表現出的璀璨美、意趣美、新奇美和悲劇美等多重審美意蘊，體現了唐寅詩歌獨特的藝術魅力。

關於唐寅文、賦的成就，專題研究暫未見，但相關研究略有涉及。郭預衡《中國散文史》（1999）認為唐寅為文，有如其人，「或精或泛」，確無「常態」。現存之文雖已不多，但有些篇章，如書信諸作，頗見特色，確屬富於「才情」之文。李雙華《明代中葉吳中派研究》則認為唐寅的散文不為風氣所囿，借六朝之風，抒一己之意，使人不覺其餖飣，而覺其錯落低昂。此為吳中文

〔註18〕徐朔方、孫秋克：《明代文學史》，杭州：浙江大學出版社，2006年，第230頁。

風的一種獨特風格。孫海洋《明代辭賦述略》（2007）評價唐寅之賦走向清豔
一流。於雯霞《明中葉吳中四才子論》（2003）中論及唐寅時，認爲唐寅對賦
體情有獨鍾，其《金粉福地賦》，迎合了當時人們誇富好逸的心理。邱曉平《明
中葉吳中文人集團研究》（2004）中認爲唐寅的賦有一定成就，如《嬌女賦》
從敘事摹寫的方式和手段上看，體現出了漢大賦極盡摹寫，恢宏絕麗的特點。
《金粉福地賦》語言優美而富有韻味，節奏婉轉、流暢，無論是寫人，還是
寫景，都能曲盡其態。對於此賦，李雙華《明代中葉吳中派研究》評價爲雖
不免歌功頌德，然詞採華嬗，語言流暢，盡顯才子風格。

　　關於唐寅的詞曲，關注的雖不多，但也有了專題研究。總體來看，學界
認爲唐寅的詞曲作品多寫閨情，間有歎世。詞作有曲化傾向，曲作有詞化傾
向。張仲謀在《明詞史》（2002）中對唐寅詞作直白如話、不講句法，又好爲
俚俗語的特點作了探討，並認爲其詞作與散曲几無分別。邱曉平博士論文對
此有不同看法，認爲明詞曲化的現象雖然不少，但唐寅的詞較多地保持了詞
體傳統的風格。劉暢的碩士論文《唐寅、祝允明曲化詞研究》中認爲唐寅和
祝允明的詞在內容、風格以及音韻等各個方面都對傳統詞體有了較大的突
破，在推動和促進了明詞曲化的進程中是一支中堅力量。並對唐寅詞作表達
方式少含蓄而多直白、審美格調尚俚俗而拒雅正、情感律動輕圓融而重張力
的特點作了探討。李昌集《中國古代散曲史》（1991）對唐寅豔雅的曲風略有
涉及。趙義山《論詞場才子之曲與明中葉散曲之復興》（2003）中談到唐寅散
曲的詞化傾向時，認爲唐寅的散曲從句式、詞語、意象、情思、意境和韻味
等方面，都與傳統的婉約詞並無二致。劉暢《唐寅散曲略論》（2008）中認爲
唐寅的散曲蘊藉靈秀，在內容、風格和藝術手法等方面都不同於其前代和同
時代的其他曲家，這主要表現在其小令的詞化或雅化、個人情感的有意識融
入和小而有致的藝術手法上。

　　關於唐寅的影響主要集中在唐寅詩歌對曹雪芹《紅樓夢》的影響和唐寅
文學形象的影響研究上。俞平伯先生在 1922 年率先提出了唐寅詩歌與《紅樓
夢》的關係，認爲黛玉葬花一事本於六如葬花，進而就《葬花詩》與唐寅《花
下酌酒歌》、《一年歌》進行了比較，得出曹雪芹的創作並不是無本之木。鄭
振鐸在《葬花詞》中認爲唐寅的這兩首詩歌也不是獨創，可能是受了劉希夷
的《代悲白頭翁》的影響。胡懷琛在《林黛玉葬花詩考證》中就林黛玉的《葬
花詩》進行了更遠的追溯，認爲岑參、施肩吾也有類似的詩歌創作。繼俞平

伯、鄭振鐸、胡懷琛後，學界陸續有人就此發表看法。雖然論述角度不同，但基本上都認爲曹雪芹創作《紅樓夢》受了唐寅的影響，《紅樓夢》中的詩歌與唐寅的某些詩歌有相通之處。如蔡義江《紅樓夢詩詞曲賦評注》（1979）、陳昭《紅樓夢小考》、黃立新《紅樓夢十論》（1990）、雷廣平《論唐寅詩風對〈紅樓夢〉詩詞創作的影響》（1996）、黃龍的《曹雪芹與唐伯虎》（1998）等著述對此問題多作了細化研究。

關於唐寅文學形象的影響研究，主要是由馬宇輝提出來的。她在《新視野中的唐伯虎》（2002）、《文學史寫作的一個挑戰——唐伯虎之文化意義論析》（2004）、與陳洪合作的《一部續寫不已的「名著」——唐伯虎》（該文爲2004年「中國文學古今演變研討會」的會議論文），《「唐伯虎點秋香」考論》（2007）及《唐寅與弘治己未春闈案的文學史影響》（2008）等論文中或多或少地論述到了唐寅對後世產生了很大的影響，從這一事實出發，認爲小說、戲曲、彈詞裏的唐伯虎故事，都是人們對唐寅的續寫。且唐寅被後世附會以大量奇聞軼事，成爲敘事文學中箭垛式的人物，本身就具有很大的影響力，這一特殊現象很值得深入研究。

關於「唐伯虎點秋香」的故事，雖然從清代開始就有學者開始辨析其事的眞實性，王士禎《古夫於亭雜錄》卷五：「小說有唐解元詭娶華學士家婢秋香事，乃江陰吉道人，非伯虎也」。〔註19〕繼王士禎辨「點秋香」非伯虎所爲後，阮葵生、翟灝、董恂、俞樾、黃蛟起等人又一辨再辨，雖然在主人公的姓名及情節上或有差別，但此事非伯虎所爲還是公認的結果。就目前學界對此事的研究成果來看，主要還在故事眞僞的考辨及本故事的影響上。如李志梅的《唐寅與「三笑姻緣」》（2002）進一步論證了「點秋香」附會說的合理性及其成因。馬宇輝的博士後出站報告《「唐伯虎點秋香」考論》（2007），又從唐伯虎在文學史上的流行狀態入手，圍繞「唐伯虎點秋香」的歷史原型，追索這個故事的源頭，創作初衷和流變過程，重點探討此題材下的系列作品之流行及唐伯虎文學形象的流變意義。

學界對唐寅的研究已取得了一定的成果，也還存在一些鮮有人涉及的領域，如在唐寅生平史實研究中，尙有很大可開拓的空間。對於唐寅應聘寧王朱宸濠的事件，尙缺乏深入辨析。唐寅的交遊史實研究還不夠深入。唐寅詩文集的版本源流尙缺乏細緻梳理，對署名唐寅的《六如居士尺牘》等幾本尺

〔註19〕（清）王士禎：《古夫於亭雜錄》，北京：中華書局，1988年，第106頁。

贗作品的眞僞尙無人甄別。唐寅對待詩文的創作態度、唐寅對前代文學的繼承問題也值得深入探討。因而，本書將針對上述問題，作深入細緻地考辨和分析。

第一章　唐寅的人生理想與豫章之行

　　談到唐寅，我們總想起一個風流才子，沉醉於美酒與美色之中，矢志追求享樂。追求適意人生，縱情聲色固然是唐寅人生的一部分，但唐寅的人生理想卻並不僅僅只有這些。青年時代的唐寅有著充滿武功色彩的人生理想。辨析這種理想的淵源及對唐寅的人生行為的影響，有助於我們更好地理解唐寅日常生活中所展現出來的任俠的性格、狂放的行為，唐寅在中年乃至晚年所經歷的重大政治事件中的行為及抉擇。唐寅在四十五歲時，曾受聘於寧王朱宸濠，有為時約半年的豫章之行。學界對此事一直缺乏深入的考辨，辨析此事對唐寅的生平史實研究或有裨益。

第一節　唐寅的人生理想辨析

　　理想是人類對美好未來的設想，是人們對自己一生所走道路的抉擇。孔子曰：「君子疾沒世名不稱焉」。〔註1〕建功立業是歷代士人的共同理想。唐寅也不例外。

　　青少年時期的唐寅是一位頗有志向的年輕人，他對功名有著明確的追求，並有諸多理想。他在《與文徵明書》中說：「計僕少年，居身屠酤，鼓刀滌皿，獲奉吾卿周旋，頡頏婆娑，皆欲以功名命世，」〔註2〕可見少年時代身居屠酤的唐寅就有著明確的「功名」意識。

〔註1〕（清）劉寶楠：《論語正義・衛靈公》下，北京：中華書局，1990年，第629頁。
〔註2〕《唐伯虎全集》，第220頁。

　　唐寅不但有著明確的功名意識，還對實現它有很迫切的願望。徐禎卿在《新倩籍》中爲唐寅作有一篇傳記，這篇傳記對於我們瞭解青年時代的唐寅有重要價值。因爲《新倩籍》作於弘治八年乙卯（1495），徐禎卿時年十七歲，唐寅二十六歲，正值唐寅人生的青年時期。據周道振《唐寅年表》，唐寅在弘治七年甲寅（1494）與徐禎卿訂交。不久，唐寅就把徐禎卿推薦給了沈周、楊循吉，徐禎卿由是知名。《新倩籍》作於次年，傳記對唐寅大爲讚歎，或出於對唐寅引薦的感激之情，但更多地還是出於對知心朋友的欣賞。徐禎卿在《新倩籍》中說唐寅「銜杯對友，引鏡自窺，輒悲以華盛時，榮名不立；俟河之清，人壽幾何？恐世卒莫知，沒齒無聞，悵然有抑鬱之心，乃作《昭恤賦》以自見」。〔註3〕從中可見，二十六歲的唐寅是有著遠大抱負的，他對於自己盛年時期還「榮名不立」，是有些惆悵與不甘的。據考證唐寅作於二十五歲的《白髮》：「清朝攬明鏡，元首有華絲。愴然百感興，雨泣忽成悲。憂思固逾度，榮衛豈及衰。夭壽不疑天，功名須壯時。涼風中夜發，皓月經天馳。君子重言行，努力以自私」。〔註4〕反映的也是唐寅對功名不果的哀歎與自勉。閻秀卿《吳郡二科志》中也有一篇唐寅的傳記，該書有閻秀卿弘治十六年癸亥（1503）的序，傳記應作於此年。唐寅時年三十四歲，距弘治十二年的科場案已有五年之久。這篇文獻對我們瞭解三十四歲以前的唐寅的功名心也有重要價值。閻秀卿在《吳郡二科志》中記載唐寅「每謂所親曰：『枯木朽株，樹功名於時者，遭也。吾不能自持，使所建立，置之可憐。是無枯朽之遭，而傳世之休烏有矣。譬諸梧枝旅霜，苟延奚爲？』後復感激曰：『大丈夫雖不成名，要當慷慨，何乃效楚囚？』」〔註5〕可見唐寅對於「樹功名」、「成名」的不能實現，是很有些落寞與不甘的。

一

　　孔子曰：「學而優則仕」。〔註6〕讀書做官基本上是古代文人的共同理想。作爲明代的文人，通過參加科舉考試，成爲一名文官，也是多數士人的理想。但唐寅的理想顯然不在於此，讀書參加科舉考試走上仕途是父親對他的期望，卻不是唐寅本人自覺的追求。那麼，唐寅追求的是什麼理想呢？

〔註3〕范志新：《徐禎卿全集編年校注》，北京：人民文學出版社，2009年，第794頁。
〔註4〕《唐伯虎全集》，第15頁。
〔註5〕四庫全書存目叢書，史90，濟南：齊魯書社，1996年，第133頁。
〔註6〕（清）劉寶楠：《論語正義・子張》下，北京：中華書局，1990年，第744頁。

　　唐寅在《與文徵明書》中對自己的追求有過明確的表述，他的理想充滿武功色彩，俠客、英雄、武將都曾是他的人生目標。《與文徵明書》是唐寅在遭遇了弘治十二年（1499）的科場案後所作，信中委述款曲，對自己在北京會試的悲慘遭遇作了詳細地述說，當作於次年（1500）回吳中後，唐寅時年三十一歲。信中唐寅說：「嘗自謂布衣之俠，私甚厚魯連先生與朱家二人，爲其言足以抗世，而惠足以庇人，願齎門下一卒，而悼世之不嘗此士也」。〔註7〕可見青年唐寅的理想是成爲一名「布衣之俠」，他的追慕對象是魯仲連、朱家這樣的俠客。同文中他還深恨自己「筋骨柔脆，不能挽強執銳，攬荊吳之士，劍客大俠，獨當一隊，爲國家出死命，使功勞可以紀錄。乃徒以區區研摩刻削之材，而欲周濟世間，又遭不幸」。〔註8〕從中可以看出唐寅對自己柔弱書生的身份很不滿，深恨自己不能像一名孔武有力的武將那樣披堅執銳，帶領豪傑俠客，爲國家效力。他同樣認識到這一理想的不能實現，明白自己只是一個「研摩刻削之材」，只是一個文弱書生，迫不得已，只好走上科舉考試成爲文官的道路，來成全「周濟世間」的願望，但不幸又遇到了科場案的牽連，失去了繼續參加科考的機會。同文中又有「僕素佚俠，不能及德；欲振謀策，操低昂，功且廢矣」。〔註9〕也是對自己俠客理想的表白。閻秀卿《吳郡二科志》中說唐寅曾「自詠曰：『白面書生期馬革，黃金說客剩貂裘』」。〔註10〕可見成爲征戰沙場的武將，或者有縱橫家謀略的謀士，也是唐寅所追求與嚮往的。唐寅在《上吳天官書》中還說過：「若肆目五山，總轡遼野，橫披六合，縱馳八極；無食道情，慷慨然諾，壯氣雲蒸，烈志風合；戮長猊，令赤海，斷修蛇，使丹岳，功成事遂，身斃名立，斯亦人生之一快，而寅之素期也」。〔註11〕從這段慷慨激昂，氣勢充沛的陳詞中，我們亦可見唐寅具有濃厚武功色彩的理想。但唐寅畢竟是個書生，這些理想都由於客觀條件的限制而成了空想，只有俠客的精神被他融化吸收並通過實踐行動不斷地表現出來。所以熟悉他的好友祝允明在《唐子畏墓誌並銘》中說唐寅「然一意望古豪傑，殊不屑事場屋」。〔註12〕在《夢墨亭記》中說他「天授奇穎，才鋒無前，百俊千

〔註7〕《唐伯虎全集》，第220頁。

〔註8〕《唐伯虎全集》，第221頁。

〔註9〕四庫全書存目叢書，史90，濟南：齊魯書社，1996年，第133頁。

〔註10〕四庫全書存目叢書，史90，濟南：齊魯書社，1996年，第133頁。

〔註11〕《唐伯虎全集》，第218～219頁。

〔註12〕（明）祝允明：《懷星堂集》卷十七，文津閣四庫全書，集421，第375頁。

傑，式當其選。形拔而勢孤，立峻則武狹。童幼所志，以爲世勳時位、茂祿侈富，一不足爲我謀。少長，縱橫古今，肆恣千氏」。〔註13〕祝允明稱唐寅爲俊傑，爲武狹，說唐寅對世人追求的名利財富毫無興趣，喜歡的是縱橫術，想成就的是俠客與豪傑，確實是知己之言。文徵明也經常稱唐寅爲「英雄」。唐寅《與文徵明書》中說：「而吾卿猶以英雄期僕」。〔註14〕說明唐寅儘管遭遇了科場案的沉重打擊，但唐寅依然堅持自己的追求，所以文徵明對他還是一如既往地以「英雄」期許。徐禎卿在《新倩籍》中說他「嘗負淩軼之志，庶幾賢豪之蹤」。〔註15〕閻秀卿在《吳郡二科志》中說他「志甚奇」。〔註16〕都是對他不同尋常的理想追求的側面印證。

二

唐寅追慕俠客，不僅僅停留在精神層面上，他還身體力行，不斷地以自己的實際行動來實踐自己的理想。唐寅狂放不羈的個性與任俠放誕的行爲，部分是因爲他對俠客的追慕。明白此點，我們就可以更好地理解時人對他的評價。不管是「眞俠客」（徐禎卿《唐生將卜築桃花之塢謀家無資貸書見讓寄此解嘲》）、「偉丈夫」（王寵《九日過唐伯虎飲贈歌》），還是「雅姿疏朗，任逸不羈」（徐禎卿《新倩籍》）、「放浪不羈」（閻秀卿《吳郡二科志》）、「漫負狂名」（顧璘《國寶新編》）、「落魄迂疏不事家，郎君性氣屬豪華」（文徵明《簡子畏又》）等類似的評語，在某種程度上，都是唐寅追逐俠客理想並付諸實踐所留給別人的印象。

自從司馬遷在《史記》中記載了一批俠客後，俠客就成爲了後代無數人仰慕和倣仿的對象。唐寅最崇拜的魯仲連與朱家，就是這批俠客中的兩位佼佼者，這兩人也經常是歷代胸懷俠客夢想的人共同崇拜的偶像。魯仲連，戰國時代齊國人，典型的布衣之俠，謀略非常，善於策劃，常遊歷於各諸侯國，爲他人排憂解難。他一生做過許多俠義之事，最著名的就是「義不帝秦」之事。朱家，西漢初魯人。以任俠聞名，多次藏匿解救豪強和亡命者。最著名事例，就是曾用計解救爲高祖追殺的季布。更重要的是朱家還有高尚的道德

〔註13〕（明）祝允明：《懷星堂集》卷十七，文津閣四庫全書，集421，第375頁。
〔註14〕《唐伯虎全集》，第220頁。
〔註15〕范志新：《徐禎卿全集編年校注》，北京：人民文學出版社，2009年，第120頁。
〔註16〕（明）閻秀卿：《吳郡二科志》，四庫全書存目叢書，史90，濟南：齊魯書社，1996年，第132頁。

情操和幾近完美的人格，史載他「然終不伐其能，歆其德，諸所嘗施，唯恐見之。振人不贍，先從貧賤始。家無餘財，衣不完採，食不重味，乘不過軥牛。專趨人之急，甚己之私。……自關以東，莫不延頸願交焉。楚田仲以俠聞，喜劍，父事朱家，自以為行弗及」。〔註17〕當然除了魯仲連與朱家這種布衣之俠外，俠客還有卿相之俠、刺客之俠等等，他們的代表人物有戰國四君子、荊軻、專諸、要離等人。這些俠客雖千差萬別，但卻有相近的行事特點，那就是「任俠」，主要特點為重然諾，講信義；重名節，輕財富；救人之急，解人之難，以及對自由和獨立人格的追求。當然縱酒、好色、喜佩劍似乎也是俠客們日常生活中不可分割的一部分。

　　唐寅以魯、朱為追慕對象，他在現實生活中有意無意地傚仿他們，其行為表現出鮮明的俠客色彩。首先，他重然諾，講信義。在《與文徵明書》他說自己「瀝膽濯肝，明何嘗負朋友？幽何嘗畏鬼神」。〔註18〕行事光明磊落，仰不愧天，俯不愧地，不負朋友，不畏鬼神，正是俠義行為的表現。徐禎卿也在《新倩籍》中評價他：「素忼於意氣，怪世交鄙甚，要盟同比，死生相互，毋遺舊恩；故長者多介其誼慨云。繫曰：『……俶蕩激揚，操比俠士』」。〔註19〕可證唐寅是一個講義氣的人，他看不起那些口是心非、以利益為交往前提的俗人；他重視諾言，認為一旦結盟，就要死生不變；他感念舊恩，心存回報。這種典型的俠客行為，贏得了朋友們的欣賞，所以徐禎卿說他「操比俠士」。唐寅在《席上答王履吉》中說：「我觀古昔之英雄，慷慨然諾杯酒中。義重生輕死知己，所以與人成大功。我觀今日之才彥，交不以心惟以面。面前斟酒酒未寒，面未變時心已變」。〔註20〕也是對古昔俠義行為的讚歎和對當日澆薄世風的批判。其次，他輕財富，好救人之急。在《與文徵明書》他說自己是：「跌宕無羈，不問生產，何有何亡，付之談笑。鳴琴在室，坐客常滿。而亦能慷慨然諾，周人之急」、〔註21〕「自輕富貴猶飛毛」。〔註22〕祝允明也說他「糞土財貨」。（《唐子畏墓誌並銘》）〔註23〕他還把這種追求體現在行動

〔註17〕（漢）司馬遷：《史記·游俠列傳》，北京：中華書局，1982年，第3184頁。
〔註18〕《唐伯虎全集》，第221頁。
〔註19〕范志新：《徐禎卿全集編年校注》，北京：人民文學出版社，2009年，第794頁。
〔註20〕《唐伯虎全集》，第39頁。
〔註21〕《唐伯虎全集》，第220頁。
〔註22〕《唐伯虎全集》，第222頁。
〔註23〕（明）祝允明：《懷星堂集》，文津閣四庫全書，集421，第375頁。

上，他曾資助徐禎卿參加科舉考試，把僅有的一本《太玄經》送給好友錢同愛，徐禎卿《識太玄經》：「此本舊藏唐子畏家，後以贈錢君同愛，更無副本，唯賴此傳誦耳。錢君珍藏之」。〔註24〕他還在弘治十二年的季冬贊助過好友朱存理買驢，當時隱士朱存理想買一頭驢，徐禎卿爲他寫了《爲朱性甫募買驢疏》，向各位好友募緣，「魯國男子唐寅贈舊刻《歲時集》一部，計十冊，抵銀一兩五錢」。〔註25〕這年春天唐寅剛經歷過科場案的重大創傷，歸家後又遭遇家人的冷遇。即使如此，具有俠義心腸的他還是積極響應了募捐活動，或許因爲沒有現銀，就捐出了自己的書。他還重視名節，堅持對自由和獨立人格的追求。科場案後，朝廷把他發爲浙藩小吏，他拒絕上任，認爲作小吏「蓬蔾戚施，俯仰異態；士也可殺，不能再辱」。（《與文徵明書》）〔註26〕官場小吏的趨炎附勢、仰人鼻息和俠客高潔的人格與獨立自主的追求完全是格格不入的，所以他說自己「何能自戮塵中，屈身低眉，以竊衣食，使朋友謂僕何？後世謂唐生何？」（《與文徵明書》）〔註27〕可見唐寅有高潔的人格追求，俯仰異態的事是不能做的，他的放棄自在情理之中。後來，他應聘到寧王府也是懷著建功業的理想，而不是爲圖富貴的目的去的。至於他以佯狂之行爲離開寧王府，也是對於大節的保全。

對於俠客們喜愛的縱酒、好色、喜佩劍等狂放行爲，唐寅更是一位忠實的踐履者。縱酒與好色是唐寅最爲大眾熟悉的行爲。在唐寅的詩集中，「酒」字是多處可見的，如《桃花庵歌》僅有的二十句詩歌中，「酒」字就出現了六次，「醉」字就出現了兩次，頻率不可爲不高，其餘例證不再一一列舉。關於唐寅的好色，唐寅本人及其朋友如文徵明等人的詩歌中多有涉及，那些經常爲論者所引用的，筆者在這裡就不再採用，倒是筆者在唐寅友人黃雲的《黃丹岩先生集》中看到一些詩，與此有關，可以拿來作爲例證。黃雲曾寫有《唐伯虎》詩曰：「走馬春城遍綠煙，揮金隨處擁嬋娟。自家花樣天機杼，笑領蓬萊第一仙」。〔註28〕可見唐寅曾經有過縱情聲色、快意瀟灑的生活。從黃雲的

〔註24〕范志新校注：《徐禎卿全集編年校注》，北京：人民文學出版社，2009年，第663頁。

〔註25〕（清）陸心源：《穰梨館過眼錄》卷十九，續修四庫全書，子1087，上海：上海古籍出版社，2002年，第196頁。

〔註26〕《唐伯虎全集》，第221頁。

〔註27〕《唐伯虎全集》，第222頁。

〔註28〕（明）黃雲：《黃丹岩先生集》，四庫全書存目叢書，集60，濟南：齊魯書社，1997年版，第171頁。

詩作中還可見唐寅曾經有一個叫「綠煙」的侍人。《題張汝勉藏唐伯虎畫》曰：「山中白云誰贈我，舒卷只向圖中看。新圖乃是伯虎畫，秋林忽生春畫寒。□危倚峻復回互，滴瀝泉聲石群聚。不聞老鶴巢長松，似有微風吹碧樹。丹楓秋未深，人居仙品何招尋。清言不可測玄度，我欲對之披我襟。伯虎畫法實神授，有如文字肖天秀。電光石火散浮名，草木山中共堅瘦。綠煙茗碗捧玉纖，春酒一瓢戒濡首」。〔註29〕下有雙行小字：「伯虎爲酒困自作，戒甚切，綠煙其侍人也」。可知此圖乃唐寅爲戒酒所作，畫中還有個叫「綠煙」的女性，應該是唐寅生活中實際存在過的一位侍人。詩歌沒有描述綠煙的長相，只有「捧玉纖」一詞透漏了綠煙的皓腕纖指，或可推測她是一位絕色的佳麗。可惜此圖似乎沒有流傳下來，不能一睹佳人風采。而唐寅在《五十自壽》中說自己「笑舞狂歌五十年，花中行樂月中眠。漫勞海內傳名字，誰論腰間缺酒錢？」〔註30〕可謂是對自己酒色生涯的總結。

　　俠客與劍，總有不解之緣。古人認爲，劍是「君子之器」。柄直喻君子立身中正，鋒利如君子無往不前，劍藏鞘中喻君子神光內斂、韜光養晦。所以古人多佩劍，劍對於文人來說，已超出了兵器的範疇，成爲了一種精神的象徵。屈原「帶長鋏之陸離兮，冠切雲之崔嵬」的高潔形象，李白「仗劍去國」的豪邁情懷都已經化作了一種文化象徵。唐寅也擁有過兩把寶劍，還是祝允明送給他的，但後來可能因爲祝允明本人太喜愛這兩把劍了，曾專門寫了一首詩想把寶劍要回去。祝允明《爲唐子畏索劍》，有小序「昔年承唐子惠愛，曾以雙劍贈答其意，別來恒念之。其一鏤『青萍』二文者，尤憶。間以一章問之，或肯假，抑更惠乎。」詩曰：「手解青萍昔贈君，仗來多少截妖氛。知君道就□□後，把與東人剗白雲」。〔註31〕雖然詩歌第三句缺了兩字，但這並不妨礙我們理解詩歌完整的內容。從最後一句來看，祝允明委婉地提出要唐寅把這兩把寶劍還給他。祝允明在俠客理想上與唐寅可謂志同道合，因爲喜愛唐寅，慷慨贈劍；但祝允明也是一位愛劍之人，所以他對已經送出去的寶劍戀戀不捨，想要回來也是可以理解的。祝允明曾專門寫詩歌頌過自己的青萍寶劍，其在《詠床頭劍》中曰：「三尺青萍百鍊鋒，流年三十未開封。藜床且作書生枕，只恐中宵躍臥龍」。〔註

〔註29〕（明）黃云：《黃丹岩先生集》，四庫全書存目叢書，集60，濟南：齊魯書社，1997年版，第131頁。
〔註30〕《唐伯虎全集》，第80頁。
〔註31〕《唐伯虎全集》，第619頁。
〔註32〕（明）祝允明：《懷星堂集》卷六，文津閣四庫全書，集421，第326頁。

32）又有《寶劍篇》：「我有三尺匣，白石隱青鋒。一藏三十年，不敢輕開封。無人解舞術，秋山鎖神龍。時時自提看，碧水蒼芙蓉。家雞未須割，屠蛟或當逢。想望張壯武，揄揚郭代公。高歌撫匣臥，欲哭干將翁。幸得留光彩，長飛星漢中」。〔註33〕二詩對照來看，當詠的就是送給唐寅的那把「青萍」寶劍。

三

理想的形成固然有很多因素，除了個人個性、氣質等內在因素之外，家族成員、生活環境等外界因素的影響也是不可忽視的。中國古代社會基本上以家族宗法爲基礎，家族成員之間的相互影響往往是潛移默化又曠日持久的。生活環境的影響主要包括居住環境、文化氛圍及友朋等方面。

唐寅生長於商賈之家，儘管其父祖輩並非世家出身，但遠祖卻有不少大名鼎鼎的人物。清代唐仲冕《重刊六如居士集序》中交代了唐氏更早的祖系「吾宗以國爲氏，自前涼陵江將軍輝，徙居晉昌，其曾孫瑤、諮，皆爲晉昌守，諮子揣，瑤子褒，皆封晉昌公。褒來孫儉，從唐太宗起晉陽，封莒國公，圖像淩煙。後世或郡晉昌，或郡晉陽，皆莒公後。迄宋皇祐爲侍御史介，以直諫謫渡淮，至明爲兵部車駕主事泰，死土木之難，子孫分居白下、橋李間。玨籍富順，珪籍益都，其季子瑾乃籍豐城，子畏先生蓋白下、橋李間近派」。〔註34〕細讀這份簡單的家譜追蹤，我們可以發現唐氏家族的郡望是「晉昌」或「晉陽」。唐寅的遠祖中確實有一些聲名顯赫的人物，他們或爲輔佐帝王開國的功臣如唐瑤、唐儉，或爲直言敢諫的高官如唐介，或爲捐軀沙場的唐泰，且多爲戰功赫赫的將領，堪稱亂世中的英雄，治世中的能臣。

雖然這些遠祖因爲時代的久遠，都沒有也不可能直接教育影響唐寅，但作爲心懷敬仰的後代子孫緬懷遠祖並有意識地向他們學習卻是可能的。而且商賈之家的出身決定了他會比別人更熱衷於追尋遠祖的輝煌，因爲在一個重視宗法家族郡望的社會裏，名門之後本身就是一種社交資本。雖然唐寅的這種追蹤沒有得到時人的認同，祝允明在給他寫墓誌銘時明確的說「唐氏世吳人」。〔註35〕但唐寅在主觀上認同了這些人，自然會有意識地去熟悉、接受、摹仿這些人。這種熟悉與崇拜體現在行動上，主要表現爲唐寅在畫作上經常

〔註33〕　（明）祝允明：《懷星堂集》卷四，文津閣四庫全書，集421，第316頁。
〔註34〕　（清）唐仲冕編：《六如居士全集》七卷，清嘉慶六年，果克山房。
〔註35〕　（明）祝允明：《懷星堂集》，文津閣四庫全書，集421，第375頁。

落款「晉昌唐寅」，「晉昌」是甘肅省安西縣一帶，曾是唐氏的郡望。他還自稱「魯國唐生」、「魯國男子」，其來源應該是唐儉曾被封「莒國公」。莒，古州名，唐置，治所在今山東省莒縣。就此，我們可以明白生長於江蘇吳中的唐寅為何要稱自己為甘肅人和山東人。從唐寅作品的署款上，可知他對這份榮耀家譜是很熟悉，也很引以為豪的。

我們先來簡介一下唐瑤的事迹。唐瑤主要生活在歷史上後涼與西涼時期，這是一個戰亂頻繁的時代，百姓生靈塗炭，生活在水深火熱之中。唐瑤是後涼的晉昌太守，他不但是一名手握兵權的將領，還是一個有正義感與悲憫心腸的將領。隆安四年（400）五月，胡人大沮渠蒙遜殺了後涼的統治者段業，自稱車騎大將軍，建號永安，建立北涼政權。蒙遜為胡人，且極有可能是匈奴人。因而，他建立的北涼就是一個少數民族建立的政權。這時，西涼的開業功臣唐瑤登上了歷史的舞臺，他奮而反叛發起起義，「移檄六郡，推玄盛為大都督、大將軍、涼公、領秦涼二州牧、護羌校尉。玄盛乃赦其境內，建年為庚子」。〔註36〕玄盛就是漢族世族李暠，李暠正是在唐瑤的輔助下，才得以建元庚子，定都敦煌，建立西涼政權，與蒙遜的北涼抗衡。唐瑤的起義不僅僅是不甘將要受到且渠蒙遜的異族統治，而且是出於想給當地百姓一個安寧的生活。史載唐瑤當時「以涼土喪亂，民無所歸，推隴西李暠於敦煌，以寧一州」。〔註37〕可見，唐寅的這位遠祖還有著悲憫的情懷，其起義的行為多少有著救民於水火之中的俠義色彩。功成之後，李暠遂分封官吏，唐瑤被封為征東將軍。唐瑤移檄的六郡「蓋敦煌、酒泉、晉昌、涼興、建康、祁連也」。〔註38〕基本上在現甘肅省境內。唐瑤的兒子唐褒，曾被封為晉昌公。唐寅稱自己為「晉昌唐寅」，應該跟他對唐瑤有俠義色彩的英雄行為的崇拜有著密切的關係。

唐寅的另一位遠祖唐儉，也是一位亂世中的英豪。唐儉（579～656），字茂約，并州晉陽（今山西太原）人。他是李淵從太原起兵建立唐朝的直接參與者之一，對唐朝的建立和統一全國起了重要作用。《舊唐書》卷五十八：「高祖在太原留守，儉與太宗周密，儉從容說太宗以隋室昏亂，天下可圖。太宗

〔註36〕　（唐）房玄齡等撰：《晉書》卷八十七，北京：中華書局，1974 年，第 2259 頁。
〔註37〕　（北齊）魏收：《魏書》卷四十三，北京：中華書局，1974 年，第 962 頁。
〔註38〕　（宋）司馬光編著：《資治通鑑》卷一百一十一，北京：中華書局，1956 年，第 3515 頁。

白高祖，乃召入，密訪時事。儉曰：『明公日角龍庭，李氏又在圖牒，天下屬望，非在今朝。若開府庫，南嘯豪傑，北招戎狄，東收燕、趙，長驅濟河，據有秦、雍，海內之權，指麾可取。願弘達節，以順群望，則湯、武之業不遠』」。〔註39〕唐儉勸李氏父子起兵，以成湯、武之業，可見其政治眼光之敏銳與遠大，而其對行軍路線的分析，又頗有亂世謀士之風采。《唐儉碑文》又說：唐儉對李淵「奏前載之廢興，及列代之成敗，笑夷吾之九合，□孔明之三分。……似漢□之遇子房」。〔註40〕李淵得到唐儉好像漢高祖遇到了張良。可見李淵是非常重視唐儉的，就像是劉邦重視張良一樣。唐儉隨李氏父子起兵太原後，先從做記室參軍，以後不斷陞遷。平京城後，加光祿大夫、相國府記室，封晉昌郡公。唐王朝建立後，唐儉曾被封到山東為「莒國公」。李淵曾傚仿漢宣帝畫功臣像於麟閣以示表彰，唐儉就因功高被李淵圖形麟閣。後李世民也有類似之舉，他把對李唐有功的二十四位功臣圖形於淩煙閣，唐儉位居第二十二位。

唐寅對這位為唐王朝的建立立下汗馬功勞的遠祖必定也是心存敬意的，因此他才會在署名時自稱「魯國唐生」、「魯國男子唐寅」。在《貧士吟》（其三）中唐寅曾寫詩歌頌張良的事迹，詩曰：「貧士居無半畝塵，圯橋拾得老人編。英雄出處原無定，麟閣勳名勒鼎鑴」。〔註41〕詩歌謳歌了張良的英雄事迹，但張良並未被圖形麟閣，倒是唐儉曾被圖形麟閣，聯繫到李淵曾把唐儉視為自己的張良，此詩或許也有謳歌唐儉勳業之意圖。據此，我們也可以推測唐寅對遠祖的敬意或許會變成有意無意地摹仿。《舊唐書》卷五十八「儉落拓不拘規檢」、「儉在官每盛修肴饌，與親賓縱酒為樂，未嘗以職務留意」。〔註42〕從中可知唐儉也是個個性豪爽、不拘小節，愛美食喜宴飲的人。或許唐儉「落拓不拘規檢」的行為，喜與賓朋宴樂的生活習慣，也對唐寅類似的行為有所影響。

唐寅還有一位宋代的遠祖唐介（1010～1069），字子方，江陵（今屬湖北）人。唐介為人大義淩然，剛正不阿，特別是他的直言敢諫使得他以「直聲動

〔註39〕（後晉）劉昫等撰：《舊唐書》卷五十八，北京：中華書局，1975年，第2305頁。

〔註40〕張沛編著：《昭陵碑石》，西安：三秦出版社，1993年，第221頁。

〔註41〕《唐伯虎全集》，第113頁。

〔註42〕（後晉）劉昫等撰：《舊唐書》卷五十八，北京：中華書局，1975年版，第2307頁。

天下，士大夫稱眞御史，必曰唐子方而不敢名」。〔註43〕史載唐介曾彈劾宰相文彥博靠賄賂嬪妃獲取相位，請仁宗罷免文彥博而以富弼爲相。奏章寫得太直白了，惹得仁宗大怒，不願看其奏章，還說要把他貶到邊遠的地方。唐介毫不畏懼，《宋史》載：「介徐讀畢，曰：『臣忠憤所激，鼎鑊不避，何辭於謫？』帝急召執政示之曰：『介論事是其職。至謂彥博由妃嬪致宰相，此何言也？進用冢司，豈應得預？』時彥博在前，介責之曰：『彥博宜自省，即有之，不可隱。』彥博拜謝不已，帝怒益甚」。〔註44〕在皇上的盛怒與威脅下，唐介還緩緩讀完奏章，並據理力爭，其錚錚傲骨可見一斑。而其對文彥博的面質，也可見他實話實說毫不顧及對方顏面的特點。這不能不讓我們聯想到唐寅的口無遮攔，在《又與文徵仲書》中唐寅說自己「每以口過忤貴介」。〔註45〕可見唐寅也有說話直白不顧及對方顏面的特點。黃省曾《吳中故實記》記有唐寅「每陪邑令燕敘，則朗誦長歌以諷之云：『朝裏有官做不了，世上有錢要不了。』其貪黷者內赧焉」。〔註46〕地方官請唐寅燕敘閒話，或出於附庸風雅，在這種場合，唐寅竟朗誦長歌諷刺對方，把別人搞得面紅耳赤，其口無遮攔之特點與乃祖確有神似之處。

唐寅還有一位和他生活時代最接近的祖上唐泰，唐泰是名武將，約生活於明英宗時期，曾任職兵部車駕主事。他應該是一位驍勇善戰的將領，明英宗正統十四年（1449），北方的瓦剌首領也先入侵，英宗好大喜功，下詔親征，於八月在大同附近的土木堡被圍，全軍覆沒，英宗被俘，唐寅的這位祖上兵部車駕主事唐泰也在這一役中戰死，可謂爲國捐軀了。雖然我們在唐寅詩文作品裏未發現唐泰對唐寅的間接影響，但從上可知唐寅顯然是熟悉唐氏家族這份榮耀的家譜的，唐寅曾經有過的執堅批銳、征戰沙場、爲國捐軀的武功理想與唐瑤關係密切，與唐泰可能也會有關聯。

以上可知，有俠義色彩的將領唐瑤，有謀士風範又好酒喜客不拘小節的唐儉，耿介孤直剛正不阿的御史唐介，爲國捐軀戰死沙場的唐泰或許都曾經是年輕唐寅的追慕的對象。那些威名顯赫的遠祖曾經讓他熱血沸騰，渴望建

〔註43〕（元）脫脫等撰：《宋史》卷三百一十六，北京：中華書局，1985 年版，第10327 頁。

〔註44〕（元）脫脫等撰：《宋史》卷三百一十六，北京：中華書局，1985 年版，第10327 頁。

〔註45〕《唐伯虎全集》，第 224 頁。

〔註46〕《唐伯虎全集》，第 543 頁。

功立業、成就豐功偉績的思想從很小的時候就在唐寅的心裏紮了根。

　　唐寅追慕俠客，還可能是當地的文化積澱有關。吳中有悠久的文化積澱，曾出過不少豪傑之人。春秋吳越爭霸時，這裡就是一塊產生神奇人物的土地。充滿傳奇色彩的伍子胥、深謀遠慮的闔閭、忍辱負重的夫差等等，這些歷史人物的故事影響著世代居住在這裡的人。特別是伍子胥，是一位富有遠見卓識的軍事指揮家。他雖本是楚國人，但因其父伍奢被楚平王殺害，為避免株連來到吳國。正是伍子胥向公子光推薦了著名的刺客專諸殺死了王僚，公子光才成為吳王闔閭。專諸是春秋時期充滿俠義色彩的刺客，《史記》卷八十六《刺客列傳》：「王僚使兵陳自宮至光之家，門戶階陛左右，皆王僚之親戚也。……公子光佯為足疾，入窟室中，使專諸置匕首於炙魚之中而進之。既至王前，專諸擘魚，因以匕首刺王僚，王僚立死。左右亦殺專諸」。〔註47〕專諸為了報答闔閭（公子光）的知遇之恩，不惜取義成仁，用藏在魚腹中的魚腸劍刺殺了吳王僚，自己也獻出了寶貴的生命。後人為了紀念專諸，就以他的名字命名了一條小巷，即專諸巷。專諸巷就在吳趨里的附近，唐寅的家就在吳趨里。生長於斯又有俠客夢想的唐寅，不可能對專諸的事迹一無所知，顯然專諸的俠義之風或多或少都會對唐寅有所薰陶。

　　唐寅崇拜俠客還有著良好的氛圍，具體表現在他還有一些喜歡俠客的朋友，他們經常在一起互相稱許。這些朋友就是錢孔周、徐禎卿、張靈、祝允明等，由於共同的愛好，使得他們在氣質行為上頗有相通之處。錢孔周是唐寅的好友，文徵明在《錢孔周墓誌銘》中說：「吾友錢君孔周，以高明踔絕之才，負淩軼奮迅之氣，感慨激昂，以豪俊自命。雅性闊達，不任簡押。所與遊皆一時高朗亢爽之士，而唐君伯虎，徐君昌國，其最善者。視餘拘檢齷齪，若所不屑，而意獨親。時余三人，與君皆在庠序，故會晤為數。時日不見，輒奔走相覓；見輒文酒燕笑，評騭古今，或書所為文，相討質以為樂」。〔註48〕可見一幫意氣相投的俠義朋友在一起縱酒談笑的親熱情形。雖然文徵明沒有這種愛好，但不妨礙他欣賞朋友們的這種行為。唐寅欣賞徐禎卿，可能也跟二人這種意氣相投的愛好有關，所以我們看徐禎卿寫給唐寅的詩《唐生將卜築桃花之塢謀家無資貽書見讓寄此解嘲》中說：「唐伯虎，真俠客，十年與爾青雲交，傾心置腹無所惜。擊我劍，拂君纓，請歌鸚鵡篇，為奏朱絲繩」。

〔註47〕（漢）司馬遷：《史記》，北京：中華書局，1982年，第2518頁。

〔註48〕周道振輯校：《文徵明集》，上海：上海古籍出版社，1987年，第756頁。

〔註49〕唐寅的另一好友張靈也是「好交遊爲俠」(《吳郡二科志》)。〔註50〕祝允明也有這種追求,不然不會贈了寶劍給唐寅,過後又想要回來了,前文已述。

四

　　唐寅追慕俠客、英雄、將領,還體現在他的詩詞創作中。現存流傳下來的唐寅詩歌中,就有專門歌詠俠客的作品。如《俠客》:

　　　　俠客重功名,西北請專征;慣戰弓刀捷,酬知性命輕。

　　　　孟公好驚坐,郭解始橫行;相將李都尉,一夜出平城。〔註51〕

八句詩裏,寫到了兩位俠客孟公(陳遵)、郭解,一位有俠氣的將軍李廣,可見唐寅對俠客的喜愛。他還有一些描寫將士征戰沙場的詩歌,如《出塞》其一:

　　　　烽火照元菟,嫖姚召僕夫;朱家薦遺虜,刀間出黥奴。

　　　　六郡良家子,三輔弛刑徒;笳度烏啼曲,旗參虎落圖。

　　　　寶刀裝鞮瑧,名駒被鏤渠;摐金出孤竹,飛旗掩二楡。

　　　　妖雲厭亡塞,珥月照窮胡;勤兵收日逐,潛軍執骨都。

　　　　姑衍山重禪,燕然石再劖;功成肆郊廟,雄郡卻分符。〔註52〕

詩歌記述了一次戰爭,從烽煙四起到招募軍士備戰;從士兵的來源到隊伍的武器裝備;從行軍路線的變化到兩軍對陣的結果;從勝利方凱旋到封禪肆廟的慶功,詩人進行了奇妙的想像,整首詩歌更像一幅畫卷,在我們面前徐徐展開,讀來宛如整個戰爭場面就在眉睫之前,十分形象逼真。《出塞》其二:

　　　　烽火通麟殿,嫖姚拜虎符;馬聲分內廄,旗影發前驅。六郡良

　　　　家子,三輔弛刑徒;夜帳傳刁斗,秋風感螆蛄。功成築京觀,萬里

　　　　血糊塗。〔註53〕

唐寅在這首詩歌中變幻了審視的視角,從人文關懷的角度去反思功業的代價,感歎亂世生命的無常,詩作更側重於展現戰爭帶給人們的創傷與巨痛。《隴頭》、《隴頭水》、《紫騮馬》也是類似的作品。《隴頭》:

〔註49〕《唐伯虎全集》,第629頁。

〔註50〕四庫全書存目叢書,史90,濟南:齊魯書社,1996年,第137頁。

〔註51〕《唐伯虎全集》,第13頁。

〔註52〕《唐伯虎全集》,第11頁。

〔註53〕《唐伯虎全集》,第12頁。

　　隴頭寒多風，辛伍夜相驚；轉戰陰山道，暗度受降城。

　　百萬安刀靶。千金絡馬纓；日晚塵沙合，虜騎亂縱橫。〔註54〕

《隴頭水》：

　　隴水分四注，隴樹雜雲煙；磨刀共斂甲，飲馬並投錢。

　　朔地風初合，交河冰復堅；寒禁不能語，烏孫掠酒泉。〔註55〕

《紫騮馬》：

　　紫騮垂素纓，光輝照洛陽；連錢裁璧玉，障泥圖鳳凰。

　　夜赴期門會，朝逐羽林郎；陰山烽火急，展策願超驤。〔註56〕

甘肅古稱隴。隴頭，即隴山，在陝西隴縣西北，綿亙於陝西、甘肅邊境。唐寅的遠祖唐瑤被封的晉昌郡，就在甘肅境內。《隴頭水》中有「寒禁不能語，烏孫掠酒泉」之詩句，烏孫，是我國一個以游牧為主的古老的部族，初游牧於敦煌、祁連間，與匈奴、月氏為鄰。唐瑤輔助李暠建立的西涼，就是先以敦煌為據點，後遷徙到酒泉。西涼的滅亡，正是由於蒙遜（胡人）建立的北涼攻陷了西涼的據點酒泉。唐瑤起義時是「移檄六郡」，這六郡基本在甘肅附近。《出塞》二首中都有「六郡良家子」之詩句。因而，這幾首看似簡單的邊塞詩，很可能是唐寅對遠祖唐瑤事迹的一種懷想。

　　雖然唐寅受現實條件的制約，沒有征戰沙場的機會，也不能像俠客那樣仗劍走天涯，但在唐寅的心中，這確實他追求的理想。不但朋友們稱他為英雄，他自己也經常自許為英雄。如《題自畫紅拂妓卷》：

　　楊家紅拂識英雄，著帽宵奔李衛公；

　　莫道英雄今沒有，誰人看在眼睛中？〔註57〕

詩中首二句對紅拂慧眼識李靖給以了熱烈讚賞，第三句一轉「莫道英雄今沒有」，不要說今天沒有英雄，潛臺詞就是我唐寅就是個英雄，可惜的是「誰人看在眼睛中」，沒有紅拂那樣的知音和伯樂啊。詩歌雖表達了詩人的落寞情懷，卻也透露了詩人的英雄豪氣。此詩雖無確切年代可考，但畫作至少是作於科場案後的，可證中年時期的唐寅依然有著英雄的夢想。又如《又漫興》其十：

〔註54〕《唐伯虎全集》，第13頁。
〔註55〕《唐伯虎全集》，第13～14頁。
〔註56〕《唐伯虎全集》，第12頁。
〔註57〕《唐伯虎全集》，第125頁。

造物何曾苦忌名，太平端合老無能；

親知散去綈袍冷，風雪欺貧瓦罐冰；

二頃未謀田負郭，一餐隨分欲依僧；

醉時還倩家人道，消盡英雄氣未曾？〔註58〕

詩人在陷入親知散去、風雪欺貧的困境中，依然豪情萬丈，醉中不忘問家人，自己的英雄氣是不是還沒有消盡。又如《貧士吟》其九：

貧士瓶無一斗醪，愁來擬和屈平騷；

瓊林醉倒英雄隊，一展生平學釣鰲。〔註59〕

《題畫》：

茶竈魚竿養野心，水田漠漠樹陰陰；

太平時節英雄懶，湖海無邊草澤深。〔註60〕

詩作中可明顯看到唐寅對英雄的嚮往與追求，雖然詩中略有追求不到的失意與無奈。

第二節　唐寅豫章之行考辨

正德九年甲戌（1514）秋，唐寅曾應寧王朱宸濠之請，去了豫章寧王府，約半年以後，他以佯狂脫身，於正德十年乙亥（1515）三月中旬回到吳中。朱宸濠，明寧獻王朱權玄孫，弘治十年（1497）襲封寧王。明武宗朱厚照即位後，寵信劉瑾等宦官，耽樂嬉遊，不理國政。朱宸濠趁機賄賂劉瑾，恢復其在祖父時被削奪的護衛，肆意搶劫聚斂。後劉瑾被誅，其護衛被奪。朱宸濠又結交了皇上的新寵錢寧、臧賢等嬖人，於正德九年（1514）又恢復王府護衛。此後朱宸濠更加驕恣，不循禮制，聚斂財富，陰謀反叛。正德十四年（1519），武宗遣使收其護衛，朱宸濠自稱奉太后密旨，自豫章起兵反叛，以李士實、劉養正爲左、右丞相，號兵十萬，連下南康、九江，兵指安慶重鎮。不料，安慶久攻不下，時南贛巡撫王守仁率兵攻破豫章，朱宸濠回救，兵敗被俘，叛亂僅持續了四十三天。朱宸濠於次年十二月在通州（今北京通縣）被處死，廢爲庶人。唐寅此次應聘到寧王府的經歷，是他人生中遭遇的第二件重大政治事件。朱宸濠舉兵叛亂時，唐寅正好五十歲。曾經的藩王變成了

〔註58〕《唐伯虎全集》，第 86 頁。

〔註59〕《唐伯虎全集》，第 113 頁。

〔註60〕《唐伯虎全集》，第 139 頁。

亂黨，唐寅的豫章之行，不但成了時人詬病的對象，還似乎給他帶來了牢獄之難。唐寅如何去的寧王府、在那裡都作了什麼，又是如何離開寧王府的；唐寅去寧王府之前、其間及歸來後的心態如何，學界對此尚未作深入地研究。本節將對此事，作詳細考辨，力圖展現此事的原委，並探討唐寅的心態及此行對唐寅所產生的影響。

一

明確記載唐寅豫章之行的文獻有很多，但都非常的簡略。細讀文獻，大致可以推出唐寅豫章之行的概況。

關於唐寅因何而去豫章，有如下幾種主要材料：徐咸（1511 年進士）的《西園雜記》卷上記有：「姑蘇唐寅，南圻解元也。善詩畫，知名於時。宸濠禮致之」。〔註 61〕袁袠（1502～1547）的《唐伯虎集序》有：「宸濠之謀逆，欲招致四方材名之士」。〔註 62〕何良俊（1506～1573）的《四友齋叢說》卷十五有：「宸濠甚慕唐六如」。〔註 63〕王世貞（1526～1590）的《藝苑卮言附錄》有：「寧庶人慕其書畫名」。〔註 64〕（以上四則材料注釋頁碼本節下同，不再標注）從上大體可知唐寅之所以去豫章，是因為寧王朱宸濠為了儲備人才，看上了曾經中過解元當時以詩書畫聞名的他，寧王是慕名而請。時間約在正德九年甲戌（1514）秋（楊靜庵《唐寅年譜》），這個時間恰好在寧王朱宸濠再次恢復護衛得逞之後，顯然寧王在為自己的事業招兵買馬。

既然是慕名而請，寧王如何表達自己的誠意呢？徐咸說寧王「禮致之」，未作具體說明。袁袠說寧王：「乃遣人以厚幣招」。何良俊說寧王：「嘗遣人持百金至蘇聘之」。王世貞說寧王：「以金幣卑禮聘之」。以上大體可知寧王應該是派人送給唐寅一筆豐厚的聘金來表達自己的誠意。

面對寧王之請，唐寅是如何反應的呢？關於此點，徐咸、何良俊、王世貞的記載未涉及。袁袠說：「伯虎堅辭，不可」。可知唐寅對此請是推辭的，但沒有成功。

〔註 61〕 （明）徐咸：《西園雜記》，上海：商務印書館，1937 年，第 47 頁。

〔註 62〕 （明）袁袠：《衡藩重刻胥臺先生集》卷十四，四庫全書存目叢書，集 86，濟南：齊魯書社，1997 年，第 585 頁。

〔註 63〕 （明）何良俊：《四友齋叢說》，北京：中華書局，1959 年，第 133 頁。

〔註 64〕 （明）王世貞：《弇州四部稿》卷一百五十五，文津閣四庫全書，集 428，第 382 頁。

　　寧王以謙恭之禮豐厚之金把唐寅請到了豫章，唐寅在豫章都做了什麼呢？何良俊說：「既至，處以別館，待之甚厚」。看來寧王待唐寅不薄，給唐寅安排了專門的住處，待遇也很優厚。雖然我們不知道待遇優厚到何種程度，但從同時被請去的章文身上，或許也可以推測一二。章文（1491～1572），字簡甫，長洲人。其先閩人，後徙吳。趙宋時已負善書名，兼工鑲刻。章文的祖父和父親都是有名的鑲刻藝術家，章文的鑲刻藝術成就更高。寧王也把章文請到了豫章，王世貞《章簣谷墓誌銘》中記有：「寧庶人國豫章，慕叟能，而羅致邸中。與故知名士唐伯虎、謝思忠偕」。〔註65〕可知唐寅與章文、謝思忠等人在寧王處有交往。寧王謀反時曾挾章文、謝思忠同行，二人想脫身「不得，至中道，乃盡出所賜金帛予守者，弛之夜分，借跳宵行亂軍中，幾死者數矣。裸袒二千里而歸」。〔註66〕章文在寧王叛亂時被挾持同行，中道以寧王所賜金帛打通守者得以脫身，可知金帛數量應當相當可觀，不然守者豈能冒險將兩人放走。由此可推測，寧王經常賞賜給章文他們不菲的財物。後來章文在寧王死後十年重遊豫章寧王府，還「徙倚歎息，歌《黍離》之章，作羊曇慟」。〔註67〕「《黍離》之章」，典出《詩經・王風》，此篇歷來被視為是悲悼故國的代表作；「羊曇慟」，典出《晉書・謝安傳》，歷來也是被視為感念舊恩的典故。章文在經歷了亂離中裸袒兩千里歸家的慘痛遭遇後，還能作出如此之舉，可見寧王當時對待他是非常之優厚的。章文僅僅善鑲刻，就得以如此優待。寧王對唐寅的優待，應該是比章文還要高的。寧王都讓唐寅作什麼呢？徐咸說：「日與虜詩論畫」。從《明史》卷一百十七記寧王「善以文行自飾」〔註68〕來看，寧王也是個風雅之人，每天和唐寅和詩論畫也是有可能的。但和詩論畫顯然不是正務，無奈諸多筆記史料都對唐寅在豫章的政治行為未作記載。黃周星《補張靈崔瑩合傳》中說寧王請唐寅去，是因為寧王選了十位美女要送給好色的正德皇帝，請唐寅是為了讓他畫「十美圖」，唐寅的仕女畫在明代確實堪稱一流，或許小說家言也並非完全子虛烏有，可能也是有依據的。但唐寅在豫章確實也很受歡迎，他遊覽風景名勝滕王閣和許旌陽的道觀，曾作有《許旌陽鐵柱記》。他還對主動修築荷蓮橋為民造福的內相喻公大

〔註65〕　（明）王世貞：《弇州續稿》卷九十一，文津閣四庫全書本，集 428，第 856 頁。
〔註66〕　（明）王世貞：《弇州續稿》卷九十一，文津閣四庫全書本，集 428，第 856 頁。
〔註67〕　（明）王世貞：《弇州續稿》卷九十一，文津閣四庫全書本，集 428，第 856 頁。
〔註68〕　（清）張廷玉：《明史》卷一一七，北京：中華書局，1974 年，第 3593 頁。

－29－

爲讚歎，作有《荷蓮橋記》。他還去拜會過同年參加進士考試的王秩。可見除了寧王的公幹以外，唐寅在豫章也有一些交遊活動。

唐寅如何知道寧王有反意的呢？徐咸說寧王於「酒間語涉悖逆」。談著談著就說到他未竟的事業上去了，看來唐寅曾經歷過寧王的語言暗示。袁袠說「至則陰知將有淮南之謀」。「陰知」指暗地裏知道，但對於如何暗地裏知道的卻未作交代。結合乾隆本《崑山新陽合志》卷二十人物所記來看：「王秩字循伯，弘治己未進士。官江西副使備兵南贛時，寧庶人有異志，秩謂家人曰：『王志滿氣揚，必且爲亂，不出十年矣。』時唐寅客王所，秩微示意，寅始佯狂以歸」。〔註69〕看來是王秩暗示給了唐寅，王秩是己未年進士，唐寅則是己未年科場案的犧牲品，二人或許在參加進士考試時相識。袁袠所說的「陰知」，或許指的是王秩的暗示。何良俊說：「六如居半年餘，見其所爲多不法，知其後必反」。據此說唐寅是親眼目睹了寧王的諸多不法行爲之後，自己作出的判斷。結合當時的史實來看，這種情況也是很可能發生的。正德九年（1514）六月，寧王密令劉吉等招募大盜楊清、李甫、王儒等百餘人入府，稱爲「把勢」。收買鄱陽湖大盜楊子喬等人，縱容他們劫掠商民。八月，他還無理要求巡撫以下的地方官穿戴朝服參見，遭到巡撫俞諫的拒絕。這些事情雖然發生在唐寅去豫章之前，但可見寧王已經在護衛再度恢復後開始有不法行爲了。我們相信，這種行爲在唐寅秋天到來之後很可能有愈演愈烈之態勢。這使得唐寅有條件作出自己的判斷。

當唐寅知道寧王的不法用心之後，如何遠禍全身應該是他首先要考慮的問題。怎樣才能遠禍全身呢？徐咸說寧王一跟他談謀反之事「寅即佯狂不答，或作喪心狀，遇人若泄其謀者」。看來唐寅採取的是裝瘋賣傻的方式，變被動爲主動，以瘋傻的狀態「遇人若泄其謀者」，逼得寧王不得不趕緊把他清理出去。袁袠說唐寅「遂佯狂以酒自污。宸濠曰：『唐生妄庸人耳！』」此說比較模糊，裝瘋把酒灑了一身，朱宸濠就認爲唐寅是個「妄庸人」，把他遣送回家了。何良俊說唐寅值「宸濠遣人饋物，則裸形箕踞，以手弄人道，譏訶使者，使者反命，宸濠曰：『孰謂唐生賢？直一狂生耳。』」此說可謂驚人，唐寅當眾露陰，宸濠不堪此舉，就把他遣送走了。王世貞的說法「寧使至，或縱酒箕踞謾罵，至露其穢。庶人曰：『果風耶？』」顯然是綜合了袁袠和何良俊的說法又稍微簡潔修飾了一下。總之，唐寅是通過裝瘋賣傻的方式離開了寧王府。比較各家記載，徐咸之說應該更爲合理，唐寅以瘋傻之舉變被動爲主動，

〔註69〕 （清）張予介等修，（清）顧登等纂：《崑山新陽合志》，清乾隆16年刻本。

使得寧王不得不把他遣送走。唐寅集中有一首《上寧王》：

> 信口吟成四韻詩，自家計較說和誰？
> 白頭也好簪花朵，明月難將照酒卮。
> 得一日閒無量福，做千年調笑人癡；
> 是非滿目紛紛事，問我如何總不知。〔註70〕

詩作說自己老了只想作個逍遙於花月酒間的閒人，對於寧王所謂的是是非
非，他回答「問我如何總不知」。此詩很可能作於寧王於詩酒之間「語涉悖逆」
之時，寧王可能是向唐寅表達了對正德皇帝不理朝政的不滿。而正德皇帝確
實有許多可指責的地方，他喜好武功遊樂，寵信以劉瑾為首的宦官，朝政大
權由劉瑾把持。朝廷的各種奏章，都先具揭帖投於劉瑾，然後才上通政司。
劉瑾可謂權傾朝野，是事實上的掌國者。武宗更是樂得清閒，正德二年（1507）
八月，武宗搬出皇宮，在西華門太液池附近興建宮殿，名曰「豹房」，招納教
坊樂工入內應承，每日沉湎於酒色歌舞之中。劉瑾倒臺後，武宗並沒有吸取
什麼教訓，其對國政依然不感興趣，依然沉湎享樂，還時常翻新花樣。武宗
又開始佞佛，經常在宮內頂禮事佛，又修建寺廟，還封了許多西僧為國師，
為此糜費無度。武宗的好練兵與好出外遊幸也並沒有因為佞佛有所收斂，朝
臣們為此經常見不到武宗。作為一國之君，武宗的這些行為確實堪稱是是非
非。唐寅可能是一聽寧王的話就有點明白了，所以開始裝瘋。《風流逸響》記
唐寅在寧王府曾有題壁一詩云：「碧桃花樹下，大腳黑婆娘；未說銅錢起，先
鋪蘆席床。三杯渾白酒，幾句話衷腸；何時歸故里？和它笑一場」。〔註71〕從
詩作的不羈與調侃來看，或作於裝瘋之時。何氏說法過於驚人，略有不合情
理之處。在唐寅之前早有狂士裸形之舉，但裸形且當眾「以手弄人道」，在中
國的文化中還鮮有記載。唐寅雖狂，或許尚不至於此。何況何良俊的寫作態
度，也不夠嚴謹。《欽定四庫全書總目》認為《四友齋叢說》：「往往摭拾傳聞，
不能核實……又文徵明官翰林院待詔日，為姚淶、楊維聰所侮一事，朱彝尊
《靜志居詩話》亦力辨之，引淶所作《送徵明序》以證其誣。則其可以徵信
者良亦寡矣」。〔註72〕如果連友人文徵明的事情也能寫錯，那麼他所記載的唐
寅佯狂的細節的真實性就值得懷疑了。周道振在《唐寅年表》中把唐寅佯狂

〔註70〕《唐伯虎全集》，第 63 頁。
〔註71〕《唐伯虎全集》，第 560 頁。
〔註72〕《欽定四庫全書總目》整理本，北京：中華書局，1997 年，第 1702 頁。

放在正德十年（1515）的第一件事，雖未說明就是本年初，但大致也應該在這個時候。唐寅於正德九年秋到寧王府，不可能到了那裡就立即裝瘋，必然是待了一段時間之後，受了寧王的語言暗示，或者受了王秩的語言暗示，再加上親眼目睹了一些事實，才決定裝瘋脫身的。何況這一段時間他還作了兩篇思路明晰的文章，顯然不可能是瘋癲之人所爲。結合史實來看，正德十年（1515）二月，寧王朱宸濠招劉養正入府密謀，兩人一拍即合。劉養正從此成爲朱宸濠的主要謀士。朱宸濠聞劉養正習兵法、有才氣，能講宋太祖趙匡胤陳橋兵變事。劉養正稱讚朱宸濠有撥亂之才，密約舉事。很可能唐寅在正德十年年初開始伴狂，寧王不堪其行，劉養正與寧王的一拍即合，使得唐寅最終得以脫身。

二

　　唐寅的豫章之行是他一生中經歷的重大政治事件，分析唐寅此行之前、其間及事後的心態對於唐寅的全面研究或有裨益。

　　唐寅多數作品不繫年，但豫章之行的前後唐寅所創作的一些作品，卻有著明確的繫年。這或許不是偶然的巧合，很可能是唐寅有意所爲，在不能明說的情況下，留下一些暗示來表明自己的心迹。

　　豫章之行前唐寅之心態，或可通過唐寅曾爲丁文祥作的《也罷說》管窺一二。《也罷說》文末落款「時正德甲戌重陽書於桃花精舍之夢墨亭」。[註73]唐寅在這裡把寫文的時間地點都交代的很清楚。正德甲戌重陽這一時間恰在去豫章的前夕，且唐寅在文中明確說此文是寄託了他自己所崇尙的志趣，因而此文可爲我們揭示唐寅彼時的心態。丁文祥，字瑞之，其先江陰人，後徙吳，以貨殖爲業。嘗自稱「也罷」。祝允明在正德癸酉（1513）年爲其撰有《也罷丁君小傳》：「丁氏在江陰爲巨族，故南園翁自新贅長洲溫氏，始爲蘇城人。祖胥宇即富業起聲，君其孫也。名文祥，字瑞之，天性孝順……去營殖生產，每泛重貨貿遷北都，貲積日阜。然率不肯損人以益己，剝眾而豐家。平居雅意，不忘清逸。收拾古器物撫玩，若交契遇暇日，遘勝地遨遊觴吟，熙然自適」。[註74]作爲商人能不損人利己，且不忘清逸，可知丁君是個厚道的風雅商人。他經常說的一句口頭禪就是「也罷」，對此祝氏有記：「言期於信，彼

〔註73〕《唐伯虎全集》，第 496 頁。
〔註74〕（清）張丑：《眞迹日錄》卷三，文淵閣四庫全書，集 271，第 454 頁。

或信或否，則曰：『也罷』。行期於必善，彼或知或否，則曰：『也罷』。志其上，獲其次，曰：『也罷』。失於彼，得之此，曰：『也罷』。以是二言存之心安諸行，素履達時，夷然以處於世，而鮮有不自得者」。〔註75〕可見丁文祥確實有博大的胸懷，達觀的態度，深得老氏之道。筆者對祝氏之文的介紹，主要是爲了更好地說明唐寅爲丁文祥所作《也罷說》的含義與寄託。對比祝允明的小傳，我們會發現唐寅此文很有趣，他不像祝氏那樣先簡介一下丁君的情況，再對其人其行作一評價。在文中唐寅先是從文字音韻的角度對「也罷」的讀音及意義作了一番詳細地解釋，然後就開始發議論「則所謂『也罷』者，就住也，即休也，就自止也。夫人之趨名利者，莫不以高遠爲期。故臨海望洋，而歎其莫濟；騎危觀天，而傷其難登。瞻鳥不知止於何屋，遠之不可到也；行蝸竟黏枯於誰壁，高之不可極也。知高遠之不可極到，而假足以趨，脅翼以升，蓋以萬萬計。瑞之乃反其所向，不急名，不尚利，即其所在而自止，其賢明出於萬萬者之上矣。予嘉其合老氏之旨義，而獲我心之同然，故爲說其字之音辯，而繫以志趣之所尚焉」。〔註76〕文章對世間那些趨名趨利之徒進行了諷刺與否定，對於丁君不同於流俗的做法給以了肯定，稱讚丁君的賢明在萬萬人之上。而且唐寅特意明確地說丁君的行事是「而獲我心之同然，故爲說其字之音辯，而繫以志趣之所尚焉」，很顯然唐寅在這裡是在借寫丁君來書寫自己不慕名利的心迹與懷抱。或許我們可以把此文看做唐寅在去寧王府之前的心靈告白，他要告訴我們之所以去寧王府，並不是爲了世人普遍追求的所謂名利。那唐寅是爲了什麼去的寧王府呢？結合前文所述唐寅之俠客理想，我們就可以明白唐寅此行或許是要完成自己的建功立業的心願，他只是希望能展示自己的抱負施展自己的才能，其目的在幹事業，而不在於事業所帶來的名利。

唐寅在豫章時的心態問題，上文也略有涉及。寧王向唐寅暗示時，唐寅就寫詩表明了自己的態度，所謂「問我如何總不知」，就是不想摻和這件事。畢竟，謀反是大逆不道之事，失敗了是有殺身之禍的。以唐寅的聰慧當能看出寧王成功的可能性不大，所以他必須想辦法遠離災禍。除此之外，我們再細讀他在豫章時所作的《許旌陽鐵柱記》，會發現其中大有深意，唐寅在文中隱晦地表達了自己對寧王之謀反的看法和態度。

〔註75〕　（清）張丑：《眞迹日錄》卷三，文淵閣四庫全書，集271，第454頁。
〔註76〕　《唐伯虎全集》，第495～496頁。

　　許旌陽，又稱許眞君。民間信仰神之一。相傳姓許名遜，字敬之。又有史書以爲實有其人，晉太康初年擧孝廉，任旌陽縣令，德政顯著，吏民悅服。因晉皇室紛亂，棄官而歸，於晉寧康二年（374），於豫章（南昌）西山擧家拔宅飛升，當地人立祠祀之。傳說許旌陽曾隨著名道士吳猛修道術，其神迹頗多，最著名的便是助吳猛誅殺蛟精。晉時江東多蛇禍，吳猛將除之，選徒百餘人，令具炭百斤置於坊上。一夕，炭俱化爲美女，試諸弟子，唯許遜不染。吳猛與許遜至遼江，遇巨蛇，吳年衰，許仗劍登蛇首斬之。其後，許旌陽斬蛇之事愈傳愈神。自唐代信奉始盛，歷代奉祀，江西一帶對其奉祀尤爲虔敬。唐寅的《許旌陽鐵柱記》，讚頌了許旌陽誅殺蛟精的故事：「旌陽君生於其時，修精一之道，以達天地之神靈。遂誅龍蛇以安江流，鹹魅魍以定民生，鑄鐵柱以鎮地脈。元功告成，神道昭契，乘風上徵，合瑞紫宮；以續黃帝、神禹之傳，而延民物之命。功績懋著，惠澤迄今」。〔註77〕他還把許旌陽比作黃帝、神禹，認爲許旌陽誅蛟精，就像黃帝誅蚩尤、神禹鎖無支祈。唐寅還從陰陽相生相剋的角度作比喻，說陽爲神，陰爲怪，黃帝、神禹與許旌陽是陽是神，蚩尤、無支祈、蛟精是陰是怪。並認定陰不勝陽、邪不壓正的道理。他說：「故有至怪之變生，有至神之聖出以御之。設使特生蚩尤、無支祈與蛟精，而無黃帝、神禹、許眞君，則天地之間，陰陽偏滯，而人類幾乎息矣！」〔註78〕這段話肯定了黃帝、神禹、許旌陽的業績，未嘗不是對當時豫章形勢的暗喻，暗示寧王就是蛟精，終會被制服。且唐寅在文末反覆強調說：「竊歎眞君道合黃軒，功配神禹。世無正論，爰就荒唐。欲明斯理，輒撰爲證序，刊之負礎，以示將來云」。〔註79〕這段話說得更是大有深意。如果我們對許旌陽的事迹瞭解地再多一些，可以發現唐寅對許旌陽的讚歎或許眞的暗含了他本人對寧王想造反之事的看法。《太平廣記》卷一四引「許眞君」條：

　　　　尋以晉室棼亂，棄官東歸，因與吳君同遊江左。會王敦作亂，眞君乃假爲符竹，求謁於敦，蓋將欲止敦之暴，以存晉室也。一日，眞君與郭璞同候於敦，敦蓄怒以見之，謂眞君曰：「孤昨得一夢，擬請先生圓之，可乎？」眞君曰：「請大將軍具述。」敦曰：「孤夢將一木，上破其天，孤禪帝位，果十全乎？」許君曰：「此夢固非得吉。」

─────────────

〔註77〕《唐伯虎全集》，第237～238頁。
〔註78〕《唐伯虎全集》，第238頁。
〔註79〕《唐伯虎全集》，第238頁。

敦曰：「請問其說？」眞君曰：「木上破天，是未字也。明公未可妄動，晉祚固未衰耳。」王敦怒，因令敦璞筮之。卦成，景純曰：「無成。」又問其壽，璞曰：「明公若起事，禍將不久。若住武昌，壽不可測。」敦大怒，又問曰：「卿壽幾何？」璞曰：「余壽盡今日。」敦怒，令武士執璞出，將赴刑焉。是時，二眞君方與敦飲酒，許君擲杯梁上，飛繞梁間。敦等舉目看杯，許君坐中隱身。〔註80〕

許旌陽在晉室焚亂時，與吳君同遊江左。剛好趕上王敦想以暴力作亂，危害晉室。許旌陽就去拜會王敦，想制止王敦危害晉室的行爲。席間，王敦說他作了個禪帝位的夢，許旌陽明確告訴王敦這不是個好夢。此事與唐寅與朱宸濠之間的情形何其相似，或許許旌陽對王敦之事的態度就是彼時唐寅對朱宸濠之謀反的態度。唐寅在這裡高度謳歌許旌陽，並不單純是因爲許旌陽的斬蛟事迹，他還一再強調世人並沒有眞正認識到許旌陽的價值，說自己「欲明斯理，輒撰爲證序，刊之負礎，以示將來云」。唐寅想明示天下的理，應該是許旌陽反對王敦危害晉室的做法，這也是他爲什麼要高度讚美許旌陽的眞正原因。但是在當時，他不能把許旌陽的這一事迹明寫出來，把自己的心迹明白地表露出來，因爲即使他感受到了寧王的反意，它也僅僅只是反意，在寧王沒有把反意變成事實之前當然是不能亂說的。所以唐寅只能借斬蛟之事大發議論，且在文末給以反覆暗示。

唐寅豫章歸去之心態。唐寅懷著建功立業的心情來到豫章，卻不料寧王想幹的事業卻是謀反，這當然不是唐寅想作的事。爲了遠禍全身，他不惜裝瘋賣傻，其內心一定是極爲痛苦的。但最終得以脫身，他必然又是慶幸的。所以唐寅應該是懷著複雜的心態歸吳的，一方面終於得以從寧王那裡脫身，重獲久違的自由，他可謂歸心似箭；另一方面，他又有點近鄉情怯。豫章歸吳途中，他曾作有《乙亥歲二月中旬遊錦峰上人山房戲寫梅枝並絕句爲贈》最能表露他彼時的心態，詩曰：「東風吹動看梅期，簫鼓聯船發恐遲。斜日僧房怕歸去，還攜紅袖繞南枝」。〔註81〕詩作前兩句寫現在正是看梅的好時期，大家都爭先恐後唯恐去遲了欣賞不到最美的梅景，實際上也是表達自己歸心的迫切。後兩句卻明顯一轉，說自己是「斜日僧房怕歸去」，爲什麼怕歸去，一方面可能是他想建功立業的理想沒能實現，一方面可能是他在豫章的佯狂

〔註80〕（宋）李昉等編：《太平廣記》，北京：中華書局，1961年，第98頁。
〔註81〕《唐伯虎全集》，第407頁。

行為多少有些有辱人格，實在是有些不好意思和吳中的親友相見。他在給友人姜夢賓的一封信《致姜龍》中也提到了豫章之行是「所謂興敗而返也」。〔註82〕可見豫章歸去之後，其落寞的情懷。

三

　　唐寅於正德十年春，從豫章歸吳，約三月中旬回到吳中。從唐寅此後的幾年的行迹來看，此事在當時對他並未造成很大影響。此事的影響要到正德十四年寧王朱宸濠發動叛亂之後，才逐漸顯露出來。

　　正德十四年（1519），寧王朱宸濠叛亂事敗。與朱宸濠過從甚密的尚書陸完被逮，嬖人錢寧、臧賢等，被籍沒其家。李夢陽也因曾為其作《陽春書院記》，為御史周宜糾劾，以「黨逆罪」被第四次關進了監獄。後經大學士楊廷和、刑部尚書林俊營救，才最終得以免禍。上述人員都是有官職在身的當權派，追究他們的責任是必然的。作為在野的唐寅有沒有被牽連呢？正史及友人的記載中都未涉及，僅《風流逸響》中有記：「宸濠事敗，六如幾不免。當事者甚憐之，然不能挽也。及見題壁一詩云：『碧桃花樹下，大腳黑婆娘；未說銅錢起，先鋪蘆席床。三杯渾白酒，幾句話衷腸；何時歸故里？和它笑一場。』遂保護其壁，深白伯虎郁郁思歸，略不與黨狀；復奏得釋」。〔註83〕看來，早已經離開寧王的唐寅也被牽連了，似乎還被抓了起來。但其獲釋理由卻略覺牽強，因為一首表達歸去的詩歌就把唐寅放了回去。在沒有更多材料的情況下，暫把此說放在此處。

　　唐寅有沒有被牽連的問題，雖不太好確定，但寧王事敗後，唐寅的豫章之行確實讓他自此經常陷入名節之痛，此痛直接導致了唐寅徹底放棄立言之想。豫章之行還給他帶來了聲譽上的不良影響。

　　唐寅本人對豫章之行有著明確的認識──確屬失節。豫章之行，實屬他內心難以言說的名節之痛，此痛直接導致了唐寅徹底放棄立言之想。此點明確見於袁袠的《唐伯虎集序》。該序言在記述了唐寅科場案後，有「乃益至放廢，縱酒落魄。所著述多不經思語，語殊俚淺。人或規之，伯虎曰：『夫太上立德，其次立功，其次立言。寅遭青蠅之口，而蒙白璧之玷，為世所棄。雖有顏冉之行，終無以取信於人；而夔龍之業亦何以自致？徒欲垂空言，傳不

〔註82〕《唐伯虎全集》，第498頁。
〔註83〕《唐伯虎全集》，第560頁。

朽，吾恐子雲劇秦，蔡邕附卓，李白永王之累，子厚叔文之譏，徒增詬辱而已。且人生貴適志，何用刓心鏤骨，以空言自苦？』宸濠之謀逆，欲招致四方材名之士，乃遣人以厚幣招，伯虎堅辭，不可。至則陰知將有淮南之謀，遂佯狂以酒自污。宸濠曰：『唐生妄庸人耳！』乃放歸，得免於難」。〔註84〕細讀這段話，我們會發現袁袠似乎在事件的排列與邏輯順序上有顛倒的情況。這段話包含了兩部分，前一部分是唐寅對自己「益至放廢，縱酒落魄」的解釋；後一部分是唐寅的豫章之行。事實上如果我們把這兩部分順序顛倒一下，會發現它更合邏輯。因為唐寅解釋的那段話放在科場案後，給人的感覺就是科場案的打擊使得唐寅放棄了立言的打算，轉而縱酒落魄。事實上科場案後的唐寅雖然遭受了重大挫折，但還是明確表示過「以成一家之言。傳之好事，記之高山」。〔註85〕可見他當時並未對立言徹底喪失信心。如果我們把豫章之行調到前一部分，唐寅的自我解釋就合情合理了。唐寅在這裡解釋自己為什麼要放棄不朽的立言而追求自適的生活方式時說「寅遭青蠅之口，而蒙白璧之玷」，「青蠅之口」指的就是科場案；「白璧之玷」指的就是豫章之行。以前的研究，大概因為這段話在科場案後，習慣把它一帶而過，都歸之於科場案。這顯然是不合適的，因為「白璧之玷」如果指的是科場案，就無法解釋唐寅下面的話「吾恐子雲劇秦，蔡邕附卓，李白永王之累，子厚叔文之譏，徒增詬辱而已」。這句話唐寅提到了四個有共同點的歷史人物，揚雄為篡漢的王莽作過《劇秦美新》，歌頌王莽新朝；蔡邕也曾是漢賊董卓款待的嘉賓；李白是想割據江東的永王李璘的座上客；柳宗元也曾是失敗的王叔文集團的骨幹分子；很顯然唐寅在這裡說的四個人都跟他自己有相似的經歷，這種經歷就是都參與過有謀逆行為的政客的集團。而這種經歷對於古代士人來說，是非常不光彩的，也是非常容易引起人們詬病的話題。所以唐寅說，自己已經有了失節行為，即使像上述四人一樣在立言上有很大的成就，還是難免被人詬辱；不如追求適意人生，何必以空言自苦。這就是袁袠所說：「乃益至放廢，縱酒落魄。所著述多不經思語，語殊俚淺」。

　　雖然唐寅在此看起來似乎能無畏地正視自己的失節行為，好像對待此事非常達觀了。但事實上，很多時候他還是不能釋懷，這種名節之痛時時折磨

〔註84〕（明）袁袠：《衡藩重刻胥臺先生集》卷十四，四庫全書存目叢書，集86，濟南：齊魯書社，1997年，第585頁。
〔註85〕《唐伯虎全集》，第222頁。

著他,他還是很在意時人對此事的看法。俞弁《逸老堂詩話》卷下有:「余友唐解元子畏每酒酣,喜謳劉後村詩云:『黃童白叟往來忙,負鼓盲翁正作場。死後是非誰管得?滿村聽說蔡中郎。』子畏匪好此詩,但自寓感慨云」。〔註86〕俞弁是唐寅的友人,他告訴我們唐寅經常在酒酣時,喜歡吟誦劉後村的一首詩,唐寅並不是喜愛這首詩,而是這首詩引發了唐寅自己的感慨。那麼俞弁與唐寅的友情如何,俞弁的說法可靠嗎?他所說的唐寅「自寓感慨」指的又是什麼呢?

俞弁(1488?~1547後),字子容,號守約居士。江蘇吳縣人。其父俞寬甫,吳之鄉校師,祝允明爲俞寬甫作有《約齋閒錄序》:「予自布素交君,亦且四紀,今或二毛相顧,襟禮不異。曩昔其嗣弁,字子容。鳳毛蘭種,世其儒業,尤益親予」。〔註87〕可知俞寬甫與祝允明爲布素之交,二人交往時間長達四十八年之久,雖然都已是兩鬢斑白的老人了,但二人的友情還是醇厚的。俞弁像父親一樣喜愛儒業,也很親近祝允明,俞弁父子與祝氏堪稱好友。唐寅與俞弁應該是很不錯的朋友。因爲在俞弁的《逸老堂詩話》二卷與《山樵暇語》十卷中保留有不少二人交往的資料,如《逸老堂詩話》卷上記有:「余訪唐子畏於城西之桃花庵別業」。〔註88〕從中我們可知俞弁去桃花塢拜訪過唐寅。在《山樵暇語》中俞弁還曾多次讚美唐寅的詩作,並對其詩作類樂天,喜用俗語之特點有所評價。俞弁本人也是白樂天的推崇者,在這一點上,他和唐寅也可謂知音。據此,俞弁的說法應該是有依據的。那麼,劉後村的這首詩到底是什麼地方吸引了唐寅,使得他偏偏在酒酣時才喜歡吟誦呢?俞弁所說唐寅「自寓感慨」到底指的是什麼呢?

劉後村此詩記述了當時村莊藝人演說蔡中郎故事的情形,故事大概是講蔡中郎高中狀元後,棄親背婦,最後爲暴雷震死;但歷史上的蔡邕「性篤孝,母常滯病三年,邕自非寒暑節變,未嘗解襟帶,不寢者七旬」。〔註89〕可見歷史上的蔡邕並沒有做過棄親背婦的事。所以詩人感歎「死後是非誰管得」,後代的人照樣把子虛烏有的事情聽得津津有味。那麼,這首詩說的是蔡邕被無端歪曲的私生活。唐寅喜歡醉後謳歌這首詩,俞弁說是唐寅「自寓感慨」的

〔註86〕 丁福保輯:《歷代詩話續編》下,北京:中華書局1983年,1323頁。
〔註87〕 (明)祝允明:《懷星堂集》卷二十五,文津閣四庫全書,集421,第409頁。
〔註88〕 丁福保輯:《歷代詩話續編》下,北京:中華書局1983年,第1306頁。
〔註89〕 (宋)范曄:《後漢書》卷六十下,北京:中華書局,1965年,1980頁。

這首詩，顯然是在告訴我們唐寅也在擔心別人如何評價自己的「身後是非」。那麼，唐寅所關心的「身後是非」難道是他可能被歪曲的私生活；難道，明代的唐寅和俞弁還能預見到後人給唐寅安排了諸如「三笑姻緣」、「九美圖」之類的風流故事？顯然，唐寅和俞弁的關注點都不在此，唐寅對此詩的關注乃在於蔡邕的依附董卓與自己做客宸濠有相通之處，這在上文已有論述。

東漢名士蔡邕，在董卓專權時，被其徵請，極為禮遇，曾「三日之間，周歷三臺」。〔註90〕後王允殺死董卓，邕感其禮遇而泣，被王允以「懷卓」之名將其下獄，後邕死於獄中。蔡邕附董卓，歷來是文人詬病的話題。楊誠齋解《易經》時經常拿他舉例，如「蔡邕所以失節於卓之官也」。〔註91〕又如「故為『遯尾』，故危屬而災。揚雄仕於莽，蔡邕仕於卓是已」。〔註92〕可見，在正統文人眼裏，有無失節才是值得關注的大事。而唐寅所擔心的「身後是非」，也正是後人如何評說他的豫章之行。所以唐寅醉後謳歌的這首詩，乃是醉翁之意不在酒，在於抒發名節有失的內心隱痛。

豫章之行對唐寅來說確實有損聲譽。我們可以想像他的豫章之行在寧王沒有反叛之前，由於佯狂的舉動在當時很可能是士人閒談的話資；在寧王叛亂被鎮壓之後，此事就變成了唐寅人生中的政治污點，更應該是人們詬病的對象。從唐寅同時代的人對待此事的方式，我們也可以得出此事在當時文人學士的眼中的確是一件不太光彩的事情，他們有的採用為唐寅避諱的方式來對待此事。避而不談，正可說明此事經常為他人談起。如祝允明在《唐子畏墓誌並銘》中明確談到了唐寅科場案的不幸遭遇，但未明確提到唐寅做客寧王府的經歷，僅以「子畏臨事果決，多全大節，即少不合，不問」。〔註93〕來模糊敘事，江兆申認為「所謂『全大節』，應當是指唐寅一旦發現宸濠有造反的可能時，他就百計裝瘋，逃了回來的事」。〔註94〕江先生的猜測應該就是事實，作為唐寅的密友，祝允明為朋友諱顯然是可以理解的。祝允明在同文中又說唐寅：「有過人之傑，人不歆而更毀」。指的就應該是唐寅佯狂從寧王那裏脫身之舉，此舉難被普通人所理解，還經常被一些人詆毀。顧璘對唐寅此行也是採取避諱的態度，他曾委婉地批評過袁袠把此事寫入序言。袁袠《衡

〔註90〕（宋）范曄：《後漢書》卷六十下，北京：中華書局，1965年，2005頁。
〔註91〕（宋）楊萬里：《誠齋易傳》，九州出版社，2008年，15頁。
〔註92〕（宋）楊萬里：《誠齋易傳》，九州出版社，2008年，118頁。
〔註93〕（明）祝允明：《懷星堂集》卷十七，文津閣四庫全書，集421，第375頁。
〔註94〕江兆申：《關於唐寅的研究》，臺北：「國立」故宮博物館，1969年，第5頁。

藩重刻脣臺先生集》卷十九有《復大中丞顧公書》「所云《唐伯虎集序》欲爲賢者諱，仰見吾丈忠厚之至。但敘事之體，必須核實。尼父以來未之敢違也。假令吾丈欲爲伯虎諱，千載而下誰其信之」。〔註95〕從中可見顧璘認爲袁袠在序言中應該爲唐寅避諱，那麼顧璘認爲哪件事需要避諱呢？是科場案，還是做客寧王府事。對照顧璘在《國寶新編》中爲唐寅所寫傳記中有「舉應天鄉試第一，坐事廢」。〔註96〕可知科場案並不是顧璘認爲需要避諱的對象，那麼顧璘認爲應避的諱就是唐寅的豫章之行。這說明，唐寅的豫章之行，在當時的文人學士眼中確實是一件失節的事情，確實遭遇過不少非議。袁袠也表明了自己的態度「敘事之體，必須核實」，並且他認爲「伯虎誠過，亦未有喋血推刃，得罪倫教者也」。〔註97〕所以實話實說也並沒有什麼。畢竟唐寅並未在寧王府待太久，雖行止有虧，但也不是太嚴重。總體上來看，諸多文人對此事的評價基本上都認爲唐寅能全大節，如徐咸說：「寅外若放誕，而中有所主如此」。文震孟（1574～1636）在《姑蘇名賢小記》卷下評說：「逆藩之變，佯狂自免，大節確如斯，其人不足千古乎？」〔註98〕唐寅於地下有知，當可安眠。

總的來說，唐寅的豫章之行，實在是他人生路途上的又一次厄運。他乘興而去，卻回得斯文掃地。這件事對他造成了嚴重的傷害，可謂身心俱被摧殘。而此事也使得他最終放棄了立言之想，轉而徹底投入詩酒書畫的懷抱，在文藝中抒發自己苦悶的情懷。

〔註95〕（明）袁袠：《衡藩重刻脣臺先生集》卷十九，四庫全書存目叢書，集86，濟南：齊魯書社，1997年，第650頁。

〔註96〕《唐伯虎全集》，第542頁。

〔註97〕（明）袁袠：《衡藩重刻脣臺先生集》卷十九，四庫全書存目叢書，集86，濟南：齊魯書社，1997年，第650頁。

〔註98〕《唐伯虎全集》，第544頁。

第二章　唐寅交遊考述

第一節　唐寅交遊特點

　　依據楊靜庵《唐寅年譜》、周道振《唐伯虎全集》及所附《唐寅年表》、鄭騫《唐伯虎詩輯逸箋注》等書提供的交遊線索，可知唐寅交遊過的對象約有 110 多人。全面考察唐寅交遊對象實屬不可能之事，也無必要。本書僅以與唐寅有交往的可考對象爲主，從地域特色、身份特點來分析探討唐寅交遊圈的特點。

一

　　由於涉及交遊人員眾多，關係複雜，本部分暫以可考籍貫的友人爲主要研究對象，結合可靠的交遊史實，來分析唐寅的主要交遊對象。唐寅是吳縣人，屬蘇州府。明代蘇州府下轄吳縣、長洲、嘉定、吳江、太倉、常熟、崑山七縣。筆者暫以蘇州府籍與蘇州府籍以外的友人來對唐寅友人分類。

　　唐寅蘇州府籍的友人主要有：

　　沈周（1427～1509），字啓南，號石田，晚號白石翁，長洲相城人。王稚登《國朝吳郡丹青志》中記有：「（沈周）先生繪事爲當代第一……山水人物花竹禽魚悉入神品。……一時名士如唐寅文璧之流，咸出龍門」。[註1] 可知唐寅師從過沈周。

〔註 1〕四庫全書存目叢書，子 71，濟南：齊魯書社，1995 年，第 882 頁。

　　吳寬（1435～1504），字原博，號匏庵。長洲人。成化八年（1472）狀元及第。唐寅曾寫有《上吳天官書》。

　　吳奕，字嗣業，號茶香，工書能詩。長洲人。吳奕是吳寬季弟吳元暉之子。《吳越所見書畫錄》記唐解元正覺禪院牡丹圖立軸有：「三月十日偕嗣業徵明堯民仁渠同飲正覺禪院僕與古石說法而諸公謔浪庭前牡丹盛開因爲圖之」。〔註2〕

　　朱存理（1444～1513），字性甫，號野航，長洲人（今江蘇蘇州）。朱存理是沈周的好友。唐寅曾資助朱存理買驢，《穰梨館過眼錄》：「魯國男子唐寅贈舊刻《歲時集》一部，計十冊，抵銀一兩五錢」。〔註3〕

　　王鏊（1450～1524），字濟之，又字守溪；學者稱震澤先生。吳縣人。成化十年（1474）鄉試，次年（1475）會試，俱爲第一，廷試第三。唐寅曾師從王鏊，唐寅有《柱國少傅守溪先生七十壽序》：「寅備門下諸生之列」。〔註4〕

　　文林（1455～1499），字宗儒，長洲人。成化八年（1472）進士。文林是文徵明的父親，對唐寅有知遇之恩。唐寅有《送文溫州序》。

　　朱凱（？～1514），字堯民。長洲人。隱士。與朱存理、文徵明等人交好。唐寅曾與他同遊正覺禪院。《吳越所見書畫錄》記唐解元正覺禪院牡丹圖立軸有：「三月十日偕嗣業徵明堯民仁渠同飲正覺禪院僕與古石說法而諸公謔浪庭前牡丹盛開因爲圖之」。〔註5〕

　　周臣，字舜卿，號東村，吳縣人，生卒年不詳。職業畫家。王應奎說：「昔人謂唐子畏畫師周臣」。〔註6〕可知唐寅師從周臣學過畫。

　　楊循吉（1458～1546），字君謙，自號南峰山人。吳縣人。成化二十年（1484）進士。楊循吉與沈周是忘年之交，與祝允明亦關密切，又是唐寅自總角就結識的好友劉嘉緒的表哥。楊循吉有《虎丘閒泛與伯虎同賦》。

　　楊遵吉，吳縣人。楊循吉之弟。曾得奇疾，三年未愈。病癒後唐寅曾爲其作有《復生圖》以示慶賀，並有詩：「楊君抱奇疹，三載違動履。賢郎爲精

〔註2〕（清）陸時化：《吳越所見書畫錄》卷一，續修四庫全書，子1068，上海：上海古籍出版社，2002年，第57頁。

〔註3〕（清）陸心源：《穰梨館過眼錄》卷十九，續修四庫全書，子1087，上海：上海古籍出版社，2002年，第196頁。

〔註4〕（清）唐仲冕編：《六如居士全集》補遺一卷，清嘉慶六年，果克山房。

〔註5〕（清）陸時化：《吳越所見書畫錄》卷一，續修四庫全書，子1068，上海：上海古籍出版社，2002年，第57頁。

〔註6〕（清）王應奎：《柳南隨筆》卷五，北京：中華書局，1983年，第87頁。

禱，倏愈如脫屣。至誠可通神，勿藥而有喜。從今斑衣堂，百歲延嘉祉。酒盞對花樹，日日春風裏。晉昌唐寅既為君祐先生作復生圖，仍為賦此。後有南京解元、六如居士二印」。〔註7〕

祝允明（1460～1526），字希哲，右手有枝指，因自號枝山，又號枝指山，長洲人。明弘治五年（1492）舉人。祝允明有《唐子畏墓誌並銘》。

都穆（1459～1525），字玄敬，號南濠先生。吳縣人。弘治十二年（1499）進士。文徵明《大川遺稿序》有記曰：「弘治初，余為諸生，與都君元敬、祝君希哲、唐君子畏倡為古文辭。」〔註8〕唐寅與都穆一起倡導過古文辭。

文徵明（1470～1559），初名璧，字徵明，以字行，更字徵仲，號衡山，別署衡山居士。長洲人。唐寅有《與文徵明書》。

文嘉（1501～1583），字休承，號文水、文水道人。長洲人。文徵明仲子。文嘉有《和唐子畏韻》：「我昔曾過桃花庵，庵中常遇桃花仙。吟詩寫畫茅茨下，留客時時費酒錢」，〔註9〕可知文嘉也是唐寅桃花庵裏的常客。

王觀（1448～1521），字惟顥，長洲人。初時自號杏圃，後吳令文天爵嘗饋之鶴，更號款鶴。祝允明與王觀是兒女親家，王觀的長子王穀禎娶了祝允明的女兒。陸粲《祝先生墓誌銘》：「女一，嫁湖州經歷王穀禎」。〔註10〕唐寅為王觀畫有《款鶴圖》。《石渠寶笈》：「明唐寅款鶴圖一卷，宋箋本墨畫。款識云：『弘治壬子仲春既望，摹李河陽筆似欵鶴先生，初學未成不能工也。唐寅』」。〔註11〕

劉嘉緒（1473～1496），字協中。吳縣人。劉協中書法小有造詣，詩文亦小有成就，少年之時即與楊循吉頡頏一時。楊循吉《故明劉文學墓誌銘》說他「詩亦思致清遠，雋味有餘，嘗著《弔范墓文》，意甚高古而用字堅奇，讀者戈棘啄不能通。及和予遊山詩，平安豐潤，又深及玄暢之致」。〔註12〕劉協中與楊循吉是表親，二人十分要好。劉協中與唐寅尤為友善，卒後，唐寅作有《劉秀才墓誌銘》，並編其文集，惜文集現已失傳。

〔註7〕　（清）張照等：《石渠寶笈》卷三十三，文津閣四庫全書，子273，第392頁。

〔註8〕　周道振輯校：《文徵明集》，上海：上海古籍出版社，1987年，第1259頁。

〔註9〕　（明）文洪編：《文氏五家集》卷九，文津閣四庫全書，集462，第181頁。

〔註10〕　（明）陸粲：《陸子餘集》卷三，文津閣四庫全書，集426，第193頁。

〔註11〕　（清）張照等：《石渠寶笈》卷六，文津閣四庫全書，子273，第156頁。

〔註12〕　（明）楊循吉：《松籌堂集》卷六，四庫全書存目叢書，集43，濟南：齊魯書社，1997年，第263頁。

徐禎卿（1479～1511），字昌穀，一字昌國，常熟梅李鎮人，後遷居吳縣。弘治十八年（1505）進士。閻秀卿說徐禎卿：「與吳趨唐寅相友善，寅獨器許，薦於石田沈周、南濠楊循吉，由是知名」。〔註13〕

張靈，字夢晉。長洲人。閻秀卿說張靈「所與遊者，吳趨唐寅最善」。〔註14〕

吳爟，字次明。吳縣人。唐寅曾畫有《江深草閣圖》贈給吳爟。《珊瑚網》卷四十「伯虎江深草閣圖贈次明吳君」。〔註15〕

錢同愛（1475～1549），字孔周，號野亭。長洲人。文徵明《錢孔周墓誌銘》中說：「吾友錢君孔周……所與遊皆一時高朗亢爽之士，而唐君伯虎，徐君昌國，其最善者」。〔註16〕可知唐寅與錢同愛是很好的朋友。

邢參，字麗文。吳人。邢參曾題唐寅為楊季靜作《南遊圖》「楊子將遠遊，候焉來別我……願子求知音，勿誚吾言瑣。孟夏四月五日邢參復書於碧藻軒中」。〔註17〕可知碧藻軒是邢參的小軒。唐寅有《題碧藻軒》。

錢貴（1472～1530），字符抑。長洲人，弘治十一年（1498）舉人。錢貴與唐寅同為弘治十一年戊午科舉人，〔註18〕錢貴與文徵明等吳中文人交往頗多。唐寅於正德三年戊辰（1508）題錢貴小像。同題者徐禎卿、陳沂、祝允明、都穆、文徵明、張靈、邢參等十餘人。

陳淳（1483～1544）字道復，後以字行，更字復甫，號白陽山人，又號五湖田舍。諸生。長洲人。陳淳曾師從文徵明。《江南通志》載：「（淳）少師文徵明，天才秀發。善畫，尤好寫生，一花半葉，淡墨欹斜，非畫工可及。詩取適意」。〔註19〕陳淳有《和唐子畏東城夜遊》。

王守（1492～1550）字履約，號涵峰、涵峰山人、九華山人，長洲人，王寵兄。嘉靖進士。唐寅有《送王履約會試》。

〔註13〕（明）閻秀卿：《吳郡二科志》，四庫全書存目叢書，史90，濟南：齊魯書社，1996年，第135頁。

〔註14〕（明）閻秀卿：《吳郡二科志》，四庫全書存目叢書，史90，濟南：齊魯書社，1996年，第137頁。

〔註15〕（明）汪砢玉撰：《珊瑚網》，文津閣四庫全書，子271，第722頁。

〔註16〕周道振輯校：《文徵明集》，上海：上海古籍出版社，1987年，第756頁。

〔註17〕（清）吳升：《大觀錄》，續修四庫全書，子1066，上海：上海古籍出版社，2002年，第829頁。

〔註18〕（清）趙宏恩等修：《江南通志》卷一百二十七，文津閣四庫全書，集173，第165頁。

〔註19〕（清）趙宏恩等修：《江南通志》卷一百六十五，文津閣四庫全書，集173，第460頁。

王寵（1494～1533），字履吉、履仁，號玄微子、雅宜山人，長洲人，王守之弟。唐寅與王寵是兒女慶家。祝允明《唐子畏墓誌並銘》說唐寅：「生一女，許王氏國士，履吉之子」。〔註20〕

俞弁，字子容，號守約居士。江蘇吳縣人。俞弁《山樵暇語》卷二記有：「故友唐子畏亦喜用俗語」，〔註21〕可知二人是老朋友。

袁袠（1502～1547），字永之，號胥臺，長洲人，嘉靖丙戌（1526）進士。袁袠輯有《唐伯虎集》二卷。

沈津，字潤卿，長洲人。喜藏書，蓄法書名繪頗多，文徵明、徐禎卿等時往賞鑒。沈津於正德六年（1511）彙輯《集古錄》一卷，《漢晉印章圖譜》一卷等，《茶具圖贊》一卷，《硯譜》一卷，《古局象棋圖》一卷，《譜雙》五卷，《打馬圖》一卷等，而成《欣賞編》。計收書十種，十四卷，以天干十字為序，分十集。唐寅為其作有《譜雙序》。

章文（1491～1572），字簡甫，長洲人。其先閩人，後徙吳。善鐫刻，吳中名士文徵明、祝允明、王寵、陳道復等有所書，必屬其刻石為快。王世貞《章簣谷墓誌銘》有「（章簣谷）與故知名士唐伯虎、謝思忠偕」。〔註22〕

謝時臣（1488～1567 尚在），字思忠，號樗仙，樗仙子，樗散，虎丘山人。吳人。與唐寅關係見章文處引文。可知，二人在寧王朱宸濠處有過交往，而且交情還不錯。唐寅有《遊張公洞》詩，小字注有：「張又玄云：『此詩集中失載。有石刻，公手書寄謝樗仙，且跋云，「勝地須急覽，歸當議作一圖」云云』。」〔註23〕

劉布，字時服，長洲人。弘治壬戌科（1502）進士。劉布與祝允明、文徵明等人交好。劉布曾題唐寅為楊季靜作《南遊圖》。吳升《大觀錄》記有：「雅素攜來久，先生得正傳……此行端不負，知己盡時賢。劉布送琴師楊季靜遊金陵詩序。」〔註24〕

黃雲，字應龍，崑山人。黃雲《丹岩集》中有《送唐子畏遊廬山》「我昔

〔註20〕（明）祝允明：《懷星堂集》卷十七，文津閣四庫全書，集 421，第 375 頁。

〔註21〕（明）俞弁：《山樵暇語》，四庫全書存目叢書，子 152，濟南：齊魯書社，1995年，第 15 頁。

〔註22〕（明）王世貞：《弇州續稿》卷九十一，文津閣四庫全書本，集 428，第 856頁。

〔註23〕《唐伯虎全集》，第 364 頁。

〔註24〕（清）吳升：《大觀錄》，續修四庫全書，子 1066，上海：上海古籍出版社，2002 年，第 829 頁。

遊廬山，春歸萬花送。歸來已十年，廬山長入夢。唐子天馬不可羈，鳳歌夙興李白期。忽來別我泛彭蠡，直指廬山發興奇」。〔註25〕可見二人交情不錯。

張寰（1486～1561）字允清，號石川。崑山人。正德十六年（1521）進士。姜紹書《韻石齋筆談》在談到其外祖父孫育時曾有記載：「外大父七峰孫君，吾陽高士也；與唐六如、祝希哲、楊邃庵、陳石亭、張石川諸名彥稱莫逆交。……正德庚辰歲，七峰與諸君修禊於石壁之下，題名岩表，鐫之以紀勝遊」。〔註26〕可知唐寅與張寰曾有過交往。

錢仁夫，字士弘，常熟人。學者稱東湖先生。弘治二年己酉科（1489）舉人，弘治十二年己未科（1499）進士。錢仁夫雅愛風流，與唐寅之師沈周友情甚篤。其題《沈石田有竹居卷》有「住無一舍遠，交近廿年餘」。〔註27〕可見二人住得很近，交情深厚。唐寅與錢仁夫於弘治十二年，同時參加了己未科的會試，惜唐寅因科場案之累，沒有取得功名。錢仁夫本年中了進士，選官踏入仕途。錢仁夫有詩《次唐子畏韻自道鄙懷》、《和唐解元詠破衣》。

王鼎，字符勳，常熟人。景泰七年丙子科（1456）舉人，成化五年己丑科（1469）進士。王鼎與唐寅的老師沈周有交往，曾題《沈石田有竹居卷》有「野竹娟娟淨，清陰十畝餘。沈郎能獨愛，蔣詡合同居。賓主皆忘俗，兒童亦解書。不知風月夜，高興復何如」。〔註28〕王鼎有《福濟觀別唐子畏口占一聯是夜枕上足成八句書寄子畏》、《和唐子畏見贈休字韻》。

楊儀（1488～1564），字夢羽，號五川，常熟人。嘉靖五年（1526）進士及第。李詡《戒庵老人漫筆》：「正德丙寅年，六如為一狎客作水墨桃杏二枝在一扇頭，將伺暇作新詞題之，其人持去，為狂生大書詩句於前，六如見之，怒甚……時楊五川儀年方十九，在側，就案以水筆洗滌新墨，狂生之迹幾減，計不能盡去，乃因字刪改良久，扇亦曝乾，遂填成長相思一調……六如甚加讚賞」。〔註29〕可知唐寅曾很欣賞楊儀的文采。

姚丞，字存道，號畸艇，長洲人。弘治中貢生。工詩，隱居不仕。唐寅

〔註25〕（明）黃云：《黃丹岩先生集》，四庫全書存目叢書，集60，濟南：齊魯書社，1997年，第129頁。

〔註26〕（明）姜紹書：《韻石齋筆談》卷上，文津閣四庫全書，子289，第37頁。

〔註27〕（明）郁逢慶：《書畫題跋記》卷十，文津閣四庫全書，子271，第194頁。

〔註28〕（明）郁逢慶：《續書畫題跋記》卷十二，文津閣四庫全書，子271，第266頁。

〔註29〕（明）李詡：《戒庵老人漫筆》卷六，北京：中華書局，1982年，第259頁。

畫《坐臨溪閣圖》贈姚丞。《石渠寶笈》：「明唐寅坐臨溪閣圖一卷，素絹本著色畫。款題云：空山春盡落花深，雨過林陰綠玉新。自汲山泉烹鳳餅，坐臨溪閣待幽人。輒作小絕並畫以爲贈存道老兄，具傷昔之歡並居處之勝焉。時弘治甲子四月上旬吳趨唐寅」。〔註30〕

唐寅蘇州府籍以外的友人主要有：

孫育，字七峰，號思和，丹陽人。唐寅與孫育堪稱莫逆之交，引文見前張寰處。《丹陽縣志》卷二十《文苑》：「（孫育）遊王守溪、楊石淙、靳介庵之門。皆愛其才，以賈洛陽稱之」。〔註31〕可知孫育曾在王鏊、楊一清等人門下游過學。唐寅也是王鏊的學生，唐寅與孫育同爲王鏊的學生，關係很近。唐寅曾給孫思和畫有一幅《丹陽景圖》，並在畫作後題了八首絕句，題名爲《陰雨浹旬廚煙不繼滌硯吮筆蕭條若僧因題絕句八首奉寄孫思和》，落款爲：「正德戊寅四月中旬吳郡唐寅作於七峰精舍」。〔註32〕

楊一清（1454～1530），字應寧，號邃庵，別號石淙，他祖籍雲南，長於湖南，晚年致仕定居於江南鎮江丹徒，故又號「三南居士」。楊一清致仕後選擇定居於鎮江丹徒，是因爲他的父母親埋葬在那裡，姐姐居住在那裡。他在《爲衰病乞恩休致事》疏中說：「臣原籍雲南安寧州人。臣父景，任廣東化州同知致仕，貧不能歸，寄籍湖廣巴陵縣。臣年一十二歲，以明經童子舉於朝，臣父母偕來京師。臣舉進士未一年，臣父病故，貧不能歸葬，又依臣姊氏，卜葬於直隸鎮江府丹徒縣地方……臣無子，以雲南堂兄之子紹芳爲嗣，寄籍丹徒看守臣父母丘塋」。〔註33〕孫育曾在楊一清門下游過學。正德庚辰（1520）楊一清去丹徒孫育的七峰精舍，與唐寅、祝允明、張寰、陳沂等修禊於南山石壁之下。楊一清曾作有《用贈謝伯一舉人韻贈唐子畏解元》。

顧璘（1476～1545），字華玉，號東橋居士。祖籍吳縣，因上祖籍屬工匠，明初徙居上元。弘治九年（1496）進士。顧璘《國寶新編》中有《解元唐寅》。

陳沂（1469～1538），字宗魯，後改魯南，號石亭，鄞縣人。行醫藉居金陵。先與顧璘、王韋合稱「金陵三傑」。後朱升之後起，遂與陳沂等三人齊名。陳沂與唐寅交遊史實見張寰處。

〔註30〕（清）張照等：《石渠寶笈》卷三十四，文津閣四庫全書，子273，第401頁。
〔註31〕范志新：《徐禎卿全集編年校注》，北京：人民文學出版社，2009年，第120頁。
〔註32〕（明）汪砢玉：《珊瑚網》卷四十，文津閣四庫全書，子271，第722頁。
〔註33〕（明）楊一清：《楊一清集》，北京：中華書局2001年，第323頁。

　　徐經（1473～1507），字直夫，別號「西塢」。江陰人。徐經是弘治乙卯科（1495）舉人。徐經與唐寅於弘治十二年同去參加會試。

　　朱承爵（1480～1527），〔註34〕字子儋，號左庵、舜城漫士，江陰人。唐寅去江陰，曾兩次住在朱承爵的存餘堂裏，可見二人交情當不錯。《石渠寶笈》記：「明唐寅寫春風第一枝一軸：素箋本墨畫，款題云：殘冬風雪宿君家，燭影橫杯隔絳紗。三載重來論契闊，窗前幾夜夢梅花。正德己巳季冬朔後五日，再宿子儋存餘堂中，時風雪寒甚，寫此寄興，且索浮休和之。唐寅書。上鈐吳趨一印，右方下有唐伯虎、六如居士二印。上方薛章憲題云：枳籬竹落野人家，蟬翼疏疏晃帳紗。記取月明清不寐，風爐瀹茗對疏花。薛憲章應教補空。」〔註35〕唐寅跋語：「正德己巳季冬朔後五日，再宿子儋存餘堂中」。詩有「三載重來論契闊」，可知正德元年（1506）間唐寅曾到過江陰，住在存餘堂中。正德己巳（1509）唐寅去江陰，又宿朱承爵存餘堂中。《存餘堂詩話》中記有「唐子畏解元《詠帽》云：『堪笑滿中皆白髮，不欺在上有青天』。人多傳誦」。〔註36〕

　　薛章憲，字堯卿，自號浮休居士，江陰人。約弘治中前後在世。諸生，性喜佳山水，隱於鄧暘溪上。章憲博聞洽物，稱古作者。《列朝詩集小傳》說他「通經博學，棄經生業，遍遊吳越山水，與沈啓南、都玄敬爲文字交」。〔註37〕唐寅與薛也是不錯的朋友。正德四年己巳（1509）十二月六日，唐寅去江陰，曾再宿朱承爵存餘堂中。唐寅畫梅並題詩，且索章憲和作。引文見朱承爵處。

　　華雲，字從龍。號補庵，無錫人。嘉靖進士。少時師事邵寶和王守仁。嘉靖進士。性豪爽，工文辭，善詩。築有眞休園，收藏法書名畫甚多。與文徵明交往頗密，文氏集中有多首與華雲往來詩歌。《墨緣彙觀錄》卷三：「山靜日長圖冊……六如生平傑作……後絹華補庵跋云：『中秋涼霽，偶邀唐子畏先生過劍光閣玩月，詩酒盤桓將浹旬，案上適有玉露山靜日長一則，因請子

〔註34〕朱承爵，其生卒年見張耀宗：《明代藏書家朱承爵》，《江蘇地方志》1999 年 02 期，第 35 頁。

〔註35〕（清）張照等：《石渠寶笈》卷二十六，文津閣四庫全書，子273，第 313 頁。

〔註36〕（清）何文煥輯：《歷代詩話》下，北京：中華書局，1981 年，第 791 頁。

〔註37〕（清）錢謙益：《列朝詩集小傳》，上海：上海古籍出版社，1983 年，第 295 頁。

畏約略其景，爲十二幅』。」〔註38〕可知華雲曾邀唐寅過劍光閣玩月，詩酒盤桓浹旬，唐寅爲其作山靜日長一則爲十二幅。

華世禎，字善卿，號西樓，人稱之湖橋生，無錫人。《華氏傳芳集・西樓府君宗譜傳》：「府君諱世禎，字善卿，號西樓。世饒與貲，率儉約善保；府君獨好客爲豪舉。少從王文恪公學《經》。補博士弟子，以才藻見推。所交皆一時名勝，若文待詔徵明、沈山人周、祝京兆允明、唐解元寅、許太僕初、豐吏部道生輩，日醉吟山水。其風流雅韻，多播於吳閭」。《澄觀樓法帖》：「八世祖西樓公，生當有明中葉，與吳中文人學士遊。如祝京兆、唐六如、文衡山諸先輩，皆一時名俊。……裔孫瑞卿跋」。〔註39〕《唐伯虎全集》有《贈華善卿》三首，其一有詩：「謝庭搖曳滿春風，相見賢孫想阿公；今日贈言吾自愧，立身已了孝之終」。〔註40〕可見唐寅與華世禎的祖父也有過交往，唐寅與華家應有多年的交情。

杭濂，字道卿，宜興人。文徵明在《大川遺稿序》有記曰：「弘治初，余爲諸生，與都君元敬、祝君希哲、唐君子畏倡爲古文辭。爭懸金購書。探奇摘異，窮日力不休。倘然皆自以爲有得，而眾咸笑之。杭君道卿來自宜興，顧獨喜余所爲」。〔註41〕可知杭道卿參與過唐寅與文徵明倡導的古文辭。

程敏政（1445～1499），字克勤，休寧人。明成化二年丙戌（1466）登進士第二名。弘治十二年會試主考官，唐寅參加了本年會試，會試前去拜會過程敏政。

陳憲章（1428～1500），一作獻章，字公甫，號石齋，亦稱「白沙先生」。廣東新會人。唐寅有《送陳憲章》。

梁儲（1451～1527），字叔厚，號厚齋，晚號鬱洲，廣東順德人。成化十四年（1478）會試第一。弘治十一年鄉試主考官，唐寅本年參加鄉試告中解元。唐寅與梁儲是座主與門生關係。

王獻臣，字敬止，其先吳人。隸籍錦衣衛。弘治六年（1493）進士。唐寅有《西疇圖爲王侍御作》。

杜菫，本姓陸，字懼男，一作懼南，號檉居、古狂，又號青霞亭長。丹徒

〔註38〕　（清）安岐：《墨緣彙觀錄》，續修四庫全書，子 1067，上海：上海古籍出版社，2002 年，第 325 頁。
〔註39〕　周道振、張月尊：《文徵明年譜》，上海：百家出版社，1998 年，第 192 頁。
〔註40〕　《唐伯虎全集》，第 417 頁。
〔註41〕　周道振輯校：《文徵明集》，上海：上海古籍出版社，1987 年，第 1259 頁。

人，占籍京師，生卒年不詳。善繪事，《畫史繪要》載其與江夏吳偉、姑蘇沈周、泰和郭詡齊名。杜堇寓京時與吳寬、顧璘多有往來，弘治二年曾爲吳寬作有《冬日賞菊圖》（《庚子銷夏記》卷三）。杜堇還爲王獻臣畫過《雙壽圖》（《東江家藏集》卷十七）。杜堇與文林是多年知交，其《題畫送文太僕宗儒還吳》：

> 南國分司品位清，歐陽人望是先生。
>
> 封章激烈公卿畏，納諫如流聖主明。
>
> 隨柳傍花吟興遠，敝車羸馬去途輕。
>
> 春寒病起還相送，二十年前過愛情。〔註42〕

可見二人交情深厚。唐寅有詩作《贈杜檉居》。

吳廷舉（1459～1525），字獻臣，其祖本湖北嘉魚人，後戍梧州，遂安家爲籍。成化二十三年（1487）進士。吳廷舉有《贈唐寅次其韻》。

張詩（1487～1536），字子言，號崑崙山人。宛平人。唐寅《墨竹扇》題有：「絕句十二首……子言乃謂其能道意中語，故錄似之」。〔註43〕

查八十，原名查鼐，字廷和。生卒年不詳。休寧人。明代琵琶演奏家。汪道昆《查八十傳》「鼐之吳，習祝希哲、楊用修、王履吉、唐伯虎、文徵仲，引爲布衣交」。〔註44〕可知唐寅與查八十有交往。

戴昭，字明甫，休寧人。唐寅爲戴昭作《垂虹別意圖》送行，戴冠爲之序有：「休寧宗弟戴生昭，年富質美。予教紹興府學，時與其父思端有同譜之好，往來情義甚篤。然思端業賈，什九在外，不能內顧昭，恐昭廢學負所禀。因挈來遊於吳，訪可爲師者師之，初從唐子畏治詩……正德戊辰中秋吉旦浙江紹興府儒學訓導長洲戴冠拜手序」。〔註45〕可知戴昭師從唐寅。

以上可見唐寅的交遊具有鮮明的地域性特徵，其主要交往對象爲蘇州府人，蘇州府以外的友人較少。這與唐寅未入仕途，常居家鄉有必然的關係。吳縣是唐寅的鄉里，是他的主要活動區域。故其友朋之分佈以蘇州府爲多，亦在情理之中。

〔註42〕（明）錢穀：《吳都文粹續集》卷五十二，文津閣四庫全書，集463，第515頁。

〔註43〕上海博物館藏，見紫都，霍豔文編著：《唐寅生平與作品鑒賞》上，呼和浩特：遠方出版社，2005年，第88頁。

〔註44〕（明）賀復微編：《文章辨體彙選》卷五百三十八，文津閣四庫全書，集470，第435頁。

〔註45〕（明）汪砢玉撰：《珊瑚網》卷十四，文津閣四庫全書，子271，第545～546頁。

二

　　唐寅的這些友人，多數都愛好書、畫，且多數爲吳門畫派或書派的主要
成員。蘇州自古以來就有這深厚的文化積澱，有著良好的書畫傳統。蘇州出
了不少傑出的書畫家。如唐代大書家張旭、宋代的范仲淹都是名震書壇的大
書法家。明代有「蘇州家家習書，人人作畫」之說。唐寅的這些朋友，不僅
僅是愛好書畫，且多有很高的造詣，許多都是在書畫史上能留下姓名的人物，
堪稱大家。據《御定書畫譜》第四十二卷，記載的明代書法家有吳寬、吳奕、
程敏政、錢仁夫、沈周、朱存理、黃雲、杜董、吳爟、王鏊、梁儲、楊一清、
祝允明、唐寅、都穆、文徵明、文嘉、蔡羽、王守、王寵、陳淳、徐禎卿、
顧璘、陳沂。〔註46〕《御定書畫譜》第五十六卷，記載的明代畫家有陳獻章、
沈周、杜董、錢仁夫、唐寅、周臣、仇英、張靈、祝允明、朱凱、文徵明、
文嘉、王寵、陳淳、陳沂。〔註47〕這些人中除了程敏政、梁儲、杜董、楊一
清、陳憲章這些人以外，基本都是吳門書畫派的主要成員。

　　唐寅的這些友人，多數喜藏書，許多還是書畫收藏和鑒賞家。蘇州府人
多喜藏書。江蘇四個藏書基地常熟、金陵、維揚、吳縣中有兩處屬蘇州。有
了得天獨厚的優勢，再加上經濟的繁榮，文藝的昌盛，生活於其中的文人自
然對優良的藏書傳統不斷發揚光大。錢謙益《列朝詩集小傳》曰：「景（泰）
天（順）以後，俊民秀才，汲古多藏。繼杜東原、邢蠹齋之後者，則性甫、
堯民兩朱先生，其尤也。其他則又有邢量麗文、錢同愛孔周、閻起山秀卿、
戴冠章甫、趙同魯與哲之流，皆專勤績學，與沈啓南、文徵仲諸公相頡頏，
吳中文獻，於斯爲盛」。〔註48〕可見，收藏幾乎成爲明代吳中文人共同的興趣
和愛好。王鏊與其子王延喆都喜收藏，但以藏書爲主，書畫次之。據《珊瑚
網》記載，有明一代之收藏家幾乎全部集中於太湖流域，且其中大都爲沈周
的師友弟子。又據黃朋《明代中期蘇州地區書畫鑒藏家群體研究》一文，堪
稱書畫鑒藏家的有沈周、吳寬、朱存理、華珵、薛章憲、文徵明、徐禎卿、
祝允明、都穆、黃雲、沈津、朱凱、蔡羽、張靈、華雲、文彭等人。此外，
雖稱不上鑒藏家，但也有書畫收藏的有王鏊、王延喆、陳淳、王獻臣、楊循

〔註46〕《御定書畫譜》第四十二卷，文津閣四庫全書，集272，第309～315頁。
〔註47〕《御定書畫譜》第五十六卷，文津閣四庫全書，集272，第456～463頁。
〔註48〕（清）錢謙益：《列朝詩集小傳》，上海：上海古籍出版社，1983年，第303
　　　　頁。

吉、朱承爵、唐寅、王觀、楊儀、錢仁夫、張寰等人。〔註49〕藏書作爲一種基本愛好更是唐寅許多友人的特點，不再一一列舉。僅舉出堪稱藏書家的幾位友人，如張寰，藏書樓名「崇古」。葉昌熾有詩「石川張氏崇古樓，穎川陳氏至樂樓。藏書充棟與汗牛，足敵懷煙顧孝柔」。〔註50〕崇古樓就是張寰的藏書樓。如楊儀，其藏書之室有七檜山房，別構萬卷樓，多聚宋、元舊本及法書名畫、鼎彝古器。

唐寅的友人中有專業的醫家，如王觀就是一位醫術高明的醫家。祝允明《欸鶴王君墓誌銘》對他高明的醫術多有記載：「王尙書文蕭公過訪君，攜其孫在側，體魁梧無病。君視其脈曰：『有大疾，終不可愈』。尙書進金，請爲除治之。固辭曰：『金可受，則疾可瘳矣』。無已，少與藥塞其請。不逾年，死。郡守曹公病痔漏，漏七孔，群醫劫之火，傅以藥，弗效。君曰：『不實其虛，當奈何。』能已令服大補劑，且甚多，孔肉次第盈，竟愈」。〔註51〕王尙書的孫子看起來很魁梧，王觀卻說他得了絕症，果然不到一年此人就死了。曹公得了痔漏，王觀的療法卻反群醫之道而行之，最終治好了曹公的病。此種事例還很多。有的愛好醫學，如俞弁癖於論醫，聞師友講談，或披閱諸史百家之文，輒手抄以備忘，積久成《續醫說》十卷，分原醫、醫書、古今名醫等二十七類，補充引錄歷代文獻中醫學掌故。另著《脈證方要》十二卷，惜已佚。王鏊也熱愛醫學，於弘治九年輯有《本草單方》八卷，嘉靖中由其子王延喆刊刻成書。

唐寅友人中還有文藝界的名人。楊季靜是當時著名的琴師，唐寅爲其離開蘇州去往金陵畫《南遊圖》送別。吳奕、徐元壽、王澳、劉布、文徵明、祝允明、黃雲等皆有題。查八十，以擅長琵琶而聞名。汪道昆《查八十傳》說查鼎出生時「會大父華年八十，大父喜命曰八十云。……時壽州鍾山琵琶最善，……男奉鼎千金爲山壽，師事山。無何，盡得山法。……居頃之，過山遠矣。山歎曰：『郎君，吾師也，山何敢爲郎君師？』於是，乃過故倡，倡不知也。一彈而四座辟易，以爲神。倡蒲伏下堂，……當時是，滑人李貴善技擊，襄陽吳奇善騎射，豫章孫景善蹴踘，金陵馬清善簫，吳人張大木善琴，

〔註49〕黃朋：《明代中期蘇州地區書畫鑒藏家群體研究》，南京藝術學院博士論文，2002 年。

〔註50〕（清）葉昌熾：《藏書紀事詩》上海：上海古籍出版社，1989 年，第 145 頁。

〔註51〕（明）錢穀：《吳都文粹續集》卷四十，文津閣四庫全書，集 463，第 413 頁。

皆獨步。……所至人人親」。〔註52〕可見，查八十是當時琵琶界的頂級藝人。唐伯虎、文徵明都給查八十寫過傳記，惜於二人集中未見到。此事於黃宗羲《金石要例》有記：「作文不可倒卻架子。爲二氏之文，須如堂上之人，分別堂下臧否。……徵明、伯虎、太函傳查八十，許以節俠，抑又下矣」。〔註53〕

　　細辨唐寅的交遊圈，我們可以發現他們中的很多人既是文學家、書法家、畫家，又是收藏家、鑒賞家，充分體現了吳門的文人的多才多藝。清陳去病（1874～1933）在《五石脂》中說：「蔡羽、文璧、沈周、唐寅、祝允明、陸治及璧子文彭、文嘉，皆吾吳先賢之彬彬者也。其人咸多技能，好古竺學。知考藏金石，搜奔古今圖書無倦意。又嫻於吟詠，工文章、擅書畫，故當時莫不有鄭虔三絕之譽」。〔註54〕這個評價放在唐寅交遊圈之多數友人身上都是適用的。

第二節　唐寅交遊方式及交遊活動對唐寅之影響

　　探討唐寅與友朋的交遊方式，有助於我們更全面地瞭解唐寅的人生活動。交遊活動對唐寅的影響也是方方面面的，從唐寅的日常行爲、人生抉擇、個人愛好、文學創作等諸多方面，都可以見到這種影響的痕迹。

一

　　唐寅與友朋的交遊方式，主要有詩文唱和，文人雅集，遊覽名勝，書畫鑒賞題詩等。文徵明曾說他和唐寅、徐禎卿、錢孔周同在「庠序，故會晤爲數。時日不見，輒奔走相覓；見輒文酒讌笑，評騭古今，或書所爲文，相討質以爲樂」。〔註55〕

　　詩文唱和主要表現爲互贈詩文和就某一主題共同題詠。互贈詩文是文人之間常見的交往方式，在唐寅作品中有不少與友人往來的詩文。如唐寅寫給友人的有《送王履約會試》、《壽王少傅》、《與文徵明書》等；還有友人寫給

〔註52〕　（明）賀復徵編：《文章辨體彙選》卷五百三十八，文津閣四庫全書，集470，第435頁。
〔註53〕　（清）黃宗羲：《金石要例》，文津閣四庫全書，集496，第522頁。
〔註54〕　《唐伯虎全集》，第595頁。
〔註55〕　《錢孔周墓誌銘》，見周道振輯校：《文徵明集》，上海：上海古籍出版社，1987年，第756頁。

唐寅的，如文林《和唐寅白髮》、祝允明《別唐寅》、文徵明《簡子畏》等。有的時候唐寅和他的友人就某一主題展開題詠，這種活動通常不是聚會的產物，而是由某人首先就某一主題題詠，這題詠在友人中不斷流傳，不斷有人追和。典型的例子是唐寅與他的諸多友人追和元代著名畫家倪瓚的《江南春》，就是由沈周率先對此詞題詠，祝允明、楊循吉、徐禎卿、文徵明、蔡羽、王守、王寵、陳沂、顧璘、袁袠等人先後追和，最終在嘉靖年間才刊刻成集。又如沈周曾寫《落花詩》十首，文徵明率先唱和，呂秉之也加入了進來，後來唐寅也曾寫有《和沈石田落花詩》三十首，傳爲一時佳話。

　　文人雅集主要表現爲唐寅同友人們同聚一堂，或詩酒唱和，或遊覽湖山勝地，或同到佛家禪院參禪說法，或爲友人送別小集。如唐寅桃花塢築成時，曾宴請好友沈周、黃雲、祝允明同賞美好風光。唐寅曾作有《桃花庵與祝允明黃雲沈石田同賦》五首，其一「列伍分高下，杯盤集俊賢；五陵通俠逸，四姓號神仙。春月襟期好，秋風卞射聯。遙知文集處，伐木有詩篇」。〔註56〕詩作展現了唐寅與友人詩酒聯歡，共賞美景的場面。特別是「四姓號神仙」一句，活化了他們逍遙雅集的情景。

　　唐寅還經常與友人遊覽名勝，如與楊循吉泛虎丘。弘治甲子（1504），唐寅還曾陪王鏊遊林屋洞。時王鏊丁憂居家，在唐寅等人的陪同下遊覽觀光。旖旎的自然風景似乎疏散了失去親人的悲痛，弟子好友的陪伴也使得王鏊心情轉朗，他逸興俊發，還在石壁上題名留言。這次同遊也給唐寅留下了深刻的印象，以致五年後的正德己巳（1509），唐寅遊覽此地再見到當年王鏊的題名時，不禁思緒萬千，有《林屋洞前》詩曰：「暘谷東頭丙洞前，葉迷行逕水迷天；相公舊日題名在，重到摩挲思惘然」。〔註57〕弘治己丑（1505）十一月十日，王鏊與友人李旻、朱立遊劍池，唐寅又得以相伴相遊，還於劍池壁上題名。正德壬申（1512）正月，唐寅與王鏊及其子王延陵等再次來到虎丘，此次前來乃因爲當時劍池忽然乾涸，現出了傳說中的吳王闔閭的墓門。王鏊還寫有《闔閭賦》：「昔闔廬之霸吳兮，卒託體乎茲丘。慨往迹之日湮兮，曾不可乎復求……歲正德之協洽兮，劍池忽焉其枯涸。何昔日之淵淪兮，今山徑之嶢嵂。……石舲舲而雙敞兮，類墓門之頹駁」。〔註58〕記載了劍池乾涸，現出吳王墓門的事件。

〔註56〕《唐伯虎全集》，第45頁。
〔註57〕《唐伯虎全集》，第402頁。
〔註58〕（明）王鏊：《震澤集》卷一，文津閣四庫全書，集419，第649頁。

　　唐寅有時與友人會同到佛家禪院參禪說法。如正德三年戊辰（1508）三月十日，唐寅與文徵明、朱凱、吳奕等同集竹堂寺賞牡丹。唐寅與文徵明各有圖並詩，唐寅作《三月十日偕嗣業徵明堯民仁渠同飲正覺禪院僕與古石說法而諸公譴浪庭前牡丹盛開因為圖之》：「接箭投梭了卻春，牡丹且喜未成塵；共憐色相憑相證，轉世年康第幾人？」〔註59〕

　　有的時候這種集會是為了給友人送行，如正德元年丙寅（1506）四月，唐寅作《出山圖》送王鏊，時鏊以吏部左侍郎召入京。朱存理、祝允明、徐禎卿、張靈、吳奕、盧襄等皆有題詩。如祝允明題有：「東南赤舄上明光，百辟回班待子長。事業九經開我後，文章二典紀先皇。春風夜雪門牆夢，秘洞靈丘杖履將。敢道託根偏樹拔，例隨荒草逐年芳。門生祝允明」。張靈題有：「贊化調元屬重臣，相君歸國節旄新。大廷入覲新天子，四海應沾鼎外春。門下生張靈」。吳奕題有：「聖主登新極，文星復舊垣。紫書徵纂述，黃閣待調元。畫舫行江驛，華旌映郭門。承明朝見罷，天語降殊恩。後學生吳奕」。〔註60〕詩作對王鏊的出山極力歌詠，表達了後學的敬仰與祝賀。又如正德三年戊辰（1508）八月唐寅曾作有《垂虹別意圖》送自己的學生戴昭離開吳中歸休寧，沈周、楊循吉、祝允明等人均有題詩。戴冠《垂虹別意圖序》記有：「昭為人言動謙密，親賢好士。故沈石田、楊君謙、祝希哲輩皆吳中名士，昭悉得與交，交輒忘年忘情」。〔註61〕

　　由於唐寅的友人眾多都是書畫家，他們還經常集聚在一起欣賞名帖名畫，互相在對方書畫作品上題詩題跋題序，此類例子繁多，不一一列舉。

二

　　考察唐寅的交遊活動，我們可以發現從唐寅的日常行為、人生抉擇、個人愛好、文學創作、書畫創作等諸多方面，都可見到友朋交往對他的影響。本書主要研究文學家身份的唐寅，不涉及友朋對其書畫創作的影響。

　　唐寅喜獎掖後進。唐寅曾為好友徐禎卿作過引薦，《明史·文苑傳》載：「徐禎卿……與里人唐寅善，寅言之沈周、楊循吉，由是知名」。〔註62〕獎掖

〔註59〕　《唐伯虎全集》，第400頁。
〔註60〕　（明）張丑：《清河書畫舫》卷十二下，文津閣四庫全書，集271，第426頁。
〔註61〕　（明）汪砢玉撰：《珊瑚網》卷十四，文津閣四庫全書，子271，第545頁。
〔註62〕　（清）張廷玉：《明史》卷二八六，北京：中華書局，1974年，第7350頁。

後進固然是蘇州士林良好的士風和傳統，何良俊在《四友齋叢說》卷十六中對此大加讚歎：「吾松江與蘇州連壤。其人才亦不大相遠。但蘇州士風，大率前輩喜汲引後進，而後輩亦皆推重先達。有一善，則褒崇讚述無不備至。故其文獻足徵，吾松則絕無此風」。〔註63〕表達了他對蘇州優良士風的羨慕和讚賞。在唐寅身邊就有不少這樣的長輩，如沈周就「喜獎掖後進，寸才片善，苟有以當其意，必爲延譽於人，不藏也」。〔註64〕文林更是對唐寅關愛有加。文林是唐寅密友文徵明的父親，他「愛寅之俊雅，謂必有成，每每良宴必呼共之」。〔註65〕文林經常爲唐寅延譽，唐寅在《送文溫州序》中所說文林對他：「先後於邦閭耆老、於有司無不及至，若引跛鼈，策駑駓然。是先生於後進也，盡心焉耳矣」。〔註66〕文嘉在《先君行略》中也說：「南濠都公穆博雅好古，六如唐君寅天才俊逸，公與二人者共耽古學，遊從甚密，且言於溫州使薦之當路，都竟起家爲己未進士，唐亦中南京戊午解元」。〔註67〕受沈周、文林言傳身教的唐寅，自然也會仿傚他們的行爲，來發揚蘇州士林的這一優良傳統。

唐寅在科場案後，選擇放棄爲吏，歸隱吳中，固然有前述諸多因素，也有友朋之影響。而且，歸隱也是吳人的傳統，黃省曾《吳風錄》云：「自角里披裘公、季札、范蠡輩前後潔身，歷世不絕，時時有高隱者」。〔註68〕可見隱逸之風在吳中可謂源遠流長。且明初朱元璋對三吳文人的嚴酷打擊和殺戮，使得吳中文人更多地轉向了歸隱。「市隱」成了許多士人的追求。而明代中期商品經濟的發達，書畫進入商品流通領域，也爲書畫家們提供了新的出路，有利於他們選擇隱居生活。徐禎卿對吳中歸隱之風的看法是比較符合當時隱士之現狀的。他在《漕湖聚珠集序》說：「夫所謂隱者，非必居深山之中，業耒鋤而親木石也。夫隱士者豈不讀書而好道乎？修身而樂善乎？但心無慕祿

〔註63〕（明）何良俊：《四友齋叢說》卷十六，北京：中華書局，1959 年，第 134 頁。
〔註64〕文徵明：《沈先生行狀》，周道振輯校：《文徵明集》，上海：上海古籍出版社，1987 年，第 596 頁。
〔註65〕唐寅：《又與文徵仲書》，見《唐伯虎全集》，第 224 頁。
〔註66〕《唐伯虎全集》，第 227 頁。
〔註67〕周道振輯校：《文徵明集》，上海：上海古籍出版社，1987 年，第 1619～1620 頁。
〔註68〕（明）黃省曾：《吳風錄》，《續修四庫全書》，史 733，上海：上海古籍出版社，2002 年，第 789 頁。

仕，不能役役事人耳。心無富貴之慕，則雖處市朝，無點乎其隱也。何必謝
人群、侶木石、棄孺業、親耒鋤邪？」〔註69〕這代表了明代中期吳中隱士的
特點，他們不慕富貴利祿、不願驅使於人，崇古守道，身居鬧市卻心隱於鄉。
在唐寅身邊就有不少這樣的朋友。如主動歸隱的沈周、吳奕、朱存理、朱凱
等人。沈周的隱居還受其父輩影響，《明史・隱逸傳》卷二九八說他的「伯父
貞吉，父恒吉，並抗隱」。本傳又載：「郡守欲薦周賢良，周筮《易》，得《遯》
之九五，遂決意隱遯……晚年，匿迹惟恐不深，先後巡撫王恕、彭禮咸禮敬
之，欲留幕下，並以母老辭」。〔註70〕吳奕是吳寬季弟吳元暉之子，性情奇特，
樂爲布衣以終，蕭然東莊之上，於仕途毫不留心。朱存理和朱凱，博學能文，
澹泊自守，優游林下，終身不仕，同稱蔚門隱士。朱存理在《蔚溪編序引》
中說：「溪值蔚門東，故曰蔚溪。予家溪之上，凡累世矣。先公因以東溪自號，
溪之流，帶廛市，環城郭，可以耕漁其間，而樂爲隱也」。〔註71〕俞弁，世代
業儒，不樂仕進，他的《逸老堂詩話》自序云：「性疏懶，平居自糲食粗衣外，
無他嗜好，寓情圖史，翻閱披校，竟日忘倦……余亦自謂有眞樂三，而此不
與焉。讀經史百家，忽然有悟，朗誦一過，如對賓客談論，而無迎送之勞，
一樂也。展玩法書名帖，追想古人筆法，如與客弈棋臨局，而無機心之勞，
二樂也。焚香看畫，一目千里，雲樹藹然，臥遊山水，而無跋涉雙足之勞，
三樂也。以此三樂，日復一日，蓋不知老之將至，何必飫膏粱，乘輕肥，華
居鼎食，然後爲快哉？」〔註72〕可謂說盡了這種隱逸生活的美妙之處。有了
這些師友的影響，唐寅選擇歸隱吳中也是很自然的事。

　　徐禎卿在《新倩籍》中說：「（唐寅）喜玩古書，多所博通」。〔註73〕可見
唐寅有藏書之好。唐寅所藏之書周道振輯有：

　　　　高杏東先生得杜氏通典一部，唐子畏所校也。（《梅花草堂筆談》
卷四）

　　　　成玄英疏莊子二十卷，南京解元唐寅藏書，北宋槧本之極佳者。

　　　　三辰通載，南宋槧本，有南京解元、唐寅印記並題字。（《讀書
敏求記》）

〔註69〕范志新：《徐禎卿全集編年校注》，北京：人民文學出版社，2009年，第692
　　　　頁。

〔註70〕（清）張廷玉：《明史》卷二八七，北京：中華書局，1974年，第7630頁。

〔註71〕（明）朱存理：《樓居雜著》，文津閣四庫全書，集418，第248頁。

〔註72〕丁福保輯：《歷代詩話續編》，北京：中華書局，1983年，第1298頁。

〔註73〕《唐伯虎全集》，第540頁。

　　新雕注解珞琭子三命消息賦三卷，校正李燕陰陽三命二卷，勝朝登學圃堂。(《士禮居藏書題跋記》)

　　宋版童溪王先生易傳，宋版公是先生七經小傳，唐寅藏書，皆有唐伯虎印。(《天祿琳琅》)

　　余在滂喜齋，見宋刻袁樞通鑒紀事本末，唐子畏藏書，有「南京解元」印。每卷後皆有子畏題字，一云「蘇臺唐寅子畏甫學圃堂珍藏書籍」，一云「晉昌唐寅醉中讀」，一云「唐子畏夢墨亭藏書」，一云「吳郡唐寅桃花庵中夢墨亭」，其餘大致略同。(《藏書紀事詩》卷二)

　　陳雲濤舍人招同汪竹香、張秋濤觀宋鈔司馬溫公集注揚子太元凡六卷。後四卷則襄陽許翰解擬康伯注係詞之例，今爲十卷。明時爲唐子畏所藏，後歸錢同愛。(《竹汀先生日記鈔》)

　　太玄集注六卷、太玄解四卷、附太玄曆一卷，宋鈔本。「弘治乙卯臘月，莘溪邢參觀於皐橋唐伯虎家。」「此本舊藏唐子畏家，後以贈錢君同愛。更無副本，唯賴此傳誦耳，錢君幸珍藏之。丁巳冬徐禎卿識。」(《鐵琴銅劍樓藏書題跋集錄》)〔註74〕

據楊繼輝《唐寅年譜新編》，又輯出唐寅藏書有《何水部集》三卷、宋紹興十三年刊本《群經音辨》、宋版《南豐曾子固先生集》、宋版《後村居士集》、抄本《知非堂稿》六卷、宋監本《周易正義跋》等書。〔註75〕

　　唐寅愛藏書，多半源於其交往之朋友很多人都喜愛藏書。《何水部集》三卷文嘉跋云：「惟孫鳴歧有此本，而子畏有別本，故諸公校者錄跋者，不遺餘力，其好尚可知。又聞一時名士，如楊、祝、都、唐輩，每得一異書，則爭相誇示以爲樂，故其所成皆卓然名世」。〔註76〕可見他們經常在一起搜求異書，奇文共欣賞。如朱存理「聞人有奇書，輒從以求，以必得爲志。或手自繕錄，動盈筐篋。群經諸史，下逮稗官小說，山經地志，無所不有，亦無所不窺」。〔註77〕如錢孔周：「性喜畜書，每並金懸購。故所積甚富」。〔註78〕此例甚多，不一一列舉。

〔註74〕《唐伯虎全集》，第584～585頁。
〔註75〕楊繼輝：《唐寅年譜新編》，蘇州大學碩士論文，2005年，第12～13頁。
〔註76〕（清）陸心源：《皕宋樓藏書志》卷六十七，《續修四庫全書》，史929部，上海：上海古籍出版社，2002年，第79頁。
〔註77〕周道振輯校：《文徵明集》，上海：上海古籍出版社，1987年，第679頁。
〔註78〕周道振輯校：《文徵明集》，上海：上海古籍出版社，1987年，第757頁。

　　唐寅雖然嗜酒，卻也喜歡品茗。酒和茗與文人雅士自古就有著不解之緣，酒是壯懷激烈的，茗是淡雅內斂的，騷人墨客借酒澆愁，借品茗抒發歸隱的靜謐情懷。自唐、宋以來品茶之風都很流行，到了明代，此風更大爲盛行。一方面日常生活中離不開飲茶，一方面品茶有助於體現高雅情趣，提升精神生活。唐寅以茶爲題創作的繪畫作品流傳下來的有《盧仝煎茶圖》、《事茗圖》等。以《事茗圖》最爲著名，現藏故宮博物院。該畫有自題詩款曰：「日長何所事，茗碗自齎持。料得南窗下，清風滿鬢絲」。〔註79〕詩作流露出唐寅嚮往閒適隱歸的生活，遁迹山林的志趣。唐寅還作有《盧仝煎茶圖》，並有題詩曰：「千載經綸一禿翁，王公誰不仰高風。緣何坐聽添丁慘，不住山中住洛中」。〔註80〕嗜茶之人千千萬萬，唐寅選擇盧仝，乃是因爲盧仝堪稱茶癡。盧仝（約 795～835），號玉川子，濟源（今屬河南）人。盧仝一生愛茶成癖，他對茶的癡好及歌詠，自唐代以來，就久經傳唱，可以說有嗜茶之好的人幾乎沒有不知道盧仝的。盧仝在《走筆謝夢諫議寄新茶》中寫到「日高丈五睡正濃，軍將打門驚周公。口云諫議送書信，白絹斜封三道印。開緘宛見諫議面，手閱月團三百片。聞道新年入山裏，蟄蟲驚動春風起。天子須嘗陽羨茶，百草不敢先開花。仁風暗結珠蓓蕾，先春抽出黃金芽。摘鮮焙芳旋封裹，至精至好且不奢。至尊之餘合王公，何事便到山人家？柴門反關無俗客，紗帽籠頭自煎吃。碧雲引風吹不斷，白花浮光凝碗面。一碗喉吻潤，二碗破孤悶。三碗搜枯腸，惟有文字五千卷。四碗發輕汗，平生不平事，盡向毛孔散。五碗肌骨清，六碗通仙靈。七碗吃不得也，唯覺兩腋習習清風生。蓬萊山，在何處？玉川子乘此清風欲歸去。山上群仙司下土，地位清高隔風雨。安得知百萬億蒼生命，墮在巔崖受辛苦。便圍諫議問蒼生，到頭還得蘇息否？」〔註81〕他以生動的筆墨，描寫了飲陽羨茶的感受。每一碗茶，帶來的體驗和感覺都是不同的，隨著不斷的品茗，到第七碗時竟達到羽化成仙的美妙境界。盧仝飲茶還要「柴門反關無俗客，紗帽籠頭自煎吃」，無怪乎唐寅說他：「千載經綸一禿翁，王公誰不仰高風」。

　　雖然嗜茶是歷代眾多文人的嗜好，但如果親近之師友也有這種愛好，這種愛好可能就會相互影響。唐寅的嗜茶的這一喜好就與他的諸多好友有共同

〔註79〕　《唐伯虎全集》，第 390 頁。

〔註80〕　《唐伯虎全集》，第 128 頁。

〔註81〕　（唐）盧仝：《玉川子詩集》卷三，《續修四庫全書》，集 1311，上海：上海古籍出版社，2002 年，第 104 頁。

之處。唐寅的兩位師長輩友人吳寬與沈周都愛茶成癖，「吳匏庵與沈石田遊虎丘，採茶手煎對啜，自言有茶癖」。〔註82〕後吳寬雖官至北京禮部尚書，公務之暇茶癖不減，常在官邸後園召友品飲賦詩。吳寬作有《愛茶歌》：「湯翁愛茶如愛酒，不數三升並五斗。先春堂開無長物，只將茶竈連茶臼。堂中無事長煮茶，終日茶杯不離口。當筵侍立惟茶童，入門來謁惟茶友。謝茶有詩學盧仝，煎茶有賦擬黃九。茶經續編不借人，茶譜補遺將脫手。平生種茶不辦租，山下茶園知幾畝。世人可向茶鄉遊，此中亦有無何有」。〔註83〕詩作雖是歌詠湯翁的愛茶成癖，未嘗不是他本人嗜好的反映。吳寬之侄吳嗣業日以賦詩啜茶爲事，時人稱爲「茶香先生」。沈周對茗飲也情有獨鍾，曾有《書岕茶別論後》「自古名山留以待羈人遷客，而茶以資高士，蓋造物有深意」。〔註84〕之論。沈周還爲王浚之寫過《會茶篇》。王浚之是當時的一位嗜茶名人，其名飲茶處爲「醉茗廬」，可見其愛茶之深。沈周也嗜茗，王浚之擅長煎茶，朱存理的《書會茶篇》記載了沈周爲王浚之寫《會茶篇》的緣由：「濬之性嗜茶，煎法特妙，嘗載佳茗過竹巢，煎以飲翁（沈周），其好事如此。翁連啜七椀，形容其妙，見於此篇」。〔註85〕沈周對於王浚之妙法煎出的香茗，連喝了七椀，並乘興寫下《會茶篇》，可見風雅之極。沈周飲王浚之煎茶連喝七椀與盧仝飲陽羨茶連喝七碗眞是有異曲同工之妙。沈周還創作有茶詩，如《月夕汲虎丘第三泉煮茶坐松下清啜》：「夜扣僧房覓碉腴，山童道我吝村沽。未傳盧氏煎茶法，先執蘇公調水符。石鼎沸風憐碧縐，磁甌盛月看金鋪，細吟滿啜長松下，若使無詩味亦枯」。〔註86〕文徵明作有《惠山茶會圖》等與品茗相關作品，《惠山茶會圖》繪製了正德十三年（1518）二月十九日清明時節，文徵明與好友蔡羽、王守、王寵專程到無錫惠山，以茶會友的一段雅事。惠山泉泉水清淳甘冽，極宜烹茶，被唐代陸羽評爲「天下第二泉」。歷代嗜茗之人，都以到惠山品茗爲美事。爲了品茗，唐寅的友人文徵明、王寵他們專程從吳縣到惠山去，可見對茶的熱愛。

〔註82〕（清）陸廷燦：《續茶經》卷下之三，清雍正間刻本。

〔註83〕（明）吳寬：《家藏集》卷四，文津閣四庫全書，集419，第353頁。

〔註84〕（清）陸廷燦：《續茶經》卷下之三，清雍正間刻本。

〔註85〕（明）朱存理：《樓居雜著》，文津閣四庫全書，集418，第249頁。

〔註86〕（明）沈石田：《石田詩選》卷二，文津閣四庫全書，集417，第415頁。

三

　　唐寅的交遊活動還對其文學創作產生了鮮明的影響。考察唐寅的交遊活動，可以發現唐寅結過社，參加過古文辭運動，這些文學活動對他的詩文創作有明顯的影響。

　　明代文人結社之風盛行，在唐寅的友人中就有不少屬於有組織的社團人員。如朱彝尊在《靜志居詩話》卷十一中談到「邢參」時說：「麗文亦有『東莊十友』，吳爟次明、文徵明徵仲、吳奕嗣業、蔡羽九逵、錢同愛孔周、陳淳道復、湯珍子重、王守履約、王寵履仁、張靈孟晉。故其詩云：『昔貴重北郭，吾輩重東莊。胥會誠難得，同盟詎敢忘。』」〔註87〕這些人之中，除了湯珍是否與唐寅有交往未見直接證據，其餘的人都與唐寅有直接交往關係。唐寅也有結社行為。現存唐寅作品中有一首《社中諸友攜酒園中送春》：「三月盡頭剛立夏，一杯新酒送殘春；共嗟時序隨流水，況是筋骸欲老人。眼底風波驚不定，江南櫻筍又嘗新；芳園正在桃花塢，欲伴漁郎去問津」。〔註88〕從詩作內容來看，應該作於桃花塢築成以後，唐寅與「社中」友人為送春小聚。據楊靜庵考證，唐寅築桃花塢時約三十六歲，也即是說桃花塢築於科場案後。此時，唐寅絕意仕途，此社很可能是友人相聚品評詩文書畫的社團。唐寅又有《春日寫懷》云：「新春蹤迹轉飄蓬，多在鶯花野寺中；昨日醉連今日醉，試燈風接落燈風。苦拈險韻邀僧和，暖簇蒸籠與妓烘；寄問社中諸契友，心情可與我相同。」〔註89〕詩中有「苦拈險韻邀僧和」，可見他們在一起主要是吟詩作畫。唐寅還有《雨中小集即事》：「煙蓑風笠走輿臺，邀取群公赴社來。蕉葉共聽窗下雨，蟹螯分弄手中杯。能容緩頰邾夫子，戲謔長眉老辯才；酒散不妨無月色，夾堤燈火棹船回」。〔註90〕從「群公」一詞來看，唐寅的社友還不少。以上看來唐寅結過社，但目前暫未見到其他相關材料，還不能考證出唐寅結的是什麼社。

　　唐寅還參加過吳中的古文辭運動，而且是一位倡導者。對此文徵明在《大川遺稿序》有記曰：「弘治初，余為諸生，與都君元敬、祝君希哲、唐君子畏倡為古文辭。爭懸金購書。探奇摘異，窮日力不休。倘然皆自以為有得，而

〔註87〕　（清）朱彝尊：《靜志居詩話》，北京：人民文學出版社，1990 年，第 308 頁。

〔註88〕　《唐伯虎全集》，第 53 頁。

〔註89〕　《唐伯虎全集》，第 90～91 頁。

〔註90〕　《唐伯虎全集》，第 52 頁。

眾咸笑之。杭君道卿來自宜興，顧獨喜余所爲」。〔註91〕在《上守溪先生書》
中文徵明也記有：「（徵明）年十九還吳，得同志者數人，相與賦詩綴文」。〔註
92〕對於此事，文嘉在《先君行略》中也有追述說：「（文徵明）讀書作文，即
見端緒，尤好古文詞。時南峰楊公循吉、枝山祝公允明，俱以古文鳴」。〔註
93〕關於這場古文辭運動的時間，文徵明提到了兩次，一次是「弘治初」，一次
是說他「年十九」，文徵明生於成化庚寅（1470），弘治初年是 1488 年，此年
徵明恰好十九歲，唐寅與文徵明是同年出生的，也是十九歲。由上述文獻可
知，唐寅與楊循吉、祝允明、文徵明等人在弘治初年（1488）掀起了一場頗
具規模的「古文辭」運動。其實，在更早一些時候，唐寅的友人祝允明與都
穆等都是古文辭的愛好和推崇者。文徵明在《題希哲手稿》中說祝允明「年
甫二十有四。同時有都玄敬者，與君並以古文名吳中」。〔註94〕可見祝允明二
十四歲時，即在成化十九年（1483）的時候，就已經和都穆就以「古文名吳
中」了。唐寅的諸多好友都是古文辭的愛好者，如戴冠「刻意爲古文辭，負
氣矜抗，無所推與」。〔註95〕黃雲也愛好古文辭，歸有光《吳純甫行狀》有「里
中有黃應龍先生，名能古文，先生師事之」。〔註96〕如劉協中，好古文辭，楊
循吉在《故明劉文學墓誌銘》說他：「年數歲，據小几習書，儼然成文。又選
古詩，模其格律，皆有妙悟」。〔註97〕

　　唐寅與友人發起的這場古文辭運動，並不是空穴來風，而是對吳中優良
文學傳統的繼承和發揚。吳中有著良好的文學傳統，很多吳中前輩都有著研
習古文辭的經歷。明初詩壇的吳中四傑高啓、楊基、張羽、徐賁，均以詩文
著稱於世。他們高才橫溢，善於向古人學習。吳中優良的詩文傳統從高啓等
人那裡一直薪火相傳，到了唐寅和他的師長這一代再度發揚廣大。陸師道在
《袁永之集序》中說：「至於英、孝之際，徐武功、吳文定、王文恪三公者出，
任當均治，主握文柄，天下操觚之士，向風景服，靡然從之。時則有若李太

〔註91〕周道振輯校：《文徵明集》，上海：上海古籍出版社，1987 年，第 1259 頁。

〔註92〕周道振輯校：《文徵明集》，上海：上海古籍出版社，1987 年，第 581 頁。

〔註93〕周道振輯校：《文徵明集》，上海：上海古籍出版社，1987 年，第 1619 頁。

〔註94〕周道振輯校：《文徵明集》，上海：上海古籍出版社，1987 年，第 563 頁。

〔註95〕（明）劉鳳：《續吳先賢贊》卷十一，四庫全書存目叢書，史 95，濟南：齊魯
　　　書社，1996 年，第 204 頁。

〔註96〕（明）歸有光：《震川集》卷二十五，文津閣四庫全書，集 430，第 707 頁。

〔註97〕（明）楊循吉：《松籌堂集》卷六，四庫全書存目叢，集 43，濟南：齊魯書社，
　　　1997 年，第 263 頁。

僕貞伯、沈處士啓南、祝通判希哲、楊儀制君謙、都少卿玄敬、文待詔徵仲、唐解元伯虎、徐博士昌國、蔡孔目九逵先後繼起，聲景比附，名實彰流，金玉相宣，黼黻並麗。吳下文獻，於斯爲盛，彬彬不可尚已」。〔註98〕錢謙益說：「吳人屈指先哲名賢，縉紳首稱匏翁（吳寬），布衣首推白石翁（沈周），其它或少次矣」。〔註99〕他們雖一在朝，一在野，但書信往來不斷，吳寬有機會歸鄉時，經常與沈周會晤。《明史・文苑傳》也說：「吳中自吳寬、王鏊以文章領袖館閣，一時名士沈周、祝允明輩，與並馳騁，文風極盛。徵明及蔡羽、黃省曾、袁袠、皇甫沖兄弟稍後出」。〔註100〕可見吳寬、王鏊和沈周的倡導，對唐寅他們的古文辭運動起著重要的指導作用。

　　吳寬對古文辭情有獨鍾，他在《舊文稿序》中自記：「寬年十一入鄉校，習科舉業，稍長，有知識，竊疑場屋之文，排比牽合，格律篇同之使人筆勢拘縶，不得馳騖，以肆其所欲言，私心不喜。時幸先君好購書，始得《文選》讀之，知古人乃自有文，及讀《史記》、《漢書》與唐宋諸家集，益知古文乃自有人，意頗屬之。適與諸生一再試郡中，偶皆前列，輒自滿曰：『吾足以取科第矣』。益屬意古作。然既業爲舉子，勢不得脫然棄去。坐是牽制，學皆不成。故累舉於鄉，即與有司意件，雖平生知友，未免咎予之遷。予則自信益固，方取向之《文選》及史漢、唐宋之文益讀之，研究其立言之意，修詞之法，不復與年少者爭進取於場屋間」。〔註101〕可知吳寬爲諸生時就對舉業文字產生了質疑，對古文辭產生了興趣，從閱讀《文選》開始，遍讀班、馬、唐、宋諸大家之文，欲盡棄制舉業，從事古學。王鏊在其《吳公神道碑》中也說他：「公生有異質，未冠入郡庠，輩流方務舉業，公獨博覽群籍，爲古文辭，下筆已有老成風格」。〔註102〕在詩歌方面，吳寬崇尚中晚唐與蘇詩，講求詩中「趣味」。在《後同聲集序》中他就提到「予嘗觀古詩人莫盛於唐。其間如元白、韓孟、皮陸，生同其時，各相爲偶，固其人才之敵，亦惟其心之合耳」。〔註103〕由此可知，吳寬崇尚中晚唐的元、白、韓、孟、皮、陸諸家，吳寬還

〔註98〕 （明）袁袠：《衡藩重刻胥臺先生集》卷首，四庫全書存目叢書，集86，濟南：齊魯書社，1997年，第421頁。

〔註99〕 （清）錢謙益：《列朝詩集小傳》，上海：上海古籍出版社，1983年，第275頁。

〔註100〕 （清）張廷玉：《明史》卷二八七，北京：中華書局，1974年，第7363頁。

〔註101〕 （明）吳寬：《家藏集》卷四十一，文津閣四庫全書，集419，第463頁。

〔註102〕 （明）王鏊：《震澤集》卷二十二，文津閣四庫全書，集419，第726頁。

〔註103〕 （明）吳寬：《家藏集》卷四十一，文津閣四庫全書，集419，第464頁。

推崇承諸家神韻的蘇軾詩風。王鏊也青睞古文辭，錢謙益說他：「文章以修潔為工，規摹韓、王，頗有矩法。詩不專法唐，於北宋似梅聖俞，於南宋似范致能，峭直疏放，於先正格律之外，自成一家」。〔註104〕蔡羽好古文辭，自負甚高。文法先秦、兩漢，或謂其詩似李賀，蔡羽曰：「吾詩求出魏、晉上，今乃為李賀耶！」〔註105〕沈周的詩風前後期有比較明顯的變化，文徵明在《沈先生行狀》曾說其詩「初學唐人，雅意白傅，既而師眉山為長句，已又為放翁近律，所擬莫不合作。然其緣情隨事，因物賦形，開闔變化，縱橫百出，初不拘拘乎一體之長」。〔註106〕

　　綜合來看，吳寬、王鏊、沈周、蔡羽等人的好古傾向是一致的，但他們個人所取法欣賞的對象確實有差別。雖然，唐寅的師友們在好古上取向駁雜，我們還是能在唐寅的欣賞趣味與創作傾向上找到受其影響的痕迹。如吳寬推崇《文選》，可能會影響到唐寅他們的取好。弘治十年丁巳（1497），唐寅就曾與楊循吉、祝允明、徐禎卿等披讀錢同愛所藏《文選》，各題名書後，可見《文選》是他們經常閱讀的書目。《文選》為梁昭明太子主持編選的大型詩文總集，也是我國現存最早收錄《古詩十九首》的詩文總集，收錄了從先秦漢魏迄齊梁之間的眾多優秀作品。唐寅和他的朋友們推崇《文選》，必然會去仿傚。在現存文獻中我們雖然沒有見到唐寅提倡學習六朝魏晉的文字，但唐寅的創作卻在踏實地實踐著這一主導傾向。袁褧在《唐伯虎集序》中說他「尤工四六，藻思麗逸」。〔註107〕是和《文選》中的諸多作品有暗合之處的。特別是唐寅的樂府詩，明顯是仿作漢樂府而來。又如楊循吉格外推贊中唐詩人盧仝。盧仝是韓愈的門生，曾經參與過韓愈領導的古文運動。盧仝詩有豪放之氣，卻又多險怪、俚俗之語，詩法也很怪異。王世貞論詩以盛唐為宗，對盧仝之詩不屑一顧，他譏笑說：「玉川《月蝕》是病熱人囈語。前則任華，後者盧仝、馬異，皆乞兒唱長短急口歌博酒食者」。〔註108〕唐寅對盧仝也很推贊，不但畫有《盧仝煎茶圖》，還有題詩。這可能是受楊循吉的影響。而唐寅之部

〔註104〕　（清）錢謙益：《列朝詩集小傳》，上海：上海古籍出版社，1983年，第276頁。

〔註105〕　（清）張廷玉：《明史》卷二八七，北京：中華書局，1974年，第7363頁。

〔註106〕　周道振輯校：《文徵明集》，上海：上海古籍出版社，1987年，第594頁。

〔註107〕　（明）袁褧：《衡藩重刻胥臺先生集》卷十四，四庫全書存目叢書，集86，濟南：齊魯書社，1997年，第585頁。

〔註108〕　（明）王世貞：《藝苑巵言》卷四，見丁福保《歷代詩話續編》，北京：中華書局，1983年，第1011頁。

分詩作也曾被王世貞譏爲「如乞兒唱蓮花樂」。〔註109〕或許唐寅也學習了盧仝作詩用俗語的特點。吳寬推崇蘇軾，唐寅曾作《題東坡小像》稱讚蘇軾。蘇軾作詩喜用俗語，唐寅作詩也有這一愛好。唐寅友人俞弁在《山樵暇語》卷二中有記：「東坡云：『街談世語皆可入詩，但要人溶化耳』。至有『已傾潘子錯著水，更覓君家爲甚酥』。又云：『有甚意頭求富貴，沒些巴鼻便姦邪』。二聯皆用俗語屬對也。故友唐子畏亦喜用俗語，如『忙身脫計投閒地，冷眼看人做熱官』，贈人云：『世間惟有好男子，口裏能言公是非』。《西城散步》云：『得一日閒無量福，做千年調笑人癡。』《詠方床》云：『無燈不做瞞心夢，有酒何愁縮腳眠。』《詠懷》云：『殘夢無多有滋味，中年到底沒心情。』《上巳日宴》云：『白日不消雙鬢雪，黃金難鑄百年身。』皆用俗彥點化而成，亦自有味」。〔註110〕俞弁在評論了蘇軾好用俗語之後，舉了唐寅諸多詩例，恰可證明唐寅學過蘇軾的詩作。

俞弁在《山樵暇語》卷一中說：「唐子畏寅詩，早年甚精嚴，晚歲平易疏暢，蓋學元、白而具體而微者」。〔註111〕姜紹書《無聲詩史》也讚賞唐寅：「幼有俊才，博雅多識，工古文辭詩歌，效白香山體，其合者尤能令人解頤」。〔註112〕唐寅詩作的這一前後轉變，跟友朋的影響有密切的關係。唐寅早期詩作的嚴整，基本上是受青年時代參加古文詞運動的影響，屬於創作初期的摹仿，比較工整。晚年學元、白，又是受沈周、王鏊、吳寬等人推崇白居易的影響。吳寬、王鏊都推崇白居易，俞弁在《山樵暇語》中記有：「樂天詩善用俚語，近乎人情物理。元微之雖學之，差不及也。……吳文定公校白集詩云：『蘇州刺史十編成，句近人情得俗名。垂老讀來尤有味，文人從此莫相輕』。王文恪公亦有云『覓句年來無一長，日攜白集嗅餘香。一篇自可讀幾過，諸格今仍得未嘗。當日秦吟能伏李，後來崑體漫稱楊。平生卻怪韓員外，只識張家奉禮郎』」。〔註113〕王鏊曾評價白居易詩歌：「格調雖不甚高，而工於模寫人情物

〔註109〕（明）王世貞：《藝苑巵言》卷五，見丁福保《歷代詩話續編》，北京：中華書局，1983年，第1034頁。

〔註110〕（明）俞弁：《山樵暇語》，四庫全書存目叢書，子152，濟南：齊魯書社，1995年，第15頁。

〔註111〕（明）俞弁：《山樵暇語》，四庫全書存目叢書，子152，濟南：齊魯書社，1995年，第6頁。

〔註112〕《唐伯虎全集》，第546頁。

〔註113〕（明）俞弁：《山樵暇語》卷一，四庫全書存目叢書，子152，濟南：齊魯書社，1995年，第6～7頁。

態，悲歡窮泰，吐出胸臆，如在目前，吾於樂天有取焉」。〔註114〕吳寬與王鏊都對白居易的詩集非常熟悉，吳寬有《病中讀白集擬作二首》：

> 爐中添炭火長紅，屋底儵然一老翁。
> 褥厚枕高眠未穩，飯香羹美食難空。
> 豈因避俗居深巷，即欲趨朝怯冷風。
> 才得安閒便生病，官高休更說三公。
> 紙窗糊密一燈明，古木號寒欲二更。
> 棲鳥並枝知雪候，蟄蟲坏戶避風聲。
> 蠹編亂向書廚積，蛛網難從藥裹生。
> 何事衰年成肺病，旁人莫訝酒爲名。〔註115〕

又有《園中行讀白集》：

> 北齋坐後又西軒，挾冊休將比兔園。
> 每託心情常託物，已忘官職未忘言。
> 吳中故郡荒煙積，洛下幽居宿草蕃。
> 老至一編空在手，燕山留滯愧高騫。〔註116〕

王鏊有《匏庵和樂天五十八歸來因同賦》：

> 五十八歸來，於我似差速。其如迂懶性，世事昧五六。
> 多病況早衰，鬖鬖失舊綠。辭家今幾年，但看庭前木。
> 寸根手自移，今已如立竹。從公歸去來，家住湖山足。〔註117〕

又有《奉和匏庵讀白集》：

> 此老生年七十六，何曾一日沒詩章。
> 風流轉覺堪師我，政事傳聞尚在杭。
> 生世莫嫌殊已晚，題詩不害稍相方。
> 所嗟得見年差晚，旋讀前頭已旋忘。

《讀白集》

> 朝事不預聞，人事不復理。家事不復關，身事不復治。
> 儵然臥榻上，乃至無一事。長日誰與言，太原白居易。〔註118〕

〔註114〕（明）王鏊：《震澤長語》卷下，文津閣四庫全書，子287，第249頁。
〔註115〕（明）吳寬：《家藏集》卷二十五，文津閣四庫全書，集419，第406頁。
〔註116〕（明）吳寬：《家藏集》卷二十七，文津閣四庫全書，集419，第409頁。
〔註117〕（明）王鏊：《震澤集》卷二，文津閣四庫全書，集419，第659頁。
〔註118〕（明）王鏊：《震澤集》卷三，文津閣四庫全書，集419，第661～662頁。

沈周也是「雅意白傅」。沈周「詩亦揮灑淋漓，自寫天趣，蓋不以字句取工」。
〔註119〕陳田說唐寅：「詩才爛漫，好爲俚句」。〔註120〕二人在詩作在總體風格
上的相像，多少跟他們共同推崇學習白居易有關。

吳寬卒於弘治甲子（1504），唐寅時年三十五歲。沈周卒於正德己巳
（1509），唐寅時年四十歲。這表明唐寅在中年以後，就開始受到師友推崇
白居易的影響。在吳寬與沈周過世之後，唐寅與王鏊有著頻繁的來往。王鏊
自正德己巳（1509）致仕歸吳，從此家居約十六年，直至卒於嘉靖乙酉
（1524）。唐寅卒於嘉靖甲申（1523），從王鏊致仕到唐寅去世的這段時期，
唐寅與王鏊交往密切，師生情意深厚。正德己巳（1509）八月十七日，是王
鏊六十歲的生日，唐寅繪《文會圖》給老師祝壽，還寫有《壽王少傅》：「綠
蓑煙雨江南客，白髮文章閣下臣。同在太平天子世，一雙空手掌絲綸」。〔註
121〕九月望後，唐寅和王鏊又一起去相城爲沈石田奔喪。正德辛未（1511）
年的春天，唐寅和王鏊同到竹堂寺欣賞梅花，二人詩酒唱和，同領美景之妙。
興致頗高的唐寅還畫了《墨梅圖》，並有《竹堂看梅和王少傅韻》：「黃金布
地梵王家，白玉成林臘後花。對酒不妨還弄墨，一枝清影寫橫斜」。〔註122〕
對酒吟詩作畫，此樂何極。正德壬申（1512）正月，唐寅和王鏊一起去參觀
了吳王墓門。這年十月，王鏊又到唐寅城西的別業來探訪他，恰好院中有梅
花一樹將放，二人賞梅閒話。王鏊還有詩《過子畏別業》：「十月心齋戒未開，
偷閒先訪戴逵來。清溪詰曲頻回棹，矮屋虛明淺送杯。生計城東三畝菜，吟
懷牆角一株梅。棟梁榱桷俱收盡，此地何緣有佚材」。〔註123〕戴逵，字安道，
東晉名士，不務榮名，以琴書自娛，曾隱居會稽剡縣，爲避徵聘，一度遁居
吳縣，常用以喻指操守高潔之士。王子猷雪夜泛舟訪戴，更是士林佳話。王
鏊把唐寅比作戴逵，把自己比作王子猷，可證二人之間情誼非同尋常。詩作
對伯虎有才被佚，深感惋惜，非爲知音，焉能作此感歎。正德己卯（1519），
時值王鏊七十歲壽辰。唐寅爲王鏊精心繪製了《長松泉石圖》給老師獻壽，
倩太倉張雪槎，補繪王鏊小像於泉石之間。還寫了一首七律詩，中有「蓮社

〔註119〕《欽定四庫全書總目》整理本，北京：中華書局，1997年，第2299頁。
〔註120〕（清）陳田：《明詩紀事》，續修四庫全書，集1711，上海：上海古籍出版社，
　　　　2002年，第79頁。
〔註121〕《唐伯虎全集》，第401頁。
〔註122〕《唐伯虎全集》，第404頁。
〔註123〕（明）王鏊：《震澤集》卷五，文津閣四庫全書，集419，第673頁。

酒杯陶靖節，獺囊詩句謝元暉。無疆獻上諸生祝，萬丈岡陵不算巍。」(《壽王少傅》) 〔註124〕把王鏊比作陶淵明、謝朓，並送上自己深深的祝福。唐寅又作有《柱國少傅守溪先生七十壽序》。師生二人還曾在一個春日，相偕登上了以雄奇著稱的陽山，有陽山大石聯句。王鏊還曾將自己收藏的一副唐代著名畫家閻立本的《秋嶺歸雲圖》拿給唐寅臨摹，並作詩讚歎唐寅的高超畫技。嘉靖癸未 (1523) 年，唐寅往訪王鏊山中，見其壁間有蘇軾書滿庭芳詞，下有「中呂」二字。唐寅不禁想起了第二次到福建九仙山祈夢所得，正是這兩個字。那次遠行，王鏊還特意寫有《送唐子畏之九仙山祈夢》為他送行。歸來之後，他還專門向老師問起「中呂」為何意，王鏊當時也不知此夢何指。唐寅誦其詞，有「百年強半，來日苦無多」句，遂默然歸家。這一年的十二月初二，唐寅病逝於家中，終年五十四歲。似乎照應了詞中話語，王鏊還把這件事記入了《震澤長語》中。〔註125〕唐寅與王鏊有多年深厚的師生情誼，王鏊在詩文創作上的喜好多少會對唐寅產生影響。也即是說，從唐寅中年以後，直至去世，其周圍的親密師友很多都推崇白居易，因而唐寅晚年學白居易也就很自然了。

第三節　唐寅交遊與科舉考試

　　考察唐寅的交遊活動，我們可以發現他一生中兩次重要的科舉考試，都和其交遊活動有密切的關係。一次是弘治十一年的鄉試，一次是次年的會試。我們先來簡介一下這兩次考試。

　　明孝宗弘治十一年 (1498)，梁儲主持應天府鄉試，唐寅舉鄉試第一。閻秀卿《吳郡二科志》記有：「洗馬梁儲校寅卷，歎曰：『士固有若是奇者耶？解元在是矣。』儲事畢歸，嘗從程詹事敏政飲。敏政方奉詔典會試，儲執卮請曰：『僕在南都，得可與來者，唐寅為最。且其人高才，此不足以畢其長。惟君卿獎異之。』敏政曰：『吾固聞之，寅江南奇士也。』儲更詣請寅三事，曰：『必得其文觀。』儲令寅具草上，三事皆敏捷，會儲奉使南行，寅感激，持帛一端詣敏政乞文餞。後被逮，竟因此論之」。〔註126〕可知梁儲很賞識唐寅，

〔註124〕《唐伯虎全集》，第63頁。
〔註125〕 (明) 王鏊：《震澤長語》卷下，文津閣四庫全，子287，第255頁。
〔註126〕四庫全書存目叢書，史90，濟南：齊魯書社，1996年，第132~133頁。

回京便將唐寅的文章拿給了侍講學士的程敏政。程敏政看後，讚賞之餘，更為唐寅大加延譽，唐寅聲名大顯。

弘治十二年初，唐寅赴京城參加會試。同在本年參加會試的友人還有徐經與都穆，正史中未提及三人是否同行，但參加會試之前三人是相識的。程敏政與李東陽共同主持本年會考，考前唐寅和徐經去拜會過程敏政，時值梁儲要出使安南，唐寅就持束帛拜請程敏政寫一篇文章給梁儲送行。試卷還沒有閱完，給事中華昶劾程敏政泄題於考生唐寅、徐經。據《明孝宗實錄》卷一四七記載：「戶科給事中華昶奏：『國家求賢，以科目為重，公道所在，賴此一途。今年會試，臣聞士大夫公議於朝，私議於巷，翰林學士程敏政假手文場，甘心市井，士子初場未入而《論語》題已傳誦於外，二場未入而表題又傳誦於外，三場未入而策之第三、四問又傳誦於外。江陰縣舉人徐經、蘇州府舉人唐寅等狂童孺子，天奪其魄，或先以此題驕於眾，或先以此題問於人。此豈科目所宜？有盛世所宜？容臣待罪言職有此風聞，願陛下特敕禮部場中朱卷，凡經程敏政看者，許主考大學士李東陽與五經同考官重加翻閱，公焉去取，俾天下士就試於京師者，咸知有司之公。』」〔註127〕華昶的奏章立刻引起了孝宗的重視，《明孝宗實錄》卷一四八記載：「丙寅，下戶科給事中華昶及舉人徐經、唐寅於獄。會試事畢，大學士李東陽等奏：『日者給事中華昶核學士程敏政私漏題目於徐經、唐寅。禮部移文臣等重加翻閱，去取其時，考校已定，按彌封號籍，二卷俱不在取中，正榜之數有同考官批語可驗。臣復會同五經諸同考連日再閱，定取正榜三百卷，會外簾比號拆名。今事已竣，謹具以問章下禮部看詳。尚書徐瓊等以前後閱卷去取之間，及查二人朱卷，未審有弊與否。俱內簾之事，本部無從定奪，請仍移原考試官徑自具奏，別白是非，以息橫議。』得旨，華昶、徐經、唐寅錦衣衛執送鎮撫司對問，明白以問，不許徇情」。〔註128〕按照李東陽的檢閱結果，程敏政取中的進士中並沒有徐經與唐寅二人，而且查看二人試卷，也看不出來是否事前就得知了試題。華昶的劾奏顯然存在問題，但本年四月程敏政、華昶都被下獄，此後的事情或與朝廷內部鬥爭有關。最終此案以「敏政致仕，華昶調南京太僕寺主

〔註127〕《明孝宗實錄》，臺北：「中央研究院」歷史語言研究所，1962 年，第 2592 頁。

〔註128〕《明孝宗實錄》，臺北：「中央研究院」歷史語言研究所，1962 年，第 2599 ～2600 頁。

薄，經、寅贖罪。畢送禮部奏處，皆黜充吏役」。(《明孝宗實錄》卷一五一)
〔註129〕唐寅、徐經被革去功名，唐寅被發爲浙藩爲吏，從此無緣科舉考試。
程敏政出獄後，不久即因背疽發而卒。

　　由以上事實可知，梁儲主考鄉試時，取中唐寅爲解元，非常讚賞他的才華。
回京後特地向程敏政推薦，程敏政說：「吾固聞之，寅，江南奇士也。」(《吳郡
二科志》) 〔註130〕可見在梁儲推薦之前，程敏政已經聽說過唐寅的名聲。梁儲
爲什麼那麼欣賞唐寅，除了唐寅的才華之外，還有沒有別的原因。程敏政又是
何時就對唐寅有耳聞的呢？唐寅爲什麼要去拜訪程敏政？唐寅與徐經同行的原
因是什麼？而科場案後的唐寅在《與文徵明書》中曾說：「猶幸藉朋友之資，鄉
曲之譽，公卿吹噓，援枯就生，起骨加肉，蜎以微名，冒東南文士之上。方斯
時也，薦紳交遊，舉手相慶，將謂僕濫文筆之縱橫，執談論之戶轍。岐舌而贊，
並口而稱」。〔註131〕這段話說的是他中解元之後，到考進士之前的一段情況。
從中我們可以看出，唐寅中解元之後，確實很風光了一陣，其原因在於除了唐
寅自身的才華外，還在於他潛在的光明的政治前途。鄉人吳寬中舉之後，又連
中會元，狀元；王鏊高中解元後，又連中會元，探花。看起來唐寅或許也會和
他們一樣在仕途上大展宏圖了。所以，各種讚譽紛至沓來。但唐寅在這裡說得
很模糊，「朋友之資，鄉曲之譽，公卿吹噓」到底指的是哪些人，說得是哪些事？
因而，下文將借助唐寅與友人交往的關係來闡釋這段往事。

一

　　梁儲爲唐寅延譽於程敏政僅僅是出於欣賞唐寅的才華嗎？梁儲(1451～
1527)，字叔厚，號厚齋，晚號鬱洲，順德(今屬廣東)人。梁儲受業於著名
學者陳獻章。成化十四年(1478)會試第一，選庶吉士，授編修。弘治四年
(1491)進侍講，正德初，進吏部尚書，專典撰寫誥敕。梁儲還是書法家。
雖然在現有文獻中未見梁儲與沈周的直接交往，梁儲應該對沈周的名聲早有
瞭解，弘治十一年時，沈周由於好友吳寬在京中的多年延譽，早已經是聲名
遠播的名流畫家了。而且梁儲的老師陳憲章與沈周有過交往。提到陳憲章

〔註129〕《明孝宗實錄》，臺北：「中央研究院」歷史語言研究所，1962 年，第 2660
　　　　頁。
〔註130〕四庫全書存目叢書，史 90，濟南：齊魯書社，1996 年，第 132 頁。
〔註131〕《唐伯虎全集》，第 220 頁。

（1428～1500），我們更容易想到的是他的哲學思想「白沙心學」，陳憲章不
僅是位哲學家，還是一位很有名的畫家，他擅寫墨梅，瀟灑脫俗，常以束茅
代筆作書，自成一家。時呼爲「茅筆字」，時人爭購之。沈周曾爲陳憲章繪《松
泉小像》，該圖爲陳五十六歲之像，年代應爲成化十九癸卯（1483）。沈周還
爲陳憲章畫過玉臺山圖，並寫有詩作《畫玉臺山圖答白沙先生陳公甫》：

> 玉臺萬仞先生住，出語直教天上驚。
>
> 還有遺音滿天下，兒童個個解稱名。〔註132〕

陳憲章去世後，沈周還寫有兩首悼念詩《聞陳白沙先生訃》：

> 生知只藉兩詩酬，死惜曾無半面由。
>
> 坦坦德從周道往，冥冥心與葛天遊。
>
> 講論語託門人錄，封禪書違使者求。
>
> 萬里白沙何處是，獨臨殘月水西樓。
>
> 堯夫情性林宗行，薄世之師天吝之。
>
> 此老不亡名自在，斯文欲鑄我何爲。
>
> 天長嶺海無從洟，地老臺山有道碑。
>
> 擬把瓣香身莫達，絑前空寄助勞辭。〔註133〕

從詩句「生知只藉兩詩酬，死惜曾無半面由」來看，沈周與陳憲章似乎沒有
見過面，但沈周確實給陳憲章畫過小像，也寫過詩，這種以詩畫贈答的交往
在現代也還有。而唐寅與陳憲章卻有著直接交往的關係，唐寅集中有《送陳
憲章》「僧房酌酒送君行，把臂西風無限情；此際若爲銷別恨，兩行紅粉囀春
鶯」。〔註134〕這是一首送行詩，送行的地點在寺廟，二人此時的情感應該還不
錯，唐寅在寺廟爲陳憲章酌酒送行，「把臂西風無限情」顯然有些依依不捨。
詩歌的具體創作時間暫不可考，但查《陳憲章年譜》，陳憲章於弘治八年乙卯
（1495）曾得了中風，以後一直疾病纏身，北上吳中的可能性很小，據此可
以推測詩歌至少作於 1495 年之前，很可能唐寅在未結識梁儲之前，早已經與
梁儲的老師陳憲章有過交往。唐寅在中解元後，曾寫詩給梁儲《領解後謝主
司》。沈周是唐寅的老師，陳憲章是梁儲的老師，沈周與陳憲章有交往，唐寅
給陳憲章寫過送行詩，這多重的人際關係，使得梁儲的讚譽多少沾染了一些

〔註132〕（明）沈周：《石田詩選》卷八，文津閣四庫全書，集417，第451頁。

〔註133〕（明）沈周：《石田詩選》卷七，文津閣四庫全書，集417，第446頁。

〔註134〕《唐伯虎全集》，第104頁。

熟人的親熱色彩。雖然，目前從材料裏還看不到梁儲試前是否聽說過唐寅，但唐寅考中解元後，這些紛繁的人際關係一定會浮出水面，成爲座主與門生之間情誼加深的紐帶。而且梁儲是書法家，從愛好藝術的角度出發，對唐寅很欣賞也是可以理解的。

二

程敏政又是何時就對唐寅有耳聞的呢？有哪些人可能在梁儲之前就向程敏政提起過唐寅呢？程敏政（1445～1499），字克勤，安徽休寧人。明成化二年丙戌（1466）登進士第二名，授翰林院編修，參與英宗、憲宗兩朝實錄編寫，裁正《宋元綱目書法》。程敏政除了在政治前途上頗有建樹，還是個風雅文人。其詩作甚多，古體朗爽勁健，律詩精警有味，亦有平庸之作。文章古雅與李東陽齊名。所編《明文衡》是對明初散文研究的重要貢獻。所纂《休寧志》三十八卷，是安徽最早一部由達官名貴、文章手筆纂修的志書。有明一代，安徽地區的名儒顯宦都很重視家刻祖先、家庭、自撰，以及名人的傳世之作。程敏政所刻圖書就是徽州府著名的家刻。據《明代版刻綜錄》載程氏刊有《宋紀受終考》三卷、元汪克寬撰《經禮補逸》九卷、宋汪應辰撰《汪文定公集》十四卷等。程敏政還是位書法家，他曾經數次到過蘇州，和沈周、楊循吉、文林等人多有交往，在他們現存的詩文集中都能找到互贈禮物、答辭的記錄。程敏政與沈周關係尤爲密切，沈周曾請程敏政給他家傳的王蒙小景題詩，《篁墩文集》卷七十二有《黃鶴山樵爲沈蘭坡作小景，蘭坡孫啓南求題》。他們是多年的老友，弘治元年（1488），程敏政因久雨被劾致仕，沈周聞訊，賦詩送之。詩作是託楊循吉送給程敏政的，敏政很感謝，有《與姑蘇沈啓南書》：「累年闊別，甚欲一見，以寫所懷。不意舟次吳門，匆匆竟不得一面。人生離合，不偶如此。聞是日到舟，值蔣令君在坐而去，不勝恨然。繼聞君謙儀曹誦左右見贈佳作」。〔註135〕文中表達了對沈周的思念與未能會晤的遺憾，可知二人交情深厚。程敏政還作有《與沈石田書》（《篁墩文集》卷五十五）、《司馬司訓延至閶門裏劉氏園亭夜酌席上有作贈石田先生》（《篁墩文集》卷九十三）。沈周也爲程敏政寫過詩，《石田詩選》卷七有《謝程篁墩贈龍尾硯》、《挽程宮詹》。沈周一向對後學關愛有加，以唐寅之出眾才華，很難想像沈周從來沒有向程敏政提起過。楊循吉也是唐寅

〔註135〕　（明）程敏政：《篁墩文集》卷五十四，文津閣四庫全書，集418，第630頁。

好友，以楊循吉與程敏政之關係，很可能楊循吉也爲唐寅延譽過。而且，還有一個事實，可以證明程敏政對唐寅應該是先有耳聞的。程敏政在弘治十一年的春天確實到過吳中，程敏政此次過吳，還見了一個人，這個人就是對唐寅有知遇之恩的文林。《文溫州集》卷一中有《戊午春，將赴溫州，楊君謙禮部邀餞於虎丘，同集者沈啓南韓克贊二老，幅巾杖藜，韓從子壽椿與朱性甫青袍方巾，唐子畏徐昌國並舉子巾服，而余與君謙獨紗帽相對，會凡八人，人各爲侶，適四類不雜》，可知文林戊午春時，將赴溫州上任，里中好友多有送行之舉。程敏政也恰好在此時路過吳中，《篁墩文集》卷九十三有《送太守文君赴溫州》：

> 幾年南國事攻駒，一日容乘五馬車。
> 管轄文移先到海，登臨詩刻尚留滁。
> 同官燁燁多新契，行李蕭蕭只舊書。
> 萬里壯圖應有在，清霜才入鬢毛初。
> 出守溫州羨此行，永嘉賢宰舊知名。
> 山川不待披圖閱，老穉從教夾路迎。
> 車畔雨催農事足，筆端風掃簿書清。
> 春來定續西堂夢，爲遣詩郵入鄆城。

詩後有長跋敘述了作詩的原由：「長洲文君宗儒初舉進士，宰永嘉，以政績卓異，召丞太僕於南京。既而值家艱，不出者久之，永嘉之人思君不置，而公論亦恒在，君遂有溫州之命，君猶遲遲，如不屑浼於世故者，其視汲汲宦途惟恐後人者，相去遠矣。會予被命北上，道出吳門，乃賦二詩勉其行。君弟宗嚴亦舉進士，予考秋闈所得士也。今宰鄆城，故詩及之」。〔註136〕由跋文可知，程敏政是文林的弟弟文宗嚴考中舉人時的主考官，與文氏兄弟關係不錯。恰好程敏政北上的途中，路過吳門，時值文林將要去溫州赴任，就寫了兩首詩給文林送行。詩作對文林的人品、能力、德行給以了很高的評價。文林是唐寅密友文徵明的父親，他「愛寅之俊雅，謂必有成，每每良宴必呼共之」(《又與文徵仲書》)。〔註137〕文林此次與程敏政會晤，是否像往常一樣叫上了唐寅，我們不得而知，但文林爲唐寅延譽應是符合常情的，因爲唐寅此時正在備考會試，作爲愛護唐寅的先賢，爲唐寅延譽應是自然之事。而唐寅在《送文溫州序》中所說文林對他：「先後於邦閭耆老、於有司無不及至，若引跛鼈，策

〔註136〕（明）程敏政：《篁墩文集》卷九十三，文津閣四庫全書，集419，第60頁。
〔註137〕《唐伯虎全集》，第224頁。

駑驂然。是先生於後進也，盡心焉耳矣」。〔註138〕這篇寫於同時的文章，也可證文林經常爲唐寅延譽。文嘉在《先君行略》中也說：「南濠都公穆博雅好古，六如唐君寅天才俊逸，公與二人者共耽古學，遊從甚密，且言於溫州使薦之當路，都竟起家爲己未進士，唐亦中南京戊午解元」。〔註139〕那據此我們也可以推測，文林會晤程敏政時，向程氏誇讚過唐寅的才華也是極有可能發生的。可見，在梁儲向程敏政爲唐寅延譽以前，沈周、楊循吉、文林都有可能向程氏提起過唐寅驕人的才華，所以程氏才能說出「吾固聞之，寅，江南奇士也」這樣的話。有了這層層的人際關係，唐寅此去京城參加會試，不拜訪程敏政顯然是不可能的，從人情交往的角度來看，唐寅也是非去不可的。

三

　　唐寅與徐經同行的原因是什麼？乾隆本《江陰縣志》載：「經與吳門唐寅等人以才名相爲引重，寅發戊子解元，公車北上，與經偕行」。〔註140〕可知唐寅與徐經是互相賞慕的，那麼二人互相賞慕的原因在哪裏呢？由於徐經的富甲江南，唐寅與徐經的同行在筆記小說裏，逐漸演變成徐經仰慕唐寅，出資與唐寅同行。結合唐寅所說「幸藉朋友之資」來看，這個朋友應該就是徐經，從這個角度來看，這種說法也無可厚非。但如果僅停留在此，確實有些世俗化了唐寅與徐經之間的關係。考察史料，我們會發現，唐寅與徐經同行更多地還是二人是志趣相投的朋友，而且徐經很可能還是以晚輩的身份一同與唐寅進京考試的。

　　徐經（1473～1507），字直夫，別號「西塢」。江蘇省江陰縣人。「美而好學」。（吳寬《鄉貢進士徐君墓誌銘》）〔註141〕其父徐元獻（1457～1486），字尙賢，別號梓庭。徐家是江陰有名的富族，富到什麼程度呢？「歲出田賦，以供國用，多至數千石」（吳寬《鄉貢進士徐君墓誌銘》）。〔註142〕徐家每年所交的田賦，多至數千石，能供國用。徐經友人文徵明在《賁感集》序裏說：「衡

〔註138〕《唐伯虎全集》，第 227 頁。
〔註139〕周道振輯校：《文徵明集》，上海：上海古籍出版社，1987 年，第 1619～1620 頁。
〔註140〕《唐伯虎全集》，第 557 頁。
〔註141〕（明）吳寬：《家藏集》卷六十三，文津閣四庫全書，集 419，第 540 頁。
〔註142〕（明）吳寬：《家藏集》卷六十三，文津閣四庫全書，集 419，第 540 頁。

父家江陰，世以高貲爲江南鼎甲，膏腴連延，貨泉流溢」。〔註143〕徐經家肥田
連綿，貨幣流溢。如果說這些形容的詞彙還是不能很清楚地體現徐經家的富
有，我們可以看更具體的數字。徐經歿後，其夫人楊氏，復善持家。後楊氏
因患疾怕不愈，遂給三個兒子徐治、徐洽、徐沾分家產，除每人分得一百二
十五頃九十七畝田地外，還有祖遺自製座船、田船、耕牛等物產均三等分。〔註
144〕徐經是家裏的獨子，也即是說徐經未亡時，是一位有近四百頃土地的大地
主，還不包括其它的雜項財產，江陰富族之稱可謂名副其實。

　　徐家不但富有，而且追慕風雅。徐經的父親徐元獻（1455～1483），字尙
賢，號梓庭。「成化十六年以縣學生員舉於鄉，今羅洗馬明仲李學士賓之爲試
官，得其卷奇之，擢魁其經。」（吳寬《鄉貢進士徐君墓誌銘》）〔註145〕李學
士賓之就是李東陽，徐元獻與李東陽有門生與座主之誼。後來徐元獻還請李
東陽爲其父徐頤（1422～1483，字惟正，號一庵）六十歲壽寫過《壽中書舍
人徐君六十序》，李東陽在序中也提到了他和徐元壽的師生關係。徐頤也酷愛
風雅，尊師重教，「嘗於家塾延明師，不問親疏遠近，凡後進之穎秀可教者，
輒資其費……教子必以義方，不侈服，不重味，不令與鬧市相接，日躬課核
知夜分乃罷。」（《內翰一庵公傳》）〔註146〕徐頤還曾延請過文洪坐館於家，與
文林相交甚厚。文徵明在《一庵公傳》中說：「然先大父寺丞，曾館於公；先
君溫州守，辱交尤厚」。〔註147〕徐元獻與吳寬、王鏊、倪岳都有交往。徐元獻
愛好古文詞，吳寬《鄉貢進士徐君墓誌銘》說他：「然君所習，不但如今世舉
子而已，凡它經諸子，及漢唐以來古文詞悉務記覽，故其下筆沛然，若不可
禦」。〔註148〕吳寬本人就是倡導古文詞的吳中領袖，徐元獻生前經常與吳寬在
一起討論文學上的問題。所以吳寬說：「予昔家居，君以文事來辨質者數矣」。
徐元獻卒於1486年，也即是說在此之前，徐氏家族與吳中文人之間的交往就
已經非常密切了。徐元獻去世後，徐經曾託人請吳寬爲其父請寫墓誌銘。徐
元獻的老師張泰與倪岳關係很好，經常向倪岳誇讚自己的這個學生。倪岳還

〔註143〕呂錫生主編：《徐霞客家傳》，吉林：吉林文史出版社，1988年，第109頁。
〔註144〕參看《楊氏夫人手書分撥》，呂錫生主編：《徐霞客家傳》，吉林：吉林文史出
　　　　版社，1988年，第113頁。
〔註145〕（明）吳寬：《家藏集》卷六十三，文津閣四庫全書，集419，第540頁。
〔註146〕呂錫生主編：《徐霞客家傳》，吉林：吉林文史出版社，1988年，第76～77
　　　　頁。
〔註147〕呂錫生主編：《徐霞客家傳》，吉林：吉林文史出版社，1988年，第79頁。
〔註148〕（明）吳寬：《家藏集》卷六十三，文津閣四庫全書，集419，第540頁。

爲徐元獻寫過《贈徐君尙賢榮薦序》。以上可知徐經的父親對古文辭多有偏好，曾數次向吳中古文辭運動的領袖吳寬請教，還廣泛結交了吳中許多風雅文人。徐經生長在這樣的環境裏，自然耳濡目染。徐經是弘治乙卯年的舉人，也是古文辭的愛好者。文徵明作有《賁感集》序：「衡父以清明粹美之資，秉祥雅醇質之性，自其少時已能脫去紈綺之習，服儒信古，雋味道腴……日惟懸金購書，以資博綜，雅遊參會，以事揚榷。所與遊者，皆一時名碩」。〔註149〕徐經與都穆是同年舉人，與薛章憲是中表親戚。都穆、薛章憲、唐寅都是古文辭的愛好者，徐經仰慕唐寅，顯然更多是這種志趣相投的緣故。而且，徐經的叔叔徐元壽與吳中文人唐寅、文徵明、祝允明、都穆相友善。徐元壽與唐寅關係密切，二人經常書信往來參禪說法。（徐元壽與唐寅之關係見下文，此處暫不展開。）唐寅稱徐元壽爲兄臺，徐經是元壽的侄子，唐寅應該是徐經長一輩的友人了。因而，徐經與唐寅的同行並非偶然的仰慕，而是有著深厚的淵源關係。

由此我們庶可推測唐寅所說的：「朋友之資，鄉曲之譽，公卿吹噓」的具體所指。朋友之資，顯指徐經的經濟資助。鄉曲之譽，自然指和唐寅有同鄉之籍的沈周、文林等人的讚譽。公卿吹噓，概指梁儲、程敏政的延譽。從史料來看，應該還有兼具同鄉與公卿雙重身份的王鏊和吳寬兩人。雖暫未見唐寅在京中會見王鏊之材料，但王鏊與沈周、吳寬均爲好友，梁儲即將出使安南時，王鏊寫有《送洗馬梁君世交南序》（《震澤集》卷十一），王鏊很可能爲唐寅延譽過。科場案後唐寅被貶爲浙藩爲小吏，吳寬還爲其寫有《與履庵爲唐寅乞情帖》，據此可推測吳寬一定在試前爲唐寅延譽過。另外，還有倪岳（1444～1501），字舜咨，號青溪，上元（今江蘇南京）人。天順甲申（1464）進士，授編修。倪岳與李東陽爲同年進士，與程敏政有交往。顧璘在《國寶新編》中「（唐寅）著《廣志賦》，暨《連珠》數十首，跌宕融暢，傾動群類。青溪倪公見之，亟稱才子」。〔註150〕可見倪岳對唐寅的文采很欣賞。當然，以唐寅的才名，爲之延譽的人不可能僅有這幾人，但這些人應該是主要人員。

〔註149〕呂錫生主編：《徐霞客家傳》，吉林：吉林文史出版社，1988年，第109頁。
〔註150〕《唐伯虎全集》，第542頁。

第四節 《致納齋》考述

唐寅曾寫過一封書信《致納齋》，全文如下：

> 跋語甚草草，希恕。子容四月間自義興往茅山，遂從金焦渡江。
> 僕欲隨之往揚州，聞公亦欲餞之，僕有些少行篋可容附載否？緣其
> 行時，與太傅公同船，人吏冗雜，恐有差失故也。寅頓首，納齋老
> 兄執事。〔註151〕

信中除唐寅外涉及到了三個人：納齋、子容、太傅公，由於這些稱呼不是字
號就是官職，乍一看很難明白這些人是誰。目前，學界對此信中的納齋、子
容、太傅公是誰，暫時無人論及。從書信內容來看，他們都是唐寅的友人，
且這些人之間是相互認識的。沿著這條線索，筆者經過查閱文獻，考出這三
人分別是徐元壽、徐縉和王鏊，並對此信的寫作時間作出初步的判斷。在唐
寅作品中還有兩封寫給「若容」的書信，學界也暫時無人論及「若容」是誰，
筆者順帶考出若容就是徐元壽。

納齋就是徐元壽。徐元壽就是和唐寅同年參加進士考試的徐經的叔叔。
《徐霞客家傳》中有《世系表·徐元壽》：

> （徐）頤次子，一名尚德，字若蓉，號納齋。國學生。成化庚
> 寅生，嘉靖癸丑卒，壽八十有四，葬敔山之麓。（《民譜》卷二十）
> 〔註152〕

可知徐元壽是徐頤的次子，號納齋，生於成化庚寅（1470），卒於嘉靖癸丑
（1553）。

當然僅憑一個號來判斷徐元壽就是唐寅書信中的「納齋」是不夠的，同
書中還有《高士衲齋公傳》：

> 公諱元壽，一名尚德，字若蓉。……師錢鶴灘，友文、唐、都、
> 祝諸公相與選勝探奇，一時名流，無不結納恐後。晚年築玉照庵為
> 修真之所。心慕一乘，知禪宗有無虛默化之道，可以度世，嘗製納
> 衣禪坐，自號衲翁。（《民譜》卷五十三《舊傳輯略》）〔註153〕

該傳中明確提到徐元壽和文、唐、都、祝相友善，可知徐元壽與唐寅是朋友。

〔註151〕《唐伯虎全集》，第500頁。
〔註152〕呂錫生主編：《徐霞客家傳》，吉林：吉林文史出版社，1988年，第102頁。
〔註153〕呂錫生主編：《徐霞客家傳》，吉林：吉林文史出版社，1988年，第102～103
頁。

《高士衲齋公傳》記他：「少負豪俠，弛騁弋獵，擊球挾彈，有縵胡短後，談兵說劍之風。由邑庠就太學，究心墳典，博覽載籍，大肆力於詩文。樓中積書萬卷，多宋梓元編，考部分班，每標元要」〔註154〕這些愛好和唐、祝等人頗為一致。但同時我們也可以發現，上述文獻中徐元壽的字都寫作「若蓉」，號略有差異，一為「納齋」，一為「衲翁」。對照同書中《徐尚德傳》：

> 徐尚德，字若容。諸生，少年事豪舉，後折節好學。聚書萬卷，凡唐宋以前異本，傾貲購致之。冥搜逖覽，所作跌宕豪邁。晚年好道，以黃庭名其室。復學禪，服僧衣，自號「衲齋」，築玉照庵居之。著有《玉幾山人集》、《黃庭室稿》，《物外英豪》諸書。（光緒《江陰縣志》卷十七《人物‧文苑》）〔註155〕

此處徐元壽的字、號都變了，字變成了「若容」，號變成了「衲齋」。筆者認為，這可能是寫法上的差異，它們應該都是指徐元壽。《唐伯虎全集》中還有兩封《致若容》的信，也可以印證這些字號上的差異，可能只是書寫上的問題。在《致若容》中唐寅從佛家、仙家、儒家的不同角度出發，與若容探討自己「心者，萬事之根本，歷劫之英靈也」的觀點。結合徐元壽因學禪而衣僧服的事實，也可知此「若容」就是徐元壽，他和唐寅之間經常參禪說法。《致若容》有云：「手教委是云云，且謂言下有得，此自是公宿命。譬若昏睡者，偶被他物警覺，灑然而起耳，於僕有何力焉。……今日頗有拙作，欲寫上請教，而病中甚懶捉筆。故具來旨奉答，不多悉也」。〔註156〕綜合來看，《致衲齋》中的衲齋就是徐元壽。徐元壽與唐寅同年出生，其少負豪俠，肆力於學，參禪說法的愛好和唐寅的愛好顯然有諸多共同點，無怪乎他們能成為好友。

《徐霞客家傳》中還收有一篇唐寅為元壽寫的《衲齋公贊》，該文不僅是二人友誼的證據，還是一篇唐寅各輯本均未收錄的佚文，全文如下：

> 幽蘭風味，海鶴精神，胸羅萬卷，筆絕纖塵。室擬太元，握塵多列高真；閣如清秘，掃迹長辭俗輪。至從山坳水澨間，望之淡然以為仙人；從詩篇畫卷中，挹之超然以為先民。吾嘗與之接席而展茵，近之覺可畏，而遠之覺可親。即不敢曰曹、劉、班、馬之倫，

〔註154〕呂錫生主編：《徐霞客家傳》，吉林：吉林文史出版社，1988年，第102頁。
〔註155〕呂錫生主編：《徐霞客家傳》，吉林：吉林文史出版社，1988年，第103～104頁。
〔註156〕《唐伯虎全集》，第502頁。

庶幾宗、雷、楊、許之鄰也耶！（《民譜》卷五十四《像贊》）〔註157〕
唐寅在此盛讚了元壽的風格、精神、胸懷、學識，譽之爲仙人，「接席而展茵」
更可見二人之親密。

　　本書信中還有兩個人：子容，太傅公。唐寅在信中說子容走時，「與太傅
公同船」，子容爲什麼要跟太傅公同船呢？他們是什麼關係呢？子容，就是徐
縉。太傅公，就是王鏊。徐縉與王鏊是婿翁關係，一同出行，很可能要同船。

　　明皇甫汸《徐文敏公祠碑》云：「徐文敏公祠者，祠明吏部左侍郎兼翰林
學士徐公也。公諱縉，字子容，吳洞庭西山人也，故號崦西」。〔註158〕可知子
容即徐縉，號崦西，吳縣人。徐縉（1479～1540）是弘治十八年（1505）進
士，《明清進士題名碑錄》載爲此年二甲十六名。選庶吉士，授編修，官至吏
部左侍郎兼翰林院侍講學士，謚文敏。《千頃堂書目》卷二十一記其有《徐文
敏公集》六卷。文集成於其身後，有學生皇甫汸爲其作有《徐文敏公集序》。
〔註159〕王鏊在《亡女翰林院侍讀徐子容妻墓誌銘》中說其長女：「及歸徐氏委
子容」。〔註160〕可知徐縉是王鏊的長女婿。王鏊對徐縉非常鍾愛，在《贈徐子
容序》中說徐縉：「依予學者五年矣。其質秀，而文可與進者也。始予開以讀
書之法，而惶然。繼予授以修詞之法，而悚然、而豁然、而沛然，縉非昔日
之縉矣」。〔註161〕對徐縉的靈心慧性大爲讚賞。王鏊於正德二年丁卯（1507）
八月，遣祭先師孔子。敕升少傅兼太子太傅、武英殿大學士，尚書仍舊。〔註
162〕「太傅公」就是唐寅對王鏊的職官敬稱。在唐寅現存與王鏊交往的作品中，
一般都是稱呼王鏊的官職，或附帶郡望，如《壽王少傅》、《敬閱少傅王老師
所藏閣立本畫並賦一律》、《正德丙寅奉陪大冢宰太原老先生登歌風臺謹和感
古佳韻並圖其實景呈茂化學士請教》、《聞太原閣老疏疾還山喜而成韻輒用寄
上》，可見唐寅對王鏊的敬愛之情。《致納齋》中稱王鏊爲「太傅公」也是這
種情況。徐縉是王鏊的長女婿，唐寅結識徐縉是自然之事。現有文獻一般未

〔註157〕呂錫生主編：《徐霞客家傳》，吉林：吉林文史出版社，1988年，第103頁。
〔註158〕（明）皇甫汸：《皇甫司勳集》卷四十七，文津閣四庫全書，集426，第496
　　　　頁。
〔註159〕（明）皇甫汸：《皇甫司勳集》卷三十六，文津閣四庫全書，集426，第475
　　　　頁。
〔註160〕（明）王鏊：《震澤集》卷三十一，文津閣四庫全書，集420，第13頁。
〔註161〕（明）王鏊：《震澤集》卷十一，文津閣四庫全書，集419，第695頁。
〔註162〕張海瀛：《王鏊年譜》，見王春瑜主編，《明史論叢》，北京：中國社會科學出
　　　　版社，1997年，第102頁。

提及徐縉何時中舉人，查《江南通志》卷一百二十七可知，徐縉是弘治十一年（1498）戊午科的舉人，而唐寅是本科的解元。徐縉與唐寅有同年之誼，而且徐縉與唐寅好友徐禎卿還是同年進士。

以上可知唐寅與徐元壽是好友，與徐縉、王鏊關係也很密切。從書信的內容來看，徐元壽和徐縉與王鏊在此之前應該也有交往，惜筆者暫未見到其他相關交往材料。但王鏊曾爲徐元壽的哥哥徐元獻寫過《梓庭公贊》：「萬邦帝臣兮噫，觀光列賓兮噫，才足致君兮噫，志切顯親兮噫，胡不永齡兮噫！」〔註163〕雖然不知此像贊是因誰而託所作，但王鏊與徐氏確有交往確是事實。

關於此信的寫作時間，據現有文獻可考知大致作於正德癸酉（1513）年初至四月之前。從唐寅稱王鏊爲「太傅公」這一稱呼來看，此信應該寫於正德二年（1507）之後，因王鏊在正德二年（1507）才獲得太子太傅之稱號，但當時王鏊還在京城供職，唐寅信中的事不太可能發生。因劉瑾專權，王鏊遂於正德四年己巳（1509）上疏乞歸，武宗准其致仕。本年五月，王鏊辭朝東歸。〔註164〕從此家居十六年，直至逝世。顯然，此信當寫於王鏊致仕歸家之後更爲合理。查《震澤集》卷五王鏊曾寫有《重到宜興》：「三日蘭舟只任風，洮湖過盡隔湖逢。溪山處處還依舊，卻是人心自不同」。王鏊的此次到宜興應與子容同行有關。王鏊詩集有按時間編排的痕迹，如本卷中按時間順序可查的有《己巳正月十三日夜分獻星辰二壇作》、《十四日慶成宴上作》、《己巳五月東歸》三首，《行次相城》等。《行次相城》是王鏊和唐寅去相城爲沈石田奔喪時所寫，詩曰：「幾年約茲遊，爲訪石田叟。石田今已亡，不使此言負。相知三四人，挐舟過湖口。行行抵相城」。〔註165〕沈石田卒年據文徵明《沈先生行狀》載：「正德四年己巳，先生年八十有三，八月二日以疾卒於正寢」。〔註166〕又唐寅的《野望憫言圖》詩前小序有「正德己巳九月望後，寅忝侍杜國少傅太原公出弔石田鄉丈於相成，夜宿宗讓三舅校書宅，酒半書此，聊申慰答之私耳」。〔註167〕可知王鏊的《行

〔註163〕呂錫生主編：《徐霞客家傳》，吉林：吉林文史出版社，1988年，第100頁。此文《震澤集》未收。

〔註164〕張海瀛：《王鏊年譜》，見王春瑜主編：《明史論叢》，北京：中國社會科學出版社，1997年，第103頁。

〔註165〕（明）王鏊：《震澤集》卷五，文津閣四庫全書，集419，第671頁。

〔註166〕周道振輯校：《文徵明集》，上海：上海古籍出版社，1987年，第597頁。

〔註167〕《唐伯虎全集》，第345～346頁。

次相城》作於正德四年己巳九月望後。《重到宜興》在卷五的倒數第二首，在此之前還有一首《過子畏別業》是有時間可查的，雖然在《震澤集》中《過子畏別業》未標示時間，但在《唐伯虎全集》中此詩的全稱是《正德壬申冬初過子畏解元城西之別業時獨有梅花一樹將開故詩中及之》，可知《過子畏別業》作於正德壬申（1512）冬初。在《震澤集》卷六中第二十首詩為《予伏林下覩閭閻之疾苦憫徵求之繁多傷循吏之難值也每以爲歎癸酉六月客有過予談海虞胡令之政者爲賦詩》，癸酉六月是 1513 年的六月，據此，《重到宜興》排在《過子畏別業》之後，《予伏林下覩閭閻之疾苦憫徵求之繁多傷循吏之難值也每以爲歎癸酉六月客有過予談海虞胡令之政者爲賦詩》之前，其寫作時間應該在正德壬申（1512）冬初後至正德癸酉（1513）六月前。而唐寅書信中提到的時間是「子容四月間自義興往茅山」，因而唐寅此信很可能作於正德癸酉（1513）年初至四月之前。

第三章　唐寅文學著述考

第一節　明代刊刻的唐寅集

由於唐寅生前沒有刊印自己的作品集，其作品集都是後人不斷整理出來的。不同的整理者，有不同的選取標準，所以其詩文集的不同版本之間的差別是比較大的。明代整理刊刻唐寅集的人知名的有袁袠、何大成、沈思、曹元亮等。現存明代刊刻的唐寅詩文集大致有四個系統：一為袁袠輯《唐伯虎集》二卷；一為萬曆年間何大成輯本，包括《唐伯虎先生集》上下卷、《唐伯虎先生外編》五卷、《唐伯虎先生外編續刻》十二卷，簡稱何大成系統；一為萬曆年間沈思輯、曹元亮校本，包括《唐伯虎集》四卷，附刻外集一卷紀事一卷，簡稱曹元亮系統；一為《袁中郎先生批評唐伯虎彙集》本，編刻人不詳，簡稱袁批本系統。我們先來簡單介紹一下這四個系統本。

一

袁袠輯《唐伯虎集》二卷。袁袠（1502～1547），字永之，號胥臺，長洲（今蘇州市）人，嘉靖丙戌（1526）進士。袁袠編選的《唐伯虎集》二卷是唐寅作品的第一個結集本。在《唐伯虎集序》中袁袠說：「袠童時嘗獲侍高論，接杯酒之歡」。〔註1〕可見他少年時代就經常參加吳中文人的雅集，時常能聽到唐寅輩的高談雅論。其子袁尊尼在《先父行狀》中說：「時海內熙洽，文風

〔註1〕（明）袁袠：《衡藩重刻胥臺先生集》卷十四，四庫全書存目叢書，集86，濟南：齊魯書社，1997年，第585頁。

肆被，在吳尤盛。若京兆祝公、解元唐公、孔目蔡公、待詔文公、太學士王公咸擅文名，先公各與締交，諸公亦樂交先公。時往討論藝術，過從之暇，即閉門藏修，絕不干世事。亦不與時流相征逐，傲然有青雲之志，人望之而知其奇也」。〔註2〕唐寅逝世後，袁袠還寫有《唐解元伯虎》追憶唐寅：「唐公七尺軀，雙瞳曄流電。逸氣騰龍媒，華詞縟雲漢。連珠擬陸衡，廣志準王粲。握槧希古人，釋褐冠群彥。貝錦忽搆讒，虎口竟罹患。梁獄羞上書，浙省薄爲椽。灌園聊自娛，好客日高宴。一諾輕千金，田季世所羨。鴻情厭雞鶩，鵠思卑斥鷃。逍遙富春遊，懷賢發篇翰。著書何必多，雅什庶可玩。令名垂丹青，炳矣高士傳」。〔註3〕從本詩來看，袁袠對唐寅是充滿崇敬與熱愛之情的。唐寅去世後，袁袠首刻《唐伯虎集》，並作序，保存其詩文。袁袠編選唐寅集，應是出於對先哲的敬仰與愛戴，所謂「撫頌遺文，慨仰遐烈」。〔註4〕南京圖書館館藏書目檢索有 GJ／膠 1002《唐伯虎集》二卷，唐寅，明嘉靖，應該是這個本子。惜筆者未親見這一單行本。但袁袠的這一刻本在萬曆壬辰（1592）年被何大成重新刊刻，筆者所見爲何大成的重刻本。但筆者在查閱文獻時，發現在《衡藩重刻胥臺先生集》卷十四中收的《唐伯虎集序》與何大成重刊本所收的袁袠的《唐伯虎集序》在內容上略有出入，顯然，何大成的重刻本對這篇序言作了修改。

在《衡藩重刻胥臺先生集》卷十四中收有《唐伯虎集序》，從序言中我們可以瞭解到此本的一些信息。該序言記有：「唐伯虎集二卷，樂府、詩總三十二首，賦二首，雜文一十五首，內金粉福地賦闕不傳」。〔註5〕可知袁袠編選了《唐伯虎集》二卷，收唐寅四十九篇作品，其中《金粉福地賦》闕，僅存名，所以實際作品只有四十八篇。

關於袁袠《唐伯虎集》的編選時間，由於《唐伯虎集序》結尾處無落款，所以集子的編選時間從序言上是看不出來的。但此本被何大成在萬曆壬辰（1592）年重新刊刻，收在何大成重刻本中的袁袠《唐伯虎集序》是有時間

〔註2〕 （明）袁袠：《袁永之集》卷首，上海圖書館藏善本，索書號 828590～95。

〔註3〕 （明）袁袠：《衡藩重刻胥臺先生集》卷十四，四庫全書存目叢書，集 86，濟南：齊魯書社，1997 年，第 464 頁。

〔註4〕 （明）袁袠：《衡藩重刻胥臺先生集》卷十四，四庫全書存目叢書，集 86，濟南：齊魯書社，1997 年，第 585 頁。

〔註5〕 （明）袁袠：《衡藩重刻胥臺先生集》卷十四，四庫全書存目叢書，集 86，濟南：齊魯書社，1997 年，第 584 頁。

落款的。我們先來看看這兩篇序言上的差別，每處先列《衡藩重刻昝臺先生集》中的序言內容，後列何大成重刻本中的序言內容。差別共有十一處：

1、袁本：唐伯虎集二卷，樂府、詩總三十二首，賦二首，雜文一十五首，內《金粉福地賦》闕不傳。唐伯虎者，名寅初字伯虎……。

何本：唐伯虎集二卷，樂府、詩總三十二首，賦二首，雜文一十五首，內《金粉福地賦》闕不傳。伯虎他詩文甚多，體不類此。此多初年所作，頗宗六朝。惟遊金焦、匡廬、嚴陵、觀鼇山諸詩及《嘯旨後序》，乃中年所作，亦可入選，故附入選。唐伯虎者，名寅初字伯虎……。

2、袁本：然行實放曠，人未之奇也。嘗上書吳文定公寬。

何本：然行實放曠，人未之奇也。故太守文公林奇之。嘗上書吳文定公寬。

3、袁本：方志惡其不檢。

何本：方志惡其跅弛。

4、袁本：比試大學士梁公儲。

何本：比試故大學士梁公儲。

5、袁本：通賄考官程公敏政。

何本：通賄考官故尚書程公敏政。

6、袁本：伯虎嘗持束帛乞程公文送之。

何本：伯虎乞程公文送之。

7、袁本：免歸文徵明以書慰之。

何本：免歸友人文徵明以書切責之。

8、袁本：乃後益自放廢。

何本：乃益自放廢。

9、袁本：徒資啐辱而已。

何本：徒資詬辱而已。

10、袁本：客長滿座。

何本：客嘗滿座。

11、袁本：序尾沒有落款。

何本：序尾有落款：嘉靖甲午臘月既望日昝臺山人袁袠謹序。

對比二序言的差別，我們可以發現第一、六、七、十一處的不同是比較關

鍵的，其它的差異基本不改變原意，可以忽略不計。我們先來看第一處差異，何本多出了一段話：「伯虎他詩文甚多，體不類此。此多初年所作，頗宗六朝。惟遊金、焦、匡廬、嚴陵、觀鰲山諸詩及《嘯旨後序》，乃中年所作，亦可入選，故附入選」。〔註6〕這段話經常被學界引用來論證該集中唐寅詩作的時期，但在袁本中的序言是沒有這段話的。那麼，我們可以推測可能是何大成在重刻《唐伯虎集》時，改動了這篇序言。但何大成的改動也不是沒有依據的，他很可能是根據俞憲的記載進行的改編。俞憲在《盛明百家詩》中選有唐寅十六首詩，詩前有序言：「按袁胥臺《序唐伯虎集》二卷，多初年所作，頗宗六朝。惟遊金、焦山諸篇及《嘯旨後序》，乃中年作，亦可入選。伯虎名寅，後更字子畏……所著述多不經思，語殊俚淺，今亦不載集中。獨胥臺選集尚有傳者。茲刻十餘篇，聊備吳中典故云爾。嘉靖乙丑是堂山人俞憲識」。〔註7〕此序言作於嘉靖乙丑（1565）。從中可知俞憲編選唐寅詩作時，參看過袁袠的《唐伯虎集》，並且他對唐寅那些意思淺顯的詩歌也持否定態度，蓋源於「其學沿七子餘波，未免好收摹倣古調，填綴膚詞之作」。〔註8〕所以他採取「今亦不載集中」的方式來對待那些詩歌。何大成可能就是根據俞憲的記載，改動了袁袠的序言。第六處改動，有為尊者諱的傾向，何大成把唐寅曾送束帛給程敏政這一事實省略了。第七處改動，略不合情理。袁本的更合理，唐寅遭遇科場案的打擊後，作為好友，文徵明寫信安慰他，比寫信批評他更合乎人情事理。但由於何本的流行，使得後人的研究經常採用的是「文徵明以書切責之」，這雖然不是原則性的大問題，卻也有損二人之間的深情厚誼。第十一處差異，是袁本序言沒有落款，何大成重刻本有落款：「嘉靖甲午臘月既望日胥臺山人袁袠謹序」。據此可知袁袠在嘉靖甲午（1534），唐寅卒後十一年，首刻此集。據王春花研究得出「考《家譜》，此年袠大赦在家，又逢袁母葛安人卒。有時間刊刻此書。王格《袁永之集序》云：『訪永之於桃花別墅，時永之袁袠以徒中居憂』、『出所選《唐伯虎集》示余』，《吳門袁六俊公祠藏冊》載廷檮識語亦云，袠居憂後，侍父居桃花園。所記與《六如居士全集》袠《唐伯虎集序》最後所錄時間皆吻合」。〔註9〕可知這一時

〔註6〕 《唐伯虎先生集》，續修四庫全書，集 1334，上海：上海古籍出版社，2002年，第 610 頁。

〔註7〕 （明）俞憲：《盛明百家詩》，四庫全書存目叢書，集部 305，第 690 頁。

〔註8〕 四庫全書存目叢書，集部 308，第 811 頁。

〔註9〕 王春花：《明清時期吳門袁氏家族刻書藏書事業及其與吳門藝文關係初探》，蘇州大學，2008，碩士論文，第 16 頁。

間是可靠的。另外，（明）晁瑮《寶文堂書目》中「文集類」下收有「唐伯虎集」，未注明編者與卷數。據《四庫大辭典》晁瑮（約 1511～1575），字石君，號春陵，開州（今河南濮陽）人，嘉靖二十年（1541）進士，官至國子監司業，居翰林二十載，工於詩賦，雅好古籍，藏名盛於一時。從時間上來看，晁氏在《寶文堂書目》中收錄的這個《唐伯虎集》指得應該就是袁袠的這個刻本，因為在1575 年之前，只有袁袠的刻本。

　　袁袠所刻《唐伯虎集》，主要收集保存了唐寅具有復古情調的詩文，而對唐寅晚年類似白居易的那些語膚味雋的詩作卻沒有保留，這和袁袠當時的審美傾向有觀。袁袠的好友荊西少泉居士王格在《袁永之集序》中有一段內容提到袁袠編選唐伯虎集的情況：「嗚呼永之沒已幾二十載矣，其詩文行於世，誰不慕尚之者，而何藉於余。顧念與永之生同歲，方永之之發解南幾也，余亦舉於鄉。明年同第進士，讀中秘書，日與永之出入，承明相周旋也。……後數年，余督餉姑蘇，訪永之於桃花別墅。時永之始盡平生之歡，其譚及藝文，亦不似曩時之草草矣。永之語余曰：「杜子美，詩人之富者耳，其妙悟蓋不及王孟諸公。又出所選《唐伯虎集》示余，而定其評曰：『伯虎才甚駿，惜流落後不自檢束，大墮於樂天隊中耳』故所存伯虎作，百才一二，語稍涉樂天，即黜之』」。〔註10〕可知王格與袁袠同年出生，同年中舉，還是同年進士，二人交情不錯，所謂「日與永之出入，承明相周旋也」。王格對袁袠不選唐寅類似於白居易之詩作，表達了委婉的不贊同，認為袁袠選的詩「百才一二」。雖然袁袠的選本有比較大的缺陷，但發軔之功實不可沒，此本為後人再刻唐寅作品集提供了基礎，何大成刊刻的唐寅作品集，就是以袁本為底本，不斷擴充而成的。它對唐寅在文學領域能擁有一席之地，有著積極的意義。

二

　　何大成和《唐伯虎先生集》上下卷、《唐伯虎先生外編》五卷、《唐伯虎先生外編續刻》十二卷。

　　關於何大成，學界對其一直瞭解不多，近來鄧曉東據《桂村小志》使我們得以更多地瞭解其人其事，現引述如下：「何大成（1574～1633），原名之柱，字君立，晚號慈公，常熟人，邑庠生，藏書家。趙用賢之婿，趙琦美之

〔註10〕　（明）袁袠：《衡藩重刻骭臺先生集》卷十四，四庫全書存目叢書，集 86，濟南：齊魯書社，1997 年，第 419 頁。

妹夫。有關他的事迹流傳不廣，且其詩文散佚，僅有若干存於選本，而以馮舒《懷舊集》所收24首最多。關於何大成的交遊及創作情況，陸銑的《前徵士慈公何君墓表》給我們提供了重要的線索：『以雄俊如趙文毅（趙用賢）而爲之婦翁，以高介如顧朗仲（顧雲鴻）而締之姻盟，以博雅如陳錫玄（陳禹謨）而延之署，遠之如董昂宰（按：疑當爲「董玄宰」，即董其昌）、繆西溪（繆昌期）、錢牧齋（錢謙益）、袁小修退谷（按：疑當爲「袁小修、鍾退谷」，即袁中道、鍾惺）、陳仲醇（陳繼儒）、王季木（王象春，即王士禎叔祖）、趙凡夫（趙宧光）輩，無不海內奇英，千秋自命，皆能就君商榷篇章，摩挲金石，卒不敢以娛野一集，非古人之書而覆瓿之也。』這段記載不僅給我們指出了何大成交友的基本範圍，同時也說明了何氏創作不事模擬的特點，而後者也正是當時文壇的風尚」。〔註11〕鄧曉東認爲何大成之所以致力於唐寅作品的收集與整理，除了對唐寅的欣賞之外，更重要的是兩人經歷相似、性格相仿、審美趣味相近，這點筆者也是同意的。

　　何大成從萬曆壬辰（1592）年開始翻刻袁褧刊刻的《唐伯虎集》二卷，更名爲《唐伯虎先生集》上下卷，此後一直致力於對唐寅散佚作品的收集和刊刻，於1610年或稍後刊刻了《唐伯虎先生外編》五卷，〔註12〕1617年或稍後刊刻了《唐伯虎先生外編續刻》十二卷。〔註13〕其對唐寅作品搜集整理刊刻歷時二十六年之久，何大成可謂是對唐寅作品收集最用心的一個人。從上可知，何大成在二十六年之間曾三次刊刻唐寅的作品集，第一次是翻刻袁褧的刻本。第二次是在此基礎上補充了一些新搜集到的作品輯成《唐伯虎先生外編》五卷，卷一題「一集伯虎逸詩」，收各體詩歌二〇八篇，一篇《招辭》，共二〇九篇；卷二題「一集伯虎遺文」，收五篇文；卷三題「一集伯虎遺事」，

〔註11〕鄧曉東：《審美趣味的嬗變與唐寅集的編選》，《南京師範大學學報》（社會科學版），2009年第1期，第140頁。

〔註12〕何輯：《唐伯虎先生外編》的刊刻時間，學界多以何大成：《伯虎外編小序》所署時間「萬曆丁未」（1607）年爲準，然而在《唐伯虎先生外編》卷五中有「庚戌長夏，偶閱祝氏集，略得先生所遺伯虎全書，因備錄之時同志之雅云。慈公識」。查萬曆庚戌，是1610年，故何輯：《唐伯虎先生外編》的刊刻時間應爲1610年或以後。

〔註13〕《唐伯虎先生外編續刻》十二卷，何大成輯。這個本子有《伯虎外編續刻序》，署「萬曆甲寅宿月穀雨，吳趨何大成君立父題於金臺之摩訶庵」，萬曆甲寅是1614年，但續刻卷九有何大成「萬曆丙辰」、「丁巳夏日」的注語，故其刊印時間應不早於1617年，暫以1617年來論說此本。

收九十六節逸事；卷四題「一集伯虎志傳」，收二十二篇；卷五題「一錄名公贈答」，有詩五十五首、文五篇，附「弇州題跋」七則，又附王敬美論詩一篇。還有第三次是在前兩次的基礎上又補充進一些作品輯成《唐伯虎先生外編續刻》十二卷，卷一收賦二篇；卷二收樂府詩二首；卷三收詩十六首；卷四收詩八首；卷五收詩一五四首；卷六收詩八首；卷七收詩五十五首；卷八收詞十七首；卷九收套曲十六套，散曲四十四套；卷十收序三篇、記七篇、誌銘一篇、墓表一篇、書一篇、疏文一篇、啓一篇、贊七篇；卷十一收疏文一篇、草制一聯、題畫竹三聯、詩一首，墨銘一種；卷十二列戊午鄉試題名錄。

從時間上來看，1592 年、1610 年、1617 年這三次刊刻時間是間隔較遠的，這也就意味著這三個本子在當時應該都是以單行本面世的，但這三個本子的單行本筆者僅見過一個《唐伯虎先生外編》五卷本（僅存兩卷），更多流傳下來的本子都是彙編本。且這些彙編本也存在不同的形態，有兩種彙編的，如復旦大學圖書館所藏爲《唐伯虎先生集》上下卷、《唐伯虎先生外編》五卷的彙編本。有三種彙編的，如《續修四庫全書》1334～1335 冊所影印的南京圖書館藏本爲《唐伯虎先生集》上下卷、《唐伯虎先生外編》五卷、《唐伯虎先生外編續刻》十二卷的彙編本。還有三種彙編再附畫譜三卷的，如國家圖書館與北京大學圖書館、上海圖書館館藏本則爲《唐伯虎先生集》上下卷、《唐伯虎先生外編》五卷、《唐伯虎先生外編續刻》十二卷的彙編本附《六如唐先生畫譜》三卷。

據此，我們可以推測很可能何大成的這三個本子在當時很受歡迎，在它們陸續面世的過程中，書商就把他們彙編在一起，可能先把前兩種彙編在一起，如復旦大學藏本。後來又把這三種全部彙編在一起，成爲一個全本，而廣爲流傳，如南京圖書館藏本。全本自然比單行本要更受歡迎，以至於單行本不再刊印，越來越少，流傳下來的也就很少了。再後來，這個三種彙編本還增加了一個新的內容，就是《六如唐先生畫譜》三卷，這種本子也比較流行。關於各圖書館所藏何大成輯本的關係，後文將有論述。

何輯本的優點在於大而全，他採取的基本是寧肯重複，也不遺漏的原則，只要是和唐寅相關的內容他都予以收錄，最大限度地保留了材料，這是值得肯定和稱讚的地方。但它也有自身的缺點，由於它是兩次補輯的結果，所以在體例上不夠合理，只是在不斷地補錄各類作品；且前後有篇目重複。特別是續刻本，有一些詩在外編裏已收錄過，續刻又再次收錄，可能是這些詩在

個別字上存在差異。如《唐伯虎先生外編》卷五題為「名公贈答」，不但體例不統一，詩文混雜；還收錄了一些後代人的題畫詩如徐渭、陶望齡、周天球等人的詩作也被收入，這些詩嚴格說來是不應該收錄的，不符合「名公贈答」之原則，很容易給後代人造成誤解。又如《唐伯虎先生外編續刻》卷二所收兩首樂府詩（《春江花月夜》二首），早在《唐伯虎先生集》卷上就有，不知道何大成為何會重複收錄，還把這兩首詩單獨列為一卷，實在讓人很費解。

三

沈思輯、曹元亮校，《唐伯虎集》四卷，附刻外集一卷紀事一卷。

萬曆年間沈思輯、曹元亮校本，包括《唐伯虎集》四卷，附刻外集一卷紀事一卷，簡稱曹元亮系統。此本由沈思輯，有曹元亮萬曆壬子（1612）序言，刊刻書坊是翠竺山房。關於沈思，我們除了知道他刊刻過《錢太史鶴灘集》六卷之外，目前還沒有查到更多的信息。在現存的本子中，也沒有發現他給集子作的序言，只有曹元亮作的序言。一個編輯者，竟然連一篇序言也沒有留下來，實在是有些不合情理。因而，筆者猜測沈思可能是曹元亮雇來的收集者，只負責收集唐寅的詩文，未留下序言。當然這僅僅是推測，尚需論證。對於曹元亮我們同樣瞭解的不多，僅知其字寅伯，四川省雲陽縣人，翠竺山房是他的私家書坊。《唐伯虎集》四卷詩文內容如下：卷一有賦三首、樂府十二首、五言古詩六首、七言雜詩三十首，共五十一首；卷二有五言近體一十二首、五言排律一首、七言近體九十四首、五言絕句六首、七言絕句九十四首、詞三首，共二一〇首；卷三有書五首、序六首、記八首，共十九篇；卷四有碑銘一首、墓誌銘七首、墓碣一首、墓表一首、祭文一首、疏文一首、啓一首、論一首、表一首、贊三首、共十八篇，聯句四聯。附刻外集一卷，有唐子畏墓誌銘、傳贊四首、紀事二十二條。曹元亮校本的優點在於，整體體例合適，分類清晰，從每卷所包含的各類作品，我們即可看出這種優點。正是由於它的這種優點，使得後來的《袁中郎先生批評唐伯虎彙集》採用了它為底本。

四

《袁中郎先生批評唐伯虎彙集》。

《袁中郎先生批評唐伯虎彙集》系統本，是以曹元亮刻本為底本，加袁宏道批評刻成。編刻者不詳，刻年應在 1612 年之後。評語詩有 105 處、詞有

2 處、文有 24 處、紀事有 12 處。這個系統的本子，情況比較複雜。在流傳下來的明代刊刻的唐寅作品集中，它的數量是最多的。據善本書目導航，此本在全國有 32 處藏址。而且，這個系統的本子呈現的狀態也是最多的，它們在序言上有差別，在卷數上也有差別。

第二節　同一系統各版本之間異同、優劣及其關係

　　本節，主要對何大成系統本、曹元亮系統本、《袁中郎先生批評唐伯虎彙集》系統本這三個系統本中各版本之間的異同、優劣作一比較，並對它們之間的關係試作一梳理，試圖展現唐寅作品集的流變過程。

一

　　何大成系統本。筆者見到的有以下幾種：

　　一、《唐伯虎先生集》上下卷、《唐伯虎先生外編》五卷、《唐伯虎先生外編續刻》十二卷。

　　《續修四庫全書》第 1334～1335 冊影印本，據南京大學圖書館藏明萬曆刻本，原書版框高 22.6 釐米，寬 31.0 釐米。（以下簡稱影印本）

　　此本爲彙編本，包含三個集子，其正文行款爲每半頁九行，行二十字，四周雙邊。但序言行款不一。

　　現簡介如下：《唐伯虎先生集》上下卷，有《唐伯虎集序》，落款「萬曆壬辰春三月既望吳趨後學何大成君立題」，有「慈公氏」等印章。序言共三頁，版心靠上題「唐伯虎集」，魚尾下有「序」及頁碼，每半頁六行，行十二字，四周單邊。又有《唐伯虎集序》，落款「嘉靖甲午蠟月望日胥臺山人袁袠謹序」。序言共二頁，版心題「唐伯虎集序」及頁碼，無魚尾。每半葉九行，行二十字，四周雙邊。

　　《唐伯虎先生外編》五卷，《伯虎外編小序》，本序言每半頁六行，行十二字，版心靠上題有「伯虎外編」、靠下有「小序」字樣，共三頁。落款「萬曆丁未佛誕日吳趨何大成題於妙香閣」。

　　《唐伯虎先生外編續刻》十二卷，有三篇序言：一爲《伯虎外編續刻序》，落款「萬曆甲寅宿月穀雨吳趨何大成君立父題於金臺之摩訶庵」，本序言每半頁六行，行十二字，四周單邊，版心僅有「序一」等字樣，共四頁，但序言第二頁缺了下半頁。一爲《伯虎唐先生彙集序》，落款「萬曆壬子相月雲間曹

元亮寅伯甫題並書」，每半葉九行，行二十字，四周雙邊。版心有「唐伯虎外編續刻、曹序、一」等字樣，共二頁。三為《唐伯虎先生彙集敘》，落款「賜進士第翰林院檢討文林郎華亭張鼐書」，每半葉九行，行二十字，四周雙邊。版心有「唐伯虎外編續刻、張序、一」等字樣，共一頁。

二、《唐伯虎先生外編》五卷。上海圖書館藏。索書號線普長 60973

刻本，線裝。殘本，僅存兩卷。散頁。版框寬 30.0 釐米，高 22.9 釐米。

第一卷是完整的，第二卷僅存至《蓮花似六郎》篇，且此篇僅存上半頁，以下缺失。行款同影印本。

三、《唐伯虎先生集》二卷，《唐伯虎先生外編》五卷。（明）唐寅撰，何大成輯。復旦大學圖書館藏本，索書號 411，有「潘承弼藏書印」。

刻本。線裝。一冊無函。版框寬 31.2 釐米，高 23.0 釐米，天頭 2.3 釐米，地腳 1.7 釐米，行款同影印本。殘本。附錄弇州題跋中，缺附二、三頁，附四頁下半頁缺。有蟲蛀，個別地方有修復。

四、《唐伯虎先生集》，《唐伯虎先生外編》五卷，《唐伯虎先生外編續刻》十二卷。畫譜三卷。（清）顧楓批跋本。索書號線善 798279～84

六冊無函。襯裏修復。版框高寬 31.0 釐米，22.8 釐米。行款同影印本。有「鐵厓子」、「蘭松居士」、「伯陽山人」、「名士風流」、「麗生氏書畫印」、「顧楓」、「嵩喬氏」、「顧小癡書畫記」、「慈水馮麗生印」、「茱山閣」、「峰泖漁樵」等多枚印章。扉頁題有「唐伯虎先生全集後附畫譜，南雅堂藏版」。《伯虎外編續刻序》缺第二頁。據《明代版刻綜錄》第三卷，明萬曆年間有南雅堂，大概此本即出於此坊。

第六冊為《六如唐先生畫譜》三卷，有行書體《畫譜序》，署「吳趨六如居士唐寅題」。目錄版心「唐伯虎畫譜目錄」及頁碼，正文版心「唐伯虎畫譜卷之一」及頁碼。卷一首行頂格題「六如唐先生畫譜卷之一」；次行靠下題「吳趨唐寅伯虎輯」、再次行題「吳郡何大成君立校」；卷二和卷三的卷首情況與卷一一樣。

據童銀舫補證，顧楓，其字一作松喬，又號小癡，生於雍正四年（1726），見其《伴梅草堂詩存》自序。天一閣藏其集稿本二種：《伴梅草堂詩存》不分卷，清桂虛筠跋；《秋竹詩稿》不分卷，清陳權、徐時棟跋。另著有《古臺亭書畫錄》、《書畫碑帖題跋》、《伴梅草堂集》。〔註14〕從顧楓的著作可知，他是

〔註14〕童銀舫：《文獻家通考》慈谿人物史料補正，《天一閣文叢》第五輯，寧波出版社，2007 年，第 182 頁。

個書畫愛好者，那麼他對唐寅書畫詩文作品都很欣賞也就不足爲奇了。他不但藏有何輯本，還藏有《袁中郎先生批評唐伯虎彙集》（惜筆者未見顧橒此藏本），他曾經對比過兩種本子，對唐寅詩文有過自己的見解。顧橒批語時有可觀，如他批《漫興》十首：「如春華秋實，沉著塗厚，且有悔悟返眞之語，非凡流可及之」，確有獨到之處。

五、《唐伯虎先生集》，《唐伯虎先生外編》五卷，《唐伯虎先生外編續刻》十二卷。《六如唐先生畫譜》三卷。國家圖書館館藏。索取號 940。膠捲。

明代萬曆刻本，八冊。版框高 23.0 釐米，寬 31.0 釐米。行款同影印本。《六如唐先生畫譜》體例同顧橒本。《六如唐先生畫譜》三卷在第八冊。

六、《唐伯虎先生集》，《唐伯虎先生外編》五卷，《唐伯虎先生外編續刻》十二卷。《六如唐先生畫譜》三卷。北京大學圖書館藏。NC／5428／0638.24

刻本，線裝。一函八冊，金鑲玉裝。函封面有書簽題有「唐伯虎集　丙寅十一月榆莊老農張伯英題」。查張伯英（1871～1949），字勺圃、少溥，別署雲龍山民、榆莊老農，晚號東涯老人。江蘇徐州銅山縣三堡鎮榆莊人。生前善鑒賞書法、金石、字帖。可知此本經張伯英收藏過。《六如唐先生畫譜》三卷在第二冊。《六如唐先生畫譜》體例同顧橒本。

這六個本子中，上海圖書館藏《唐伯虎先生外編》五卷是筆者所見惟一的單行本，惜僅存不到兩卷。從常理推測，單行本應該早於彙編本。從版框的寬度來看，它明顯不同於其它五個本子。但此單行本是否是初刊本，還是後來的重刻本，待考。復旦大學圖書館藏的《唐伯虎先生集》二卷和《唐伯虎先生外編》五卷的彙編本，是筆者所見惟一的兩個集子的彙編本。從版框的大小及內容來看，它和三個集子的彙編本應屬同一版。但此本是否早於三個集子的彙編本，待考。

剩下的這四個本子，以南京大學圖書館藏本是惟一沒有畫譜三卷的，但也是最早的一個本子。問題的關鍵在於《伯虎外編續刻序》，因爲影印本中此序言第二頁缺了下半頁，由於是豎排版，所以剩下的上半頁是無法成句的，這對我們瞭解整篇序言帶來了困難。本序言的第一頁最後四字「竊念伯虎」，第二頁剩下一些不能成句的文字，第三頁開頭「而禮法之士嫉之者猶故也」。序言雖然少了下半頁，還保留了上半頁。而上圖顧橒本、國圖本和北大藏本這三個本子則全部略去第二頁的內容，直接把第一頁和第三頁連接起來，該序言的版心頁碼順序爲「序一」、「序三」、「序四」。這顯然是書商再次刊印時，

未能找到全序，又不願印刷半張殘序，所以直接把第二頁序言抽掉的結果。可見上圖顧桷本、國圖本和北大藏本一定晚於南京大學圖書館藏本（即續修四庫全書影印本的底本）。《六如唐先生畫譜》三卷，在各本中是獨立成冊的。上圖顧桷本與國圖本均爲最後一冊，北大本爲第三冊，北大本可能是後來的整理人員整理時把畫譜編爲了第三冊。

二

曹元亮系統本。筆者所見如下：

一、上海圖書館館藏本，《唐伯虎集》四卷，附刻外集一卷紀事一卷。（明）唐寅撰，沈思輯，曹元亮校，翠竺山房，明萬曆40年（1612）刻本。索書號線善788533～36

四冊無函。最完善的本子，刻工較好。收四篇序言、四卷詩文、外集一卷、傳贊四篇、紀事二十二條。金鑲玉裝。扉頁有「解元唐伯虎彙集」，「雲間曹氏翠竺山房藏版諸坊不許翻□」字樣。版框高19.3釐米，寬24.6釐米。天頭4.0釐米，地腳1.8釐米。每半頁八行，行十八字。

序言依序爲：《唐伯虎先生彙集敘》，字體爲行書體，落款「賜進士第翰林院檢討文林郎華亭張鼐書」，共四頁，版心僅有「序一」字樣，無魚尾。每半頁四行，行十字左右。《伯虎唐先生彙集序》，字體爲行書體，落款「萬曆壬子相月雲間曹元亮寅伯甫題並書」，下有兩枚黑色印章「寅伯」、「元亮」。共四頁。每半頁五行，行十一字或十二字。版心僅有「序一」字樣，無魚尾。《唐伯虎集舊序》，版刻字體。每半頁八行，行十八字。版心有「唐伯虎集舊序、一、翠竺山房」字樣，無魚尾。此序三頁，落款「嘉靖甲午蠟月吳門胥臺袁褧序」。《唐伯虎集舊序》，版刻字體。每半頁八行，行十八字。版心有「唐伯虎集舊序、四、翠竺山房」字樣，無魚尾。此序二頁，落款「海虞後學何之柱君立甫譔」。《外編小序》版刻字體。每半頁八行，行十八字。版心有「唐伯虎集舊序、五、翠竺山房」字樣，無魚尾。此序二頁，落款「丁未佛誕日海虞何之柱題於妙香閣」。接有「伯虎著作實繁……丁未玄月何之柱謹識」。

正文頁頂格題「唐伯虎集卷一」，下題「茸城沈思及之輯次並書」，次一行題「吳趨唐寅著，雲間曹元亮寅伯校」。版心有「唐伯虎集卷一、一、翠竺山房」字樣，卷一共二十七頁，卷尾處有雙行小字記校對人員姓名，有杜士

雅、金聲遠、張方裕、潘貞度、陸愼修、黃經、董孝初、顧之璘全校。最後
一行有「一卷終」字樣。

卷二首頁頂格題「唐伯虎集卷二」，下題「沈思及之輯並書」。次一行題
「吳趨唐寅著、雲間曹元亮寅伯校」。版心有「唐伯虎集卷二、一、翠竹山房」
字樣，卷二共四十六頁，結尾處有單行大字記校對人員姓名，有陶廷傅、朱
朝賞、朱長胤全校。

卷三首頁頂格題「唐伯虎集卷三」，下題「沈思及之輯次」。次一行題「吳
趨唐寅著，雲間曹元亮寅伯校」。版心有「唐伯虎集卷三、一、翠竹山房」字
樣，卷三共三十頁，結尾處有單行大字記校對人員姓名，有金憲卿、朱長胤、
董孝初全校。

第四冊，包括卷四、外集、傳贊、紀事。外集、傳贊、紀事的頁碼是各
自獨立的。

卷四首頁頂格題「唐伯虎集卷四」、下題「沈思及之輯次」，次一行題「吳
趨唐寅著，雲間曹元亮寅伯校」。版心有「唐伯虎集卷四、一、翠竹山房」字
樣，卷四共二十八頁，結尾處有單行大字記校對人員姓名，有徐之樞、孫孟
芳、金聲遠、謝景遷全校。有「四卷終」字樣。

外集首頁頂格題「唐伯虎外集」，次一行題「唐子畏墓誌銘，友人長洲祝
允明撰」。外集共四頁，版心僅有「唐伯虎外集、一、翠竹山房」字樣。

傳贊首頁頂格題「唐伯虎傳贊」，共五頁。版心「唐伯虎傳贊五、一、翠
竹山房」。

紀事首頁頂格題「紀事」，共十三頁，版心「唐伯虎紀事、一、翠竹山
房」。

二、國家圖書館館藏本，《唐伯虎集》四卷，附刻外集一卷紀事一卷。（明）
唐寅撰，沈思輯，曹元亮校，翠竹山房，明萬曆 40 年（1612）刻本。索書號
2502

二冊。全本，刻工較好。收四篇序言、四卷詩文、外集一卷、傳贊四篇、
紀事二十二條。無畫譜。版框高 19.4 釐米，寬 24.8 釐米。天頭 5.7 釐米，地
腳 2.1 釐米。每半頁八行，行十八字。各卷體例與上圖本一致，茲不贅述。惟
缺少版權扉頁。

三、北京大學圖書館藏本，（明）唐寅撰，沈思輯、曹元亮校，《唐伯虎
集》四卷，附刻外集一卷紀事一卷。索書號 SB／810.64／0030

　　一函四冊。體例與上圖藏本一致。有修復過的痕迹。不同處在於，此本為殘本有缺頁。卷首僅有曹元亮的序言《伯虎先生彙集序》，序有多處缺損。目錄「紀事」條下有缺失，不顯示條數。書中紀事共十八條。對比其它本，紀事應該還有三條，此處應為缺頁。外集收祝允明撰「唐子畏墓誌銘」以「云云」省略了銘曰的內容。卷二中第 19、20、22、26、40 頁版心無「翠竺山房」字樣。卷三中從第 11～30 頁版心無「翠竺山房」字樣。外集版心為「唐伯虎外集四、廿九」字樣，頁碼接卷四，從廿九到卅二，但無「翠竺山房」字樣。傳贊版心為「唐伯虎傳贊五、一、翠竺山房」，第五頁版心無「翠竺山房」字樣。紀事版心為「唐伯虎紀事五、六」。紀事版心起始頁為「六」，大概是接上面傳贊的第五頁。除第六頁版心無「翠竺山房」，下剩頁都有「翠竺山房」。

　　北大藏本中，詩歌有兩處與上圖本及國圖本不同。其一，《江南春次倪元積韻》二首，第二首中第一句「人命促來光陰急」，「來」僅北大本有，國圖本和上圖本為「人命促光陰急」，均無「來」字。北大本中「來」與「光」兩字字形明顯小於其它的字，應為補入的字。其二，《王母贈壽》第一首第三句「鳳鳥自歌還自舞」中的「還」字，北大為補刻，字形偏大，可能是此處字迹模糊，刊刻時以意似補入了一個「還」字。國圖本和上圖本此處均為「鸞」字，詩為「鳳鳥自歌鸞自舞」。

　　對比三個本子可見，上圖藏本是曹元亮系統本中最完善的本子，從版權頁「雲間曹氏翠竺山房藏版諸坊不許翻□」及完整的的內容及良好的刻工來看，此本應該在三個本中是最早的一個本子。因為最初刊刻的本子，一般都會強調自己對版權的所有。國圖本與北大本要晚於此本，對比來看，國圖本也是比較完善的本子，僅缺少版權頁，在分冊上分為兩冊。北大本相對較差，序言不全且補版極多，刻工相對也比較粗糙，還是殘本。

三

　　《袁中郎先生批評唐伯虎彙集》。筆者所見如下：

　　一、上海師範大學圖書館藏《袁中郎先生批評唐伯虎彙集》。分類號K91186／0030，登記號 3029529～32

　　一函四冊。全本，金鑲玉裝，有蟲蛀。書衣無題名，僅有紅色印章「上海師範學院藏書」。目錄與正文順序相符，頁碼無錯亂。收四卷詩文，附外集一卷、紀事一卷，但本書無畫譜三卷。序言是《序唐子畏集》，落款「公安袁

宏道中郎父書」，下有紅色印章「晚香潘確讚氏」。序言版框寬 27.4 釐米，高 20.8 釐米，每半頁六行，行十二字。「序唐子畏集」目錄首行頂格題「袁中郎先生批評唐伯虎彙集目錄」，版框寬 28.0 釐米，高 20.0 釐米，每半頁九行，行二十字。目錄共九頁，內容完整，最後一條「紀事二十條」。正文版框寬 28.0 釐米，高 20.5 釐米，每半頁九行，行二十字。

《序唐子畏集》

　　吳人有唐子畏者，才子也。以文名亦不專以文名。余爲吳令，雖不同時，是亦當寫治生帖子者矣。余昔未治其人，而今治其文。大都子畏詩文不足以盡子畏，而可以見子畏。故余之評騭，亦不爲子畏掩其短，政以子畏不專以詩文重也。子畏有知，其不以我爲俗吏乎。

　　　　　　　　　　　　　　　　　　　公安袁宏道中郎父書

二、上海圖書館館藏《袁中郎先生批評唐伯虎彙集》。索書號 859590

刻本。線裝。全本。二冊無函，收四卷詩文，附外集一卷、紀事一卷。無畫譜三卷。書籤題「唐伯虎集」。卷首有《總評》，本總評每半頁七行，行十一字。總評版框高 20.4 釐米，寬 27.8 釐米。次爲目錄。正文體例爲：每半頁九行，行二十字。四周單邊黑魚尾。版框高 20.1 釐米，寬 28.0 釐米。全書正文裝訂順序與目錄對應。簡稱上圖藏全本。

《總評》

　　子畏之文以六朝爲宗，故不甚懺作者之意。

　　子畏之詩有佳句，亦有累句，妙在不沾沾以此爲事，遂加人數等。

　　子畏小辭直入畫境，人謂子畏詩詞中有幾十軸也，特少徐吳輩鑒賞之耳。

三、清華大學圖書館館藏《袁中郎先生批評唐伯虎彙集》。索書號庚 236.261115.2

一函四冊。收四卷詩文。無袁中郎《序唐子畏集》。第一冊第一頁即爲目錄，首行頂格題「袁中郎先生批評唐伯虎彙集目錄」，目錄共九頁，第九頁上半頁存五行，其餘被割去，補以其它紙張。目錄最後一行「題畫竹三聯」。共四卷四冊，無外集卷、無紀事卷。無畫譜三卷。

四、上海圖書館館藏《袁中郎先生批評唐伯虎彙集》線善 22993～94

　　刻本。線裝。二冊無函，殘本。無目錄，卷一缺前三頁，紀事僅存六頁。無外集、傳贊，無畫譜三卷。每半頁九行，行二十字。四周單邊黑魚尾。版框高 20.1 釐米，寬 27.8 釐米。簡稱上圖藏殘本。

　　五、中央民族大學圖書館館藏《袁中郎先生批評唐伯虎彙集》。線善 44.25／86

　　刻本。線裝。一函四冊，收四卷詩文，附外集一卷、紀事一卷，畫譜三卷。書籤上題有「袁中郎批評唐伯虎彙集，又有四行小字記：全函四卷、附外集一卷、又畫譜三卷、明刻印本」。扉頁有「袁中郎先生批評唐伯虎全集內附畫譜紀事　白玉堂藏版」。開篇為《序唐子畏集》，落款「公安袁宏道中郎父書」，本序言每半頁六行，行十二字，四周單邊，白魚尾。除序言外，正文處行款為：每半頁九行，行二十字，四周單邊，黑魚尾。正文版框寬 28.0 釐米，高 20.4 釐米。金鑲玉裝。有缺頁。全書裝訂順序有問題，正文與目錄不對應，或許是修復後裝訂失誤。據《全明分省分縣刻書考》：「新刻劍嘯閣批評西漢演義傳八卷明甄偉撰。明崇禎江蘇省吳縣書林白玉堂刊本。東漢演義十卷明謝詔撰。明崇禎江蘇省吳縣書林白玉堂刊本。楚辭章句十七卷漢王逸章句。明崇禎江蘇省吳縣書林白玉堂刊本」，〔註15〕可知明崇禎年間江蘇省吳縣書林白玉堂刊行過一些書籍，該本可能是出於此書坊。

　　六、中國社會科學院歷史研究所古籍資料室藏《袁中郎先生批評唐伯虎彙集》。索書號集 250／0030

　　刻本。線裝。全本。一函四冊，書衣上有書籤題有「唐伯虎全集」。扉頁有「袁中郎先生批評唐伯虎全集後附畫譜紀事　四美堂藏版」。然後有序言《序唐子畏集》，落款「公安袁宏道中郎父書」，本序言每半頁六行，行十二字，四周單邊，白魚尾。除序言外，全書其它處行款為：每半頁九行，行二十字，四周單邊，黑魚尾。據《全明分省分縣刻書考》：「痘科活幼心法全書不分卷明聶尚恒撰。明崇禎六年江西省新淦縣聶氏四美堂刊本」，〔註16〕可知明崇禎年間江西省新淦縣聶氏有四美堂，刊印過一些書籍，該本可能出於聶氏四美堂。

〔註15〕杜信孚、杜同書：《全明分省分縣刻書考》，北京：線裝書局，2001 年，第 201 頁。

〔註16〕杜信孚、杜同書：《全明分省分縣刻書考》，北京：線裝書局，2001 年，第 85 頁。

七、國家圖書館館藏《袁中郎先生批評唐伯虎彙集》。索書號 12944

收四卷詩文，附外集一卷、紀事一卷，畫譜三卷。正文版框寬 28.0 釐米，高 20.5 釐米，每半頁九行，行二十字。《序唐子畏集》，落款「公安袁宏道中郎父書」，本序言每半頁六行，行十二字，四周單邊，白魚尾。序言後，即爲「袁中郎先生批評唐伯虎傳贊」四篇。明顯爲拼接。有補版。

以上袁評本從目錄與四卷詩文，附外集一卷、紀事一卷來看，都屬於同一個版本。版框寬度基本一致，高度略有差異，很可能是脹版所致。它們在行線的斷接、行間的圈點及字迹的漫滅處都有高度的相似性。

以上袁評本，存在幾種不同的形態。主要區別一在於《序言》與《總評》，一在於有無畫譜三卷。周道振在《唐伯虎全集說明》中說袁評本「以曹刻彙集本爲底本，加袁宏道批評刻成」。〔註17〕筆者對比了袁評本與曹元亮的校本，得出袁評本從目錄的詩文順序排列，到正文中的詩文作品基本上與曹元亮的校本是一致的，只是在一些篇目處加上了評語。曹元亮的校本刊於 1612 年，袁評本的刻印時間應晚於 1612 年。曹元亮的校本收錄四卷詩文，附外集一卷、紀事一卷，三個圖書館的曹元亮校本在正文內容上是一致的，都沒有畫譜三卷。那麼，我們可以推測，袁評本最初也應該和曹元亮校本在內容上是一致的。也即是說，沒有畫譜三卷的袁評本要早於有畫譜三卷的。清華大學、上海師大藏本及上圖藏全本要早於中央民大、社科院及國圖的藏本。從本子的完整度來看，沒有畫譜三卷的，上圖藏全本是比較好的本子；上海師大藏本雖也是全本，但惜有蟲蛀；清華大學藏本不全。有畫譜三卷的，社科院藏本是較好的本子，中央民大藏本有殘缺，國圖藏本有補版且正文順序較亂。

第三節　不同系統本之間的關係

本節，主要對何大成系統本與曹元亮系統本、曹元亮系統本與袁批本之間的關係作一梳理，試圖展現唐寅作品集不同系統本之間的關係。

一

何大成系統本與曹元亮系統本，有著密切的相互借鑒關係。

何大成在 1592 年翻刻了袁袠刊刻的《唐伯虎集》二卷，更名爲《唐伯虎

〔註17〕《唐伯虎全集》，第 2 頁。

先生集》上下卷；於 1610 年或稍後刊刻了《唐伯虎先生外編》五卷；1617 年或稍後刊刻了《唐伯虎先生外編續刻》十二卷。曹元亮的《唐伯虎集》刊刻於 1612 年，這個時間恰好在何氏刊刻的外編五卷與續刻十二卷之間。二者有著相互借鑒的密切關係。

曹元亮《伯虎唐先生彙集序》中有：「胥臺袁先生裒重先生文，已刻樂府、雜文、賦四十七首，爲世片玉，而海虞何君立柱稍加補葺，然終非完豹也。今所集二十二種，百五十餘篇，大都皆先生中年作。悲歌慷慨，而寄韻委婉；謔浪笑傲，而談言微中。……萬曆壬子相月，雲間曹元亮寅伯甫題並書」。〔註18〕這裡曹元亮說「所集二十二種，百五十餘篇」，意思應該是他收集了唐寅作品二十二種約一百五十餘篇，然查曹校本的四卷詩文的總數是二九八篇，還有四聯聯句。這個總和遠遠大於「百五十餘篇」，難道是曹元亮在寫序言的時候沒有仔細閱讀該集，過於粗心大意。據曹校本另一序言作者張鼐所說「畏友曹寅伯爲先生校刻其藏……傾囊梓之……獨喜先生之吟，得寅伯而後著，何知賞之難哉？」〔註19〕來看，顯然曹元亮是伯虎的身後知音，不然元亮豈肯爲之「傾囊梓之」。作爲知音，作爲校刻者，難道連本集所收的伯虎詩文篇目都搞不清楚嗎？顯然這是於情理上說不通的。那麼，曹元亮又爲什麼會說出「百五十餘篇」這樣看似錯誤的數字呢？筆者帶著這個困惑多次查看現存的何輯本和曹校本，終於發現曹元亮說「所集二十二種，百五十餘篇」可能指的是該本新輯得的唐寅詩文篇目。在曹校本卷二七言近體詩中「霜中望月悵然興懷」篇名下有小字「以下新輯」。〔註20〕可見曹元亮在此本中明確提到了該本的新輯篇目。正如曹元亮在序言中所說，他編選這個集子時是見到過袁裒的刻本和何大成的刻本的，他不但見到過這兩個刻本，還對其進行了借鑒和採用。曹校本完全收錄了袁裒刻本的內容，篇目如下：《嬌女賦》、《短歌行》、《相逢行》、《出塞》二首、《紫騮馬》、《驄馬驅》、《俠客》、《隴頭》、《隴頭水》、《詠春江花月夜》、《春江花月夜》二首、《白髮》、《伏承履吉王君以長句見贈作此爲答》、《聞蛩》、《夜中思親》、《傷內》、《席上答王履吉》、《七夕賦贈織女》、《花下酌酒歌》、《詠漁家樂》、《七夕歌》、《聽彈琴瑟》、《送王履約會試》、《遊焦山》、《登吳王郊臺》、《仲夏三十日陪弘農楊禮部丹陽都隱君

〔註18〕《唐伯虎集》四卷，附刻外集一卷紀事一卷，國家圖書館館藏本。
〔註19〕《唐伯虎集》四卷，附刻外集一卷紀事一卷，國家圖書館館藏本。
〔註20〕《唐伯虎集》四卷，附刻外集一卷紀事一卷，國家圖書館館藏本。

虎丘泛舟》、《遊金山》、《焦山》、《廬山》、《嚴灘》、《觀鼇山》四首、《霜中望月悵然興懷》、《上吳天官書》、《與文徵明書》、《答文徵明書》、《嘯旨後序》、《送文溫州序》、《中州覽勝序》、《齊雲岩紫霄宮玄帝碑銘》、《劉秀才墓誌銘》、《劉太僕墓誌銘》、《吳東妻周令人墓誌銘》、《徐君墓誌銘》、《許天錫妻高氏墓誌銘》、《唐長民壙誌》、《沈隱君墓碣》、《祭妹文》，共四十八篇。又從何大成的外編五卷中選取了一些作品，如下《贈文學諸君》、《姑蘇八詠》八首、《花下酌酒歌》、《桃花庵歌》、《一年歌》、《一世歌》、《把酒對月歌》、《醉時歌》、《焚香默坐歌》、《妒花歌》、《悵悵詞》、《和沈石田落花詩》三十首、《題畫》二首、《枕上聞雞鳴》、《桃花庵與希哲諸子同賦》三首、《花月吟效連珠體》十首、《漫興》十首、《歲朝》、《春日書懷》、《宮詞》、《過閩寧德宿旅邸館人懸畫菊愀然有感因題》、《寒雀爭梅》、《鵓鴿圖》、《題王母贈壽》二首、《題周東邨畫》、《題畫贈趙一蓬》、《陶穀》、《張祐》、文徵明《題紅拂妓》二首、《題子胥廟》、《題洞賓化女人攜瓶圖》、《答周秋山》、《守質記》、《蓮花似六郎》、《擬瑞雪降群臣賀表》、《贊林酒仙書聖僧詩後》，共九十五篇。這兩部分的篇數總和爲一百四十三篇，曹元亮本新輯的詩文篇數也就是詩文總數減去此和數，約一百五十五篇。這些篇目如下：《金粉福地賦》、《惜梅賦》、《詠梅次楊廉夫韻》、《題五王夜燕圖》、《題潯陽送別圖》、《江南春》二首、《怡古歌》、《解惑歌》、《世情歌》、《漁樵問答歌》、《桃花庵》五首、《馬》、《送行》、《題畫》、《題谿山疊翠卷》、《賀松郡伯壽誕》、《睡起》、《贈南野》、《江南送春》、《與朱彥明諸子游保叔寺》、《枕上聞雞鳴》、《西疇圖爲王侍御》、《題畫》、《元宵》、《題碧藻軒》、《沈徵德飲予於報恩寺之霞鶩亭酒酣賦贈》、《正德己卯承沈徵德顧翰學置酌禪寺見招猥鄙盃酒狼籍作此奉謝》、《春日城西》、《散步》、《松陵晚泊》、《領解後謝主司》、《送李尹》、《長洲高明府過訪山莊失於迎迓作此奉謝》、《和雪中書懷》、《壽嚴民望母八十》、《言懷》二首、《別劉伯耕》、《寄郭雲帆》、《雨中小集即事》、《正旦大明殿早朝》、《閶門即事》、《檢齋》、《枯木竹石》、《美人蕉》、《題畫》四首、《五陵》、《馬》二首、《題芭蕉仕女》三首、《杏林春燕》二首、《題畫詩》三十首、《題椿萱圖》、《嗅花觀音》、《題倪元鎮畫》、《題落花卷》、《題桑》、《題菊花》三首、《題自畫墨菊》、《陶淵明》二首、《林和靖》、《韓熙載》二首、《高祖斬蛇》、《三顧草廬》、《相如滌器》、《呂蒙正雪景》、《杜牧》、《濂溪》、《白樂天》、《雪夜幸趙普》、《桑維翰銕研》、《盧仝煎茶》、《秦淮海》、《呂洞賓》、《齊後》、《紅拂妓》、《送陳憲章》、《題

夢草圖》、《題漁父》、《題畫竹》、《題葛仙》、《題佳人對月》、《題佳人插花》、《佳人停板》二首、《荷花仙子》、《玉芝為王麗人作》、《風雨淹旬廚煙不繼滌研吮毫蕭條若僧因成絕句八首聊自遣興》三首、《望湘人》、《踏莎行》、《千秋歲引》、《又與文徵仲書》、《作詩三法序》、《送陶大癡分教撫州序》、《送徐朝咨歸金華序》、《許旌陽鐵杜記》、《荷蓮橋記》、《愛溪記》、《竹齋記》、《筠隱記》、《菊隱記》、《王氏澤富祠堂記》、《徐廷瑞妻吳孺人墓誌銘》、《吳君德潤夫婦墓表》、《治平禪寺化造竹亭疏》、《送廖通府帳詞啓》、《達摩贊》、《鍾馗贊》、四聯聯句。曹元亮不但在詩文篇目上借鑒了何輯本，它的外集和紀事卷也可以在何本外編的卷四與卷三中找到蹤迹。〔註21〕

　　何大成在編選續刻時也曾提到過曹元亮的這種做法。在《伯虎外編續刻序》（1614）裏，何大成說「一日，予友王叔平過我云：『鳳林孫師齋頭，有伯虎集二卷，雲間曹寅伯氏梓而行之者也。卷中搜集遺亡，十得八九。』不佞索觀之，大都按予舊本，稍增損顛倒其間，而金粉一賦，補亡之功，於斯為大矣」。〔註22〕從中我們得知，何大成之友王叔平曾見到過曹寅伯梓而行之的伯虎集，並把此事告知給何，何也看了這個本子，並說曹本很多都是按他的舊本而來，不過把篇目顛倒一下，略有增損，但曹本搜集到《金粉福地賦》一篇，確實可以記一大功。的確，曹本有約一半的內容是與何本大體相同的，僅個別字句有差異。作為唐寅作品收集最用心的一個人，何大成在補輯續刻十二卷中，還把曹元亮本新輯的詩文篇數，基本上全部分別收錄進了不同的卷中，並作了一些勘誤。如卷三《七夕歌》後有小字注「此係張文潛作寅伯誤入唐集今正之」。〔註23〕

　　總之，1612年的曹校本收錄了1592年何本的全部內容，又在1610年何輯外編中選用了一些篇目，當然曹校本裏還有一些新收集到的伯虎詩文。這些新收集到的詩文，又被何大成繼續收錄到了續刻十二卷裏。曹元亮本與何大成本的關係可謂相互借鑒，水乳交融。

〔註21〕曹元亮校本與何大成輯本中重複的詩文內容大體上是一致的，也存在個別
　　　　字、句的差異。如《枕上聞雞鳴》在何本外編卷一名《早起偶成》，字句稍異。
　　　　《花月吟效連珠體》在何輯外編卷一，何只有十首，曹本多出一首。《漫興》
　　　　十首在何輯外編卷一，字句稍異。其他處差異不再一一指明。
〔註22〕續修四庫全書，集1335，上海：上海古籍出版社，2002年，第1頁。
〔註23〕續修四庫全書，集1335，上海：上海古籍出版社，2002年，第9頁。

二

曹元亮系統本與袁批本。袁批本以曹本爲底本，基本完全採用了曹本的內容，但在行款上是不一致的。其差別如下：

一、目錄處差別

樂府詩下有「出塞」，曹元亮本都是「出塞二首」，袁評本都是「出塞三首」。

五言排律一首，曹元亮本是「賀松郡伯壽誕」，袁評本是「賀松伯壽誕」。墓表一首，曹元亮本是「吳君德潤夫婦墓表」，袁評本是「吳德潤夫妻墓表」。紀事，曹元亮本是「紀事二十二條」，袁評本是「紀事二十條」。

二、行款處差別

曹本每半頁八行，行十八字。袁本每半頁九行，行二十字。曹本書名與卷首題字和版心存在差異，如書名是「解元唐伯虎彙集」，卷首題字與版心卻是「唐伯虎集」。對比曹本在書名與卷首題字和版心的差別，袁本在書名與卷首和版心題字上是非常對應的。如：書名是「袁中郎先生批評唐伯虎彙集」，目錄頁首行頂格題「袁中郎先生批評唐伯虎彙集目錄」，版心有「唐伯虎彙集」，黑魚尾。正文四卷每卷卷首首行都是頂格題「袁中郎先生批評唐伯虎彙集」，次行題「吳趨唐寅著」，再次行題「公安袁宏道評」，版心有「唐伯虎彙集黑魚尾卷一」。傳贊首行頂格題「袁中郎先生批評唐伯虎傳贊」，版心有「唐伯虎傳贊」，黑魚尾。紀事首行頂格題「袁中郎先生批評唐伯虎紀事」，版心有「唐伯虎紀事」，黑魚尾。袁本這種形式上的統一，很可能是書商以曹本爲底本刻印時所爲。

第四節　幾種署名唐寅著作眞僞考辨

本節主要對幾種署名唐寅所著的《六如居士尺牘》、《唐伯虎尺牘》、《唐六如先生箋啓》的眞僞作一考證。

一

《六如居士尺牘》，署唐寅作。一函四冊，光霽草廬印，無出版年，石印本。上海圖書館有藏。此書被宋志英選入《明代名人尺牘選萃》，國家圖書館

出版社 2008 年 11 月第 1 版，影印說明據民國八年（一九一九）光霽草廬石印本。宋志英在《出版說明》裏說「尺牘所特有的一個非常豐富的內容，則是日常生活的記錄。如《六如居士尺牘》將唐伯虎與親友往來的尺牘分爲慶賀類、通問類、文藝類、薦託類、邀約類、求借類、索取類、饋送類、餞送類、勤勉類、家書類、稟啓類、壽文類等，詳細地反映了日常生活的方方面面，爲全面研究唐伯虎提供了較豐富的資料」〔註24〕但筆者對此書是否爲唐寅所著是存疑的。

　　該書扉頁有「祝枝山先生鑒定　吳中才子唐伯虎尺牘　君宜署」字樣。接有《序》：

> 　　唐君子畏，號六如居士。居城之西。偏玩世不恭，有睥睨一切之意。余向耳其名，聞聲相思者數年。余亦傲放不願交俗儒。宏治三年，與徵明遊福昌寺，見樓壁題四言詩，狂放可掬，更覺欽欽。余和之云：宅此心體，沈矣洞洞。爽氣西納，妙月東奉。時臨長津，以鑒群動。徵明笑睍曰：汝傾心唐寅耶？渠好使酒，與張靈昵。余當與汝偕訪之。後以因循未果。壬子秋，方與子畏訂交。是年，余舉於鄉，而子畏益誕肆不羈。切勸之，乃斂才就範。戊午獲鄉解，後以闈弊受譴。迨放歸，築室桃花塢，以筆墨自娛，顧不自收拾。其與人往來酬答，雖文辭滑稽，而語有根柢。壬戌春，張君以子畏簡書一冊，屬序於余。余惟吳中文物之邦，水秀山明，代生奇俊。子畏厓岸自異，直呼楊脩爲小兒。宜五色筆峋，不可一世也。
>
> 　　　　　　　　　　宏治十七年長洲祝允明序 〔註25〕

此序疑點頗多。首先，「弘治」全部寫成「宏治」，顯係避乾隆之諱的慣常做法，從常理上看，明代的祝允明沒有必要這麼做。當然，我們也可以假設祝允明最初寫的就是「弘治」，可能是清代刊印時修改爲「宏治」。即使這種假設可以成立，該序文的內容也頗多漏洞。序言中祝氏說「余向耳其名，聞聲相思者數年。余亦傲放不願交俗儒」，顯然與祝允明《唐子畏墓誌並銘》「幼讀書不識門外街陌……余訪之再，亦不答」。〔註26〕是相矛盾的。序文又記有

〔註24〕宋志英輯：《明代名人尺牘選萃》1，北京：國家圖書館出版社，2008 年，第 3 頁。

〔註25〕宋志英輯：《明代名人尺牘選萃》1，北京：國家圖書館出版社，2008 年，第 5～8 頁。

〔註26〕《唐伯虎全集》，第 538 頁。

祝氏在宏治三年與徵明遊福昌寺，看到唐寅的樓壁題詩，很欣賞。文徵明問他是否傾心唐寅，還說要和祝氏一起拜訪唐寅，但當時二人並未成行。直至「壬子秋，方與子畏訂交」，更與史實不符。弘治壬子是 1492 年，時唐寅已23 歲。據楊靜庵《唐寅年譜》考證祝唐訂交當在成化十八年，即 1482 年。有更多文獻可以證明在弘治壬子以前，祝唐已有多次交往。早在成化二十三年，他們就曾同題過沈石田爲洞庭東山王鏊《遁舟園》圖。弘治初年，唐寅、祝允明、文徵明等人還一起倡爲古文辭運動。所以，這篇序文顯然不是祝氏所作。

　　序文不是祝允明所作，正文是否爲唐寅所作呢？筆者也是存疑的。該書分四卷，卷一包括慶賀類、通問類、文藝類、感謝類；卷二包括薦託類、邀約類、求借類、索取類、讜賞類；卷三包括饋送類、餞送類、頌揚類、高尚類、勤勉類、箴規類；卷四包括戲謔類、寬慰類、慰唁類、家書類、仕途類、稟啓類、募助類、壽文類、祭文類。這些尺牘呈現出鮮明的應用色彩，不但有去信，還有回信。但這些所謂的往來應答，並不是唐寅寫給他的親友的，所有的尺牘都沒有明確的行文對象，沒有明確的內容，基本上都是套話。類似於今天的應用文大全，茲舉幾例，如慶賀類有：

《賀友父壽》

　　　莊周有云：「古有椿樹，以八千歲爲椿，八千歲爲秋者」。尊翁先生年同綺里，社結商山。豈煩祝蝦，仍以岡陵耶。徒具一樽之淡酒，略申片念之微忱。上供壽域，以佐霞觴。惟冀莞存，勿揮是禱。

《答》

　　　桑榆已迫，喜懼相參。茲值玄弧之旦，用申祝蝦之詞。乃爲人子者，分所當然耳。反邀先生，頌以隆儀。高情寵渥，感佩靡涯。

〔註27〕

通問類有：

《承訪失迓》

　　　枉顧蓬廬，殊慚倒屣。得母謂人如張薦，地似竹林也耶。第弟實因塵務，偶爾出行。不然安肯蓽門致煩題鳳。想知己如足下，無不爲我曲原者。但簡賢廢禮，究自懷慚。姑容請罪，仰乞汪涵。

〔註27〕宋志英輯：《明代名人尺牘選萃》1，北京：國家圖書館出版社，2008 年版。
　　　　第 23 頁。

《答》

> 雅慕韓公，圖償夙願。不期晉謁瑤階，正值雲遊別處。未睹芝
> 眉，殊多歉仄。然眷戀曾殷於數載。則趨承豈止於一朝，容屏蝟務，
> 再聆清談。莫謂來意未虔，依然麾我門外也。呵呵。〔註28〕

饋送類有：

《饋送中秋》

> 三五清光，此夕爲最。僕不能沽桑洛一石，與足下把酒問青天，
> 誦秋色平分之句。惟具爻爻薄儀，少助庾樓佳興。

《答》

> 秋光正滿，不用焚膏，而清暉夜色，分外宜人。想足下此時興
> 固不淺，定多佳句。足以陞傳。能令見者如聽霓裳羽衣，不知身在
> 廣寒遊矣。〔註29〕

從中我們可以清楚地看出，這顯然不是唐寅的私人書信。但該書的每卷卷首均題有「古吳唐寅伯虎氏著　同邑張靈夢晉編次」，據此這些書信應該是唐寅書寫，張靈編次。但史料並無明確記載唐寅曾寫過一本實用書信類的書，應爲僞託之作。而且，現存唐寅的尺牘作品，如《與文徵明書》、《上吳天官書》等在該書中未見收錄一篇，也可證此書有僞託之嫌。從序文避「弘」字諱來看，此書應該成於清代乾隆年間以後。此書雖無助於研究唐寅的日常生活，但它作爲清代中後期的應用文獻，也有自身的價值。

二

　　《唐伯虎尺牘》鐵琴瘦主編輯，該書由上海大通圖書社 1935 年 6 月出版。鐵琴瘦主，顯然是個筆名，真人不知何許人也。該書有《唐伯虎小史》，此小史未題撰人。收寫給 25 人的書信 98 篇，分別是與吳寬 1 篇，與文徵明 3 篇，與周東村 5 篇，與徐文長 8 篇，與祝希哲 13 篇，與張夢晉 14 篇，與沈石田 11 篇，與楊廉夫 1 篇，與王履吉 5 篇，與梅谷山人 2 篇，與朱彥明 2 篇，與沈徵德 2 篇，與錢明綬 1 篇，與嚴民望 2 篇，與孫秋原 1 篇，與徐昌谷 2 篇，

〔註28〕宋志英輯：《明代名人尺牘選萃》1，北京：國家圖書館出版社，2008 年版。第 64～65 頁。

〔註29〕宋志英輯：《明代名人尺牘選萃》1，北京：國家圖書館出版社，2008 年版。第 169 頁。

與陳二南 3 篇，與孫可齋 2 篇，與進覺上人 1 篇，與汪曉庵 3 篇，與季孟直 2篇，與周秋山 6 篇，與朱祖望 3 篇，與法霞和尚 2 篇，與徐素 3 篇。

　　該書的《唐伯虎小史》未依史實爲據來撰寫唐伯虎，而是多以唐伯虎軼事爲據來寫伯虎，多有失實之處。如論伯虎畫作時，說「時吳中言書畫者，以唐祝文沈並稱，而唐畫尤奇，嘗於夏日畫海獅圖，又有蟻陣鴉陣等作，皆前人所無，信手揮灑，都有妙趣」，〔註30〕所謂「海獅圖」、「蟻陣鴉陣」這些畫作，都是唐伯虎軼事裏的記載，不足爲憑。對於唐寅的傳世名作如《孟蜀宮妓圖》、《嫦娥執桂圖》、《山路松聲圖》等等反而隻字未提。記伯虎事迹，幾乎是伯虎軼事的連綴，如伯虎與客出遊，見果園，盜果墮廁之事；與祝希哲扮乞兒，沿門求乞，得錢沽酒，就古寺中作狂歡之事；以妓匿舟戲徵明事；又有與希哲遊維揚，僞作元妙觀募緣道者，謁鹽使作詩詐銀與妓遊之事等等。蓋作者並不瞭解歷史上的唐寅其人，僅閱讀過與唐寅相關的一些逸聞軼事。這種書寫方式也有吸引讀者的注意力，方便書籍的銷售的目的。

　　關於該書所收書信的眞偽問題，由於該書輯者對這些書信的文獻來源未作任何說明。所以，必須要對此辨析說明。經筆者查對文獻，得出這些書信可謂眞偽混雜。從書信涉及的人員來看，有史可查的與唐寅交往過的人員有吳寬、文徵明、周東村、祝希哲、張夢晉、沈石田、楊廉夫、王履吉、梅谷山人、朱彥明、沈徵德、嚴民望、徐昌谷、周秋山、徐素等人；而徐文長、錢明綬、孫秋原、陳二南、孫可齋、進覺上人、汪曉庵、季孟直、朱祖望、法霞和尚等人與唐寅的交往則暫未見有關史料記載。在這 98 篇書信中，大體可分三種情況。一種是眞實的書信交往，一種是可能根據唐寅詩作捏造的書信，一種是暫無任何根據的書信。我們先來看第一種眞實的書信交往，這類作品有 5 篇，分別是《上吳天官書》、《與文徵明》、《答文徵明》、《又與徵仲》、《與周秋山》（第 2 篇），這 5 篇書信明確見於明代所刊刻的唐寅作品集中。

　　第二種情況是可能根據唐寅詩作捏造的書信，這部分書信主要是寫給跟唐寅有過交往的人員如周東村、祝希哲、張夢晉、沈石田、楊廉夫、王履吉、梅谷山人、朱彥明、沈徵德、嚴民望、徐昌谷、周秋山、徐素等人。但書信內容的眞實性卻值得懷疑，這些書信的內容有的和唐寅及其朋友的軼事有明顯的巧合，有的與唐寅詩歌作品有明顯的呼應，可以說這部分書信是根據史料記載捏造出來的書信。如《與祝希哲》（約戲文徵仲）：

〔註30〕鐵琴廔主編輯：《唐伯虎尺牘》，上海大通圖書社，1935 年版，第 1 頁。

近來秋光清冷，甚益野遊，僕已酒治命舟，素兒亦相隨，擬約
微仲同往。惟此君不近聲色，若知有素兒，必不肯至。僕擬先藏素
兒於艙尾，俟蕩舟中流再出見，則不虞微仲遠遁矣。足下以為何如？
明日早過我，作竟日暢遊也。〔註31〕

我們對比《唐伯虎先生外編》卷三的記載：

文徵仲素號端方，生平未嘗一遊狎邪。伯虎與諸狎客縱飲石湖
上，先攜妓藏舟中，乃邀徵仲同遊。徵仲初不覺也。酒半酣，伯虎
岸幘高歌，呼妓進酒。徵仲大詫，辭別。伯虎命諸妓固留之，徵仲
益大叫，幾赴水，遂與湖上買艀艇逸去。〔註32〕

可見，該書信明顯與史料記載的伯虎軼事異常相近，不過編者把這則軼事改
成了唐寅寫給祝允明的書信；把史料中的妓女改成了「素兒」，乃是因為唐寅
曾有一首詩《哭妓徐素》，這首詩歌感情真摯，頗為感人。徐素確實是與唐寅
有過交往的一位妓女，但匿與舟中之妓是否就是徐素未見文獻記載。又如《與
沈徵德》：

昨承招飲，狂歡一日，報恩寺裏，小駐遊蹤，霞鶩亭中，疊排
酒陣，誠不負良時也。酒酣命筆，輒覺不韻，此可微狂奴心力日衰，
不似當年敏銳矣，奈何奈何！歸後自思，頗覺不安，略事修改，輒
復錄呈。「水檻憑虛六月風，英豪相聚一樽同；水光錯落浮瓜綠，日
影玲瓏透樹紅。謬以上筵尊漫客，喜留新契再禪宮；雲衢萬里諸公
去，馬笠不知何處逢！」〔註33〕

這則書信與唐寅的一首詩歌作品也有明顯的呼應關係，這首詩就是《沈徵德
飲予於報恩寺之霞鶩亭酒酣賦贈》「水檻憑虛六月風，英豪相聚一尊同；水光
錯落浮瓜綠，日影玲瓏透樹紅。謬以上筵尊漫客，喜留新契再禪宮；雲衢萬
里諸公去，馬笠不知何處逢！」〔註34〕可見《與沈徵德》這封信明顯是根據
唐寅詩作而來。再如《與嚴民望》：

婺星耀彩，錦帨增輝節近中秋，觴開八秩，想當戲彩，以娛高
年，僕所居稍遠，不克登堂，謹奉薄禮，兼之小詩，用獻下忱，以

〔註31〕鐵琴癡主編輯：《唐伯虎尺牘》，上海大通圖書社，1935年，第25頁。
〔註32〕《唐伯虎全集》，第569頁。
〔註33〕鐵琴癡主編輯：《唐伯虎尺牘》，上海大通圖書社，1935年，第54頁。
〔註34〕《唐伯虎全集》，第50頁。

當遙祝，希呼賤名，代爲晉酒。「八旬慈母女中仙，九轉丹成妙入玄；階暗彩衣娛白髮，月明黃鶴下青天。帨懸錦帶遙稱誕，酒灩金厄共祝筵；壽算欲知多少數，蟠桃一熟九千年。」〔註35〕

唐寅集中曾有詩《壽嚴民望母八十》「八旬慈母女中仙，九轉丹成妙入玄；階暗彩衣娛白髮，月明黃鶴下青天。帨懸錦帶遙稱誕，酒灩金厄共祝筵；壽算欲知多少數，蟠桃一熟九千年」。〔註36〕可見編者，不過是在這首詩前加了一段套語，就成了一封書信。類似的例子，不再一一列舉，這部分書信的價值是很值得懷疑的。第三種情況暫無任何根據的書信，那就是寫給徐文長、錢明綬、孫秋原、陳二南、孫可齋、進覺上人、汪曉庵、季孟直、朱祖望、法霞和尚等人的書信，這些人與唐寅是否有過交往，筆者暫未在它處見到相關史料記載，不知編者從何處得來的這些文獻。最爲荒誕處，在於《與徐文長》八篇，其一爲「問候」有「不見足下三年，以膠漆之心，分爲南北身，各欲白頭，奈何奈何」。〔註37〕唐寅卒於1523年，徐文長生於1521年，伯虎卒時徐文長才三歲，此信的眞僞確可一目了然。唐寅曾在崔鶯鶯圖像上有題畫詩《題崔娘像》，後來徐文長見到了這幅畫及唐寅的題詩，徐文長作有《唐伯虎畫崔氏像因題，餘次韻三首》。大概編者只知道徐文長的和詩，就認定徐文長和唐寅有交往，沒有考慮到二人的年齡差距，遂產生了這樣奇怪的八封信。

總之，本書除5篇有文獻依據的書信之外，其餘作品均不可靠。

三

《唐六如先生箋啓》吳門紫櫻軒珍藏，虞山襟霞閣印行，無具體印行時間。

中央民族大學圖書館藏本。國家圖書館與上海圖書館藏書名爲《唐六如先生小簡》，上海崇文書局印行，無具體印行時間，內容完全與中央民族大學圖書館藏本一致。下文以中央民族大學圖書館藏本爲例論證。

《唐六如先生箋啓》書首有《解元六如公小傳》，不提撰人。內容爲「唐寅字子畏，一字伯虎。晚號六如。蘇州府附學生，弘治十一年戊午應天鄉試，中式第一名舉人。工古文，畫師周臣，而青出於藍。遠攻李唐詩詞。效白居

〔註35〕鐵琴癭主編輯：《唐伯虎尺牘》，上海大通圖書社，1935年，第56頁。
〔註36〕《唐伯虎全集》，第64頁。
〔註37〕鐵琴癭主編輯：《唐伯虎尺牘》，上海大通圖書社，1935年，第19頁。

易，令人解頤。書得趙吳興體而妍雅，賦性疏朗，任逸不羈。與同里張生靈
縱酒不事生業，祝允明規之，乃修舉業。閉戶經年，得領鄉薦。會試有富家
子江陰徐經載與俱北，既入試，有友南濠都穆抒於朝，言與主司有私，陷寅，
斥椽於浙藩。自署其章江南第一風流才子。寧藩宸豪厚禮聘之，察其異志，
佯瘋私還。風流自資，治圃城北桃花塢，日飲其中。成化庚寅生，嘉靖癸末
卒。年五十四。著畫譜並集傳於世」。〔註38〕此傳文倒是基本依據史料記載而
來，基本符合唐寅的人生經歷。

再有《聖歎外書》：「聖歎旅吳門三月，矹山造乎寓。挾唐六如先生箋啓
一冊，請於予曰：『願為是書加評騭』。聖歎方事乎唐律詩也，然六如才子也。
才子之書，而可負乎。乃請假二月之閒，吾當粗說是書。於是挈之返秣陵，
經月而成。……」。〔註39〕可知金聖歎評點過此箋啓。

書後有潘氏跋文：

> 六如居士軼事，求之吾鄉耆舊，類能道也。每嘗以為齊東野語，
> 不足徵信。今年春，偶於金陵舊書攤上，見六如居士手抄箋啓一冊，
> 異之。遂以重價購歸，唯稍有散佚處。乃重加修訂，誠可寶也。書
> 中悉當日六如閨中韻事，脂粉香澤，其事與耆舊之說相吻合。為六
> 如詩文集所無，恚鄉里耆舊之說，其果有乎？然循六如正傳，茲事
> 又非實。書中字迹，圓動雄麗，非近人可摹。文筆又雅淨灑逸，讀
> 之有遺味，則又非可以贗鼎也。余愛其文筆雅麗，長日無事，反覆
> 朗誦，無厭時也。豈六如真有此一段風流佳話。不然，何自號為江
> 南第一風流才子乎。嘉慶十四年夏端午後一日紫櫻軒主人塵隱潘氏
> 識。〔註40〕

以上可知，此書有兩部分構成，一是唐寅的書信，一是金聖歎的評語。此書
所收書信74篇，主要是寫給祝允明、文徵明、周文賓、九空、陸昭容、謝天
香、秋香、羅秀英、春桃、蔣月琴、馬鳳鳴、李傳紅、張月琴、銀簫等人。
關於書信的真偽，考史料可知應為偽造。因為除祝、文是唐寅之友人外，其
餘諸人多於史無據，倒是均可見於《八美圖》、《換空箱》、《三笑姻緣》等文
學作品中，這些作品流傳於清代乾隆年間，書信的內容也多是與這些作品相

〔註38〕《唐六如先生箋啓》，虞山襟霞閣印行，扉頁。
〔註39〕《唐六如先生箋啓》，虞山襟霞閣印行，序言第1頁。
〔註40〕《唐六如先生箋啓》，虞山襟霞閣印行，第35～36頁。

關的。《八美圖》主要敘述唐寅鄉試後，遊紫竹庵，遇翰林之女陸昭容，愛其美貌，追蹤至陸府。男扮女裝入陸府爲婢，伺機見昭容，吐眞情，私訂終身。昭容之婢春桃，唐寅許諾以後娶其爲妾。唐寅求枝山爲媒。娶了昭容。又誇口娶八妻。乃先後娶得羅夫人之女秀英，甥女謝天香、雲峰庵尼姑九空、故相之女馬鳳鳴、前洪洞知縣之女蔣月琴，妓女李傳紅，加上昭容，春桃，凡八美，共事一夫。《三笑姻緣》是在《八美圖》故事的基礎上的延伸，唐寅娶了八位妻子之後，再遇秋香，開始新的追求。《換空箱》則是講文徵明娶許金姐、李壽姑、杜月芳的故事。都屬子虛烏有。該書所收書信基本上是唐寅寫給這九美的，且信件內容與此三個故事密切相關。顯然，這些書信不可能是唐寅所作。即便是那些寫給祝允明、文徵明的書信也多於史無據，如《賀祝枝山闈捷書》：

> 聞得手報，足下省闈一戰，竊取榜魁。信足以爲吾曹張目矣。
> 可喜可賀，孝廉頭銜，乃爲毒蛇甫翼，此後詐戈私利，苦煞小民耳。
> 奉上青蚨五百，知足下與孔方結交，故不復置禮物。秀才人情，不
> 過爾爾。足下以爲薄否。本欲作詩相賀，以事集。急切不得佳句，
> 如何如何。諸希哂納。並頌平安。〔註41〕

查陸子餘《祝先生墓誌銘》：「歲壬子，舉於鄉」。〔註42〕僅記載祝允明弘治壬子（1492）年中舉，並未說明祝允明是這年鄉試的榜魁。查《江南通志》卷一二七，可知弘治壬子的解元是顧清。結合史料，可見此書信必爲僞作。又如《致文徵明書》：

> 以足下之珠玉，不幸而隱於空箱，豈不可惜。今日脫穎而出，
> 奇鋒未傷，眞可謂武陵才子錚錚出頭地矣。他日裛中一試，當使許
> 金姐、李壽姑、杜月芳，辟易莫當也。枕畔餘間，善頒珠玉。寅拜
> 首。〔註43〕

此信顯係來源與文學作品《換空箱》，許金姐、杜月芳、李壽姑都是其中的人物。歷史上的文徵明僅娶過崑山吳愈之女，且行事嚴謹，生平無二色。黃佐《將仕佐郎翰林院待詔衡山文公墓誌》：「夫人崑山吳氏，河南參政愈之女」。〔註44〕

〔註41〕　《唐六如先生箋啓》，虞山襟霞閣印行，第 5 頁。
〔註42〕　（明）陸粲：《陸子餘集》卷三，文津閣四庫全書，集 426，第 193 頁。
〔註43〕　《唐六如先生箋啓》，虞山襟霞閣印行，第 13 頁。
〔註44〕　周道振輯校：《文徵明集》，上海：上海古籍出版社，1987 年，第 1634 頁。

王世貞《文先生傳》:「內行尤淳固,與吳夫人相莊白首也。生平無二色,足無狹邪履」。〔註45〕至於那些寫給秋香、九空等人的書信,更是憑空杜撰。

　　唐寅娶八美之後再娶秋香成九美的故事在清乾隆年間已比較流行,乾隆年間的禁書目錄中已有彈詞曲本《三笑姻緣》。清乾隆、嘉慶年間說唱藝人吳毓昌曾創作有《三笑新編》,刊行於嘉慶六年（1801）。可見這個故事在 19 世紀初非常受歡迎。《唐六如先生箋啓》中潘氏跋文落款「嘉慶十四年」,該年是公元 1809 年,紫櫻軒主人塵隱潘氏不知何許人,看跋文可能是吳中一帶的人。潘氏說此文是他從金陵舊書攤上購得的手抄本,所記內容雖然於唐寅詩文集中不見記載,但還是符合流俗傳聞中的唐寅行事的。又說此書文筆「雅淨灑逸」,令他愛不釋手,反覆吟誦。事實上,文中書信內容庸俗鄙陋,上文《致文徵明書》就內容卑瑣,文字惡俗,何有「雅淨灑逸」之感。因而,從跋語的時間 1809 年來看,該書顯係書商為了謀利,據流行的文學作品偽造出來的書信。

　　關於金聖歎的評語,也應該是偽造的。金聖歎生於 1608 年,卒於 1661年,如果金聖歎評點了這些書信,那這些書信顯然應該在 1661 年以前就已經存在。據所謂的《聖歎外書》,這些書信是好友王斫山請他評的。然而,筆者在《金聖歎全集》中並未見到有這篇《聖歎外書》。且這些書信涉及之人物來自的文學作品流行於清乾隆年間,都在金聖歎之身後,何來生前品評之說。顯然是書商為了銷售,偽造出的評語。

〔註45〕周道振輯校:《文徵明集》,上海:上海古籍出版社,1987 年,第 1628 頁。

第四章　唐寅詩歌研究

　　唐寅的文學創作比較豐富，詩、文、賦、詞、曲均有涉獵，而以詩歌成就最高。由於唐寅的文、賦創作量不大，且在風格上與詩歌有明顯的一致性，所以本章的研究主以詩歌為主，在論述過程中可能會涉及到部分文賦。

第一節　唐寅的詩歌創作態度辨析

　　朱彝尊在《靜志居詩話》中說唐寅：「然於畫頗自矜貴，不苟作，而詩則縱筆疾書，都不經意，以此任達，幾於遊戲」。〔註 1〕朱彝尊在這裡說唐寅作畫特別認真，對待詩歌創作卻是「都不經意」、「幾於遊戲」，此說未免有些失實。

　　細讀文獻，我們可以發現唐寅對待詩歌創作有兩種態度。一種如祝允明在《唐子畏墓誌並銘》中所說：「其於應世文字詩歌，不甚措意，謂後世知不在是，見我一斑已矣……且已四方慕之，無貴賤貧富，日請門徵索文辭詩畫，子畏隨應之，而不必盡所至。大率興寄邈邈，不以一時毀譽重輕為取捨」。〔註 2〕祝允明在這裡說唐寅對待「應世文字詩歌」是「不甚措意」的，何謂「應世文字詩歌」，結合下文的「日請門徵索文辭詩畫」可知這些詩歌多屬應酬類作品，不是寄託詩人情志的作品。也即是說，唐寅對待應酬類詩歌創作是不太用心的，是比較隨意的。那麼，唐寅對於非應酬類的詩歌創作是什麼態度呢？祝允明在《唐子畏墓誌並銘》中還說：「其詩初喜穠麗，既又倣白氏，務

〔註 1〕（清）朱彝尊：《靜志居詩話》，北京：人民文學出版社，1998 年，第 247 頁。
〔註 2〕（明）祝允明：《懷星堂集》卷十七，文津閣四庫全書，集 421，第 375 頁。

達情性，而語終璀璨，佳者多與古合」。〔註3〕這裡祝氏對唐寅詩作的評價，應該指的是唐寅那些非應酬類的詩歌創作，雖然此處祝氏並未對唐寅對待此類作品的態度作出評價，但卻對此類作品給出了很高的讚譽，所謂「語終璀璨」，符合這樣評價的作品，當不是不太用心的產物。事實上，在唐寅現存詩歌作品中，精工之作的數量遠遠大於泛泛之作。唐寅很多詩歌都很講究用典，典故的運用通常是貼切合適的，而且他的一些詩歌是有深刻寓意寄託的。這說明唐寅對非應酬類的詩歌創作的態度是認真的，而不是隨意的。這些詩歌創作或許能真正代表唐寅對待詩歌的創作態度。在《桃花庵與希哲諸子同賦》中：

> 傲吏難容俗客陪，對談惟鶴夢惟梅；
> 羽衣性野契偏合，紙帳更寒曉未開。
> 長唳九皋風漸漸，高眠一枕雪皚皚；
> 滿腔清思無人定，付與詩篇細剪裁。〔註4〕

此詩表達了詩人的孤傲情懷，詩作借對梅、鶴的熱愛來表達自己的高潔。而「滿腔清思無人定，付與詩篇細剪裁」則明白地說出自己在詩歌創作中寄託了無限情思與感懷，而這種作品是要「細剪裁」的，由此可見唐寅對詩歌創作態度是很認真的。

唐寅的友人俞弁在《逸老堂詩話》中的記載也可證實此點。《逸老堂詩話》卷上記有：

> 余訪唐子畏於城西之桃花庵別業。子畏作山水小筆，遂題一絕句於其上云：「青藜拄杖尋詩處，多在平橋綠樹中。紅葉沒脛人不到，野棠花落一溪風。」余曰：「詩固佳，但恐『脛』字押平聲未穩。」子畏謂我何據，余曰：「老杜有『黃獨無苗山雪盛，短衣數挽不掩脛』。」子畏躍然曰：「幾誤矣！」遂改「紅葉沒鞋人不到」。吁！子畏之服善也如此。與世之強辯飾非者，殆逕庭矣。〔註5〕

這則材料記載了俞弁曾到桃花庵拜訪唐寅，適逢唐寅剛作了一幅山水圖，並在圖上提了一首絕句，這首題畫詩中，顯然寄託了詩人對隱逸生活的嚮往。二人對「脛」字的押韻問題作了探討，俞弁認為唐寅詩作中用「脛」字押平

〔註3〕 （明）祝允明：《懷星堂集》卷十七，文津閣四庫全書，集421，第375頁。
〔註4〕 《唐伯虎全集》，第52頁。
〔註5〕 丁福保輯：《歷代詩話續編》下，中華書局，1983年，第1306頁。

聲韻不是很妥當，唐寅覺得俞弁說得很有道理，他立刻改「脛」字爲「鞋」字。「躍然」二字形象生動地表現了唐寅當時聞諫即改的情狀，俞弁不禁感歎唐寅並不是像人們說得那樣「強辯飾非」，而是一個從善如流的人。還有關於唐寅的一則紀事：

> 伯虎嘗畫臨江一小亭，眾山環之。一人角巾白恰，憑欄遠眺，超然有象外意。伯虎題詩其上云：「落日山逾碧，亭孤景自幽。蒼江寒更急，客興自中流。」詩中蒼字其左方原點作「滄」。已而更作「蒼」字，正可見此老傲睨任達處。〔註6〕

唐寅把「滄」字，改用了「蒼」字，一字之變，頓現江面蒼茫蕭疏的景象。而在這樣清幽孤寂的景象中，詩人對主人公的歌詠卻是「客興自中流」，一個不爲流俗、不改初衷、堅持操守的人物形象躍然而出，詩作可謂寄託了詩人內心的追求與志向。

唐寅在《作詩三法序》中對詩歌的創作還有精到的論述：

> 詩有三法，章、句、字也。三者爲法，又各有三。章之爲法：一曰「氣韻宏壯」；二曰「意思精到」；三曰「詞旨高古」。詞以寫意，意以達氣；氣壯則思精，思精則詞古，而章句備矣。爲句之法，在模寫，在鍛鍊，在剪裁。立議論以序一事，隨聲容以狀一物，因遊以寫一景。模寫之欲如傳神，必得其似；鍛鍊之欲如製藥，必極其精；剪裁之欲如縫衣，必稱其體，是爲句法。而用字之法，實行乎其中。妝點之如舞人，潤色之如畫工，變化之如神仙。字以成句，句以成章，爲詩之法盡矣。吾故曰：詩之爲法有三，曰章、句、字；而章句字之法，又各有三也。閒讀詩，列章法於其題下；又摘其句，以句法字法標之。蓋畫虎之用心，而破碎滅裂之罪，不可免矣。觀者幸恕其無知，而諒其愚蒙也。〔註7〕

此文雖短小，但結構謹嚴，層次分明，可見唐寅對待詩歌創作是很有自己獨到的觀點的。開頭兩句，從宏觀上統領全文，提出作詩有三法，分別是章、句、字。接著又分別從章、句、字三個角度論述作詩的方法。章有三法，句有三法，字有三法。從唐寅對章的三法解釋來看，他詩論的核心是講究有感而發，注重情意的抒發，追求詩歌整體意韻的高古。在句有三法中他明確提

〔註6〕 《唐伯虎全集》，第605頁。
〔註7〕 《唐伯虎全集》，第229～230頁。

出句法「在模寫，在鍛鍊，在剪裁」，還把鍛鍊比喻爲製藥，要求極其精才行。可見唐寅對作詩鍛鍊之功的重視。唐寅還認爲用字之法是融入於章法和句法之中的，三者是渾融一體的關係。結尾處可見唐寅重視詩歌的整體效果，認爲這樣分解作詩之法有「破碎滅裂之罪」，但爲了更好地解釋作詩的方法，也只能這麼來作了。

以上例證可知，唐寅對待詩歌創作是很嚴謹認真的。這種嚴謹認真的創作態度應該在他的一生中佔有主導傾向。如唐寅曾作有《孟嘗》：

> 允矣孟伯周，頌牧臨溟渤，結組驅徵車，夙夜恭迺職，
>
> 還珠地應教，澍雨天合德。天地通神明，時世寡察識，
>
> 七疏不見用，作息老山澤。今君守延平，地亦與相值，
>
> 所望在勵勤，何須添足翼，千載傳循良，去去行努力。〔註8〕

本詩寫於正德四年（1509），時唐寅的好友朱升之要到延平去任職，唐寅應金陵友人顧璘、王韋、陳沂的約請，以兩漢循吏爲題，賦詩贈朱升之出守延平府。唐寅選擇了東漢循吏孟嘗來歌詠。孟嘗，字伯周。東漢會稽上虞（今屬浙江）人。舉茂才，任徐縣令。後遷合浦太守。《後漢書‧孟嘗傳》：孟嘗「遷合浦太守，郡不產穀實，而海出珠寶，與交阯比境，常通商販，貿糴糧食。先時宰首並多貪穢，詭人採求，不知紀極，珠遂漸徙於交阯郡界。於是行旅不至，人物無資，貧者餓死於道。嘗到官，革易前敝，求民病利。曾未逾歲，去珠復還，百姓皆反其業，商貨流通，稱爲神明」。〔註9〕後孟嘗以病去官，吏民攀車留之，乃乘民船夜遁。隱處窮澤，以耕傭爲生。桓帝時，屢被舉薦，終不被任用。年七十，卒於家。由於孟嘗的施行教化，一年後珠蚌又遷回。所以後來經常用「珠還合浦」、「還珠」典故來稱頌州郡長官理政清明。唐寅選擇孟嘗來歌詠，表達了對友人執政的期望與鼓勵。除了這個典故之外，唐寅還用到了《詩經》之語，也是非常地貼切合適。詩篇首句「允矣孟伯周」中的「允矣」，語出《小雅‧車攻》：「允矣君子，展矣大成」。〔註10〕在瞭解了孟嘗之業績後，我們可以發現唐寅此處的用典真是巧妙妥帖，孟嘗堪稱君子，唐寅用「允矣」來讚歎孟嘗，實際就是讚歎孟嘗是個君子。對照朱升之要去延平任職一事來看，唐寅此詩寫得可謂工穩貼合，既符合友人的倡議，

〔註 8〕 《唐伯虎全集》，第 345 頁。

〔註 9〕 （宋）范曄撰：《後漢書》，北京：中華書局，1974 年，第 2473 頁。

〔註 10〕 （漢）毛公：《毛詩正義》，上海：上海古籍出版社，1990 年，第 368 頁。

又表達了對朱升之的期望「千載傳循良，去去行努力」。詩作寫於唐寅四十歲時，可爲唐寅作詩謹嚴有度的一個力證。

　　唐寅「晚年作詩，專用俚語」，不拘格律，不避口語，形成通俗明暢，輕快自然的風貌。但這是否能成爲唐寅作詩不認眞的例證，筆者認爲是值得商榷的。對唐寅俚俗之風的認定，無非是因爲他多用口語，詩作類於張打油之類。但細讀唐寅詩作，我們可以發現即使在那些非常口語化的作品中，唐寅還是能很隨意的融入各種典故，使得詩歌的整體水平得到提升。如淺俗的《愛菜詞》：

> 我愛菜，我愛菜；傲珍饈，欺鼎鼐，多吃也無妨，少吃也無奈。
> 商山芝也在，西山芝也在，四皓與夷齊，有菜不肯賣。顏子居陋巷，
> 孔子阨陳蔡；飲水與絕糧，無菜也自耐。菜之味兮不可輕，人無此
> 味將何行？士知此味事業成，農知此味倉廩盈，技知此味藝業精，
> 商知此味貨利增。但願人人知此味，此味安能別蒼生？我愛菜，人
> 愛肉，肉多不入賢人腹。廚中有碗黃虀粥，三生自有清閒福。〔註11〕

此作多採用口語入詩，如「我愛菜」、「多吃也無妨，少吃也無奈」、「有菜不肯賣」、「無菜也自耐」等，都是非常口語化的說法。但詩人的寫作也並非隨意的，即使是在如此通俗的口語化寫作中，唐寅還是巧妙地用了多個典故來表達自己對菜的熱愛。「商山芝也在」，指商山四皓食野菜。「西山芝也在」，指西山夷齊食野菜。顏回窮居陋巷，孔子絕糧陳蔡，詩人在這裡雖然是以調侃的筆調來引用諸多賢聖的典故，但目的是爲了突出嚼得菜根，百事可做的重要性。詩作以「廚中有碗黃虀粥，三生自有清閒福」收尾，表達了甘於清貧的志士生涯，提升了整首詩的哲學意味。這樣的詩作，顯然並不能簡單地以隨意來判斷。

　　我們再來看幾首有時間紀年的詩歌：

《題畫》正德丁丑三月

> 蕭蕭竹樹度雲陰，陰裏幽人愜野心；
> 澗底驚泉千尺雪，想君從此滌塵心。

《丁丑十一月望夕夜宿廣福寺前作》

> 曲港疏籬野寺邊，蘭橋重敘舊姻緣；
> 一宵折盡平生福，醉抱仙花月下眠。

〔註11〕《唐伯虎全集》，第354～355頁。

《題畫》正德己卯春日

　　　玲瓏金鐙五花驄，斜把絲鞭弄晚風；

　　　獨自醉歸湖岸上，桃花萬樹映人紅。

《墨牡丹》正德庚辰五月畫於學圃堂

　　　穀雨花開春正深，沉香亭北晝陰陰；

　　　太真曉起忘梳洗，雲鬢釵鈿未及簪。〔註12〕

正德丁丑（1517），唐寅48歲；正德己卯（1518），唐寅49歲；正德庚辰
（1519），唐寅50歲。這些詩作無論從立意到遣詞造句，均可看出唐寅是下
了功夫的，並非泛泛隨意而作。唐寅還有《絕句》十二首，詩前有小序「絕
句十二首，皆張打油語也。子言乃謂其能道意中語，故錄似之。時正德辛巳
九月登高日，書於學圃堂」。〔註13〕茲選幾首來看看唐寅口中的打油詩是什麼
樣子：

《早起》

　　　獨立柴門倚瘦筇，鬖絲涼沁豆花風；

　　　曙鴉無數盤旋處，綠樹梢頭一線紅。

《南樓》

　　　數盡南樓百八鐘，殘燈猶掩小屏風；

　　　雞聲一片催春曉，都在紅霞綠樹中。

《所見》

　　　杏花蕭寺日斜時，瞥見娉婷軟玉枝；

　　　撮得繡鞋尖上土，搓成藥丸療相思。

《牡丹》

　　　穀雨花開結彩鼇，牙盤排當各爭高；

　　　滿城借看挑燈去，從此青驄不上槽。

《仕女》

　　　拂臉金霞解語花，花前行不動裙紗；

　　　香泥淺印鞋蓮樣，付與芭蕉綠影遮。〔註14〕

正德辛巳是1521年，距唐寅去世的1523年僅有兩年，這些詩作應當算是唐

〔註12〕《唐伯虎全集》，第408～409頁。

〔註13〕《唐伯虎全集》，第411頁。

〔註14〕《唐伯虎全集》，第411～412頁。

寅晚年的作品。從中我們可以清楚地看到，這些所謂的「張打油」之類的作品，並不是很草率的詩作。如《早起》詩作中，唐寅塑造了一個倚門遠眺的詩人形象，唐寅在這裡先寫出了感官的體驗，早起的風有一絲涼意，迎面吹拂過來，唐寅在這裡用了「沁」字，生動形象地傳達了涼風入鬢的觸覺感受，這顯然是經過仔細推敲的結果。隨著詩人的視角望去，眼前就是一幅美妙的畫作，晨鴉翔集於天空，遠處綠樹的梢頭正現出初升的朝陽映出的一線紅色。詩作給人以靜謐優美之感，何來打油詩之說。這樣的詩作在唐寅的眼中已經是所謂的「張打油」類了，雖然此說有作者自謙之意味，但亦可見唐寅對詩歌創作的嚴格要求的認真態度。

　　綜上所述，唐寅對待詩歌是持兩種態度的，對應酬類作品是不經意的，但對於非應酬類作品還是很認真的。簡單地把唐寅詩歌創作態度歸爲都不經意顯然是不太合適的。

第二節　唐寅詩歌對《詩經》的借鑒

　　考察唐寅的交遊活動和人生經歷，我們會發現唐寅詩文創作除了學六朝、學元、白、學劉禹錫之外，莊子、屈原、司馬遷、陶淵明、李白、盧全、蘇軾等諸多先賢及他們的作品都對唐寅詩文創作產生過或多或少的影響。一一分析這種淵源不是本節所要解決的問題，本節將重點對唐寅詩歌創作中更直接更重要的源頭《詩經》作探討分析。細讀唐寅詩歌，我們很容易找到這個源頭的蹤迹。祝允明在《唐子畏墓誌並銘》中說唐寅參加戊午鄉試前一年「亦不覓時輩講習，取前所治毛氏詩與所謂四書者，翻討擬議，祇求合時義。戊午試應天府，錄爲第一人」。〔註15〕可見唐寅備考科舉前就專門研究過《詩經》。雖然《詩經》是歷代士子的必讀文獻，但唐寅顯然比別人更熟悉《詩經》。文獻記載中唐寅的學生戴昭來吳中求學時，也是「初從唐子畏治詩」。（戴冠《垂虹別意圖序》）〔註16〕可知，唐寅對《詩經》是非常熟悉的，這種熟悉必然會體現在他的詩文創作中。

　　細讀唐寅詩歌，我們將發現，在一些詩歌中唐寅在很多方面極具創造性地對《詩經》進行了直接引用和間接化用，其對《詩經》的借鑒是隨處可見

〔註15〕（明）祝允明：《懷星堂集》卷十七，文津閣四庫全書，集421，第375頁。
〔註16〕（明）汪砢玉撰：《珊瑚網》卷十四，文津閣四庫全書，子271，第545頁。

且得心應手的，這一特點在其文賦中也有體現。唐寅在引用、化用《詩經》的語句、詩意時，是妥帖圓融的，有時這種化用還是推陳出新的。唐寅對《詩經》的接受是廣泛的，其引用和化用《詩經》之處涉及到大雅、小雅、召南、衛風、曹風、王風、秦風、鄘風、邶風、鄭風等處。其引用和化用的表現形式也是多樣的。

　　唐寅有時對《詩經》進行集中引用。這種情況多出現在與《詩經》句式類同的四言體詩、賦、文中，只要是以四言形式出現的話語，唐寅就能隨時隨意地應用《詩經》之典故。

　　在詩歌中，大量引用《詩經》中的用語。代表作品如《送文溫州》：

> 日月徂暑，時風布和，遠將仳離，撫筵悲歌。左右行觴，緝御
> 猥多，墨笥參橫，冠帶崔峨，絙弦嘈嘈，嘉木婆娑。孔雀西南，止
> 於丘阿，我思悠悠，慷慨奈何。〔註17〕

首先，我們來瞭解一下這首詩的創作背景。文溫州，就是文林。文林在戊午春時，將赴溫州上任，里中好友多有送行之舉。《文溫州集》卷一中有《戊午春，將赴溫州，楊君謙禮部邀餞於虎丘，同集者沈啓南韓克贊二老，幅巾杖藜，韓從子壽椿與朱性甫青袍方巾，唐子畏徐昌國並舉子巾服，而余與君謙獨紗帽相對，會凡八人，人各爲侶，適四類不雜》。唐寅在這場送別活動中，不但寫有送行之文，還寫了這首送行之詩。詩作描繪了一場典型的風雅文人的送別集會，在這場送別的筵會裏，沒有歌兒舞女，卻有著書香文墨，與會人員都彬彬有禮，在悠揚的樂聲中，體味著難分難捨的深厚友情。這首四言詩共十四句，有四處直接出現了《詩經》的用語。分別是：「徂暑」，盛夏。語出《小雅・四月》：「四月維夏，六月徂暑」。〔註18〕這裡交待送行的時間可能是盛夏。「仳離」，別離，背棄。語出《王風・中谷有蓷》：「有女仳離，嘅其歎矣」。〔註19〕本詩是女子見棄於男子，這裡取的是別離之意。主要是爲了突出分離的傷感。所以下文有「撫筵悲歌」。「緝御」，語出《大雅・行葦》：「肆筵設席，授幾有緝御」。鄭《箋》：「緝，猶續也。御，侍也。兄弟之老者，既爲設重席授幾，又有相續代而侍者」。〔註20〕聚足而進曰緝御，半步半步地前

〔註17〕《唐伯虎全集》，第340頁。
〔註18〕（漢）毛公：《毛詩正義》，上海：上海古籍出版社，1990年，第441頁。
〔註19〕（漢）毛公：《毛詩正義》，上海：上海古籍出版社，1990年，第150頁。
〔註20〕（漢）毛公：《毛詩正義》，上海：上海古籍出版社，1990年，第599頁。

進，踧踖莊敬之貌。本句形容侍者連續更替地侍候著，以見殷勤雅意。《行葦》是寫周代貴族燕飲酬酢之詩。詩中重點突出主人的熱情款客，賓客的射樂暢飲、老年人的倍受尊重等等，表現出人情風俗之醇厚。唐寅在此處引用，主要為了表現燕飲觥籌交錯、親切友好的氛圍。「丘阿」，山坳。語出《詩經·小雅·緜蠻》一章：「緜蠻黃鳥，止於丘阿。道之云遠，我勞如何。」毛《傳》：「緜蠻，小鳥貌。丘阿，曲阿也。鳥止於阿。」鄭《箋》：「止，謂飛行所止托也。小鳥知止於丘之曲阿靜安之處而托息焉」。〔註21〕詩句以黃鳥托息起興，表達詩人對路途遙遠的感慨。唐寅在這裡引用此語，表達了他對敬愛的師友文林遠行路途遙遠的概歎。「我思悠悠」則是對《鄭風·子衿》「青青子佩，悠悠我思」〔註22〕中「悠悠我思」的化用。詩作雖四處引用《詩經》，占全詩比重的三分之一，但由於該詩為四言體，與詩經句式相仿，再加上引用的很貼切，讀來還是圓融妥帖，沒有堆砌之嫌。有必要提出的是，唐寅在這一年的秋天參加了戊午鄉試，也即是說本詩創作於唐寅參加鄉試的前二、三個月，剛好在他備考科舉八、九個月時創作的。上文說到，唐寅備考科舉時，主要準備的就是《詩經》，這首詩可以說是他備考科舉的一個成果。瞭解了這一點，我們就能更好地體會這首四言詩中為什麼會如此集中地出現對《詩經》的引用了。

在唐寅的《嬌女賦》中，集中引用《詩經》典故的情形也很多，可能跟此賦四言體的形式也有關聯。

> 臣居左里，有女未歸；長壯妖潔，聊賴善顧。態體多媚，窈窕不妒；既閑巧笑，流連雅步。二十尚小，十四尚大；兄出行賈，長嫂持戶。日織五丈，罷不及暮；三丈縫衣，餘剪作袴。抱布貿絲，厭浥行露，負者下擔，行者佇路，來歸室中，嘖嘖怨怒；策券折閱，較索羨貨。著履入被，不食而嘔；雙耳嘈囃，精宕神怖。形之夢寐，彷彿會晤；咀桂嚼杜，比象陳賦。蟪蛄夏蛻，額廣平而；春蛾出蛹，修眉揚而；白雲懷山，黛浮明而；朝星流離，目端詳而；華瓠列犀，齒微呈而；含桃龜膚，口欲言而；菡萏承露，舌含藏而；蝦蟆蝕月，顛發圓而；毒薑搖尾，髻含風而；鴉羽齊奮，飾梳壯而；游魚吹日，口輔良而；蝶翅輕暈，鼻端中而；恒月沐波，大宅黃而；琵琶曲項，

〔註21〕 （漢）毛公：《毛詩正義》，上海：上海古籍出版社，1990 年，第 520 頁。
〔註22〕 （漢）毛公：《毛詩正義》，上海：上海古籍出版社，1990 年，第 178 頁。

肩削成而。蝤蠐齊李，領文章而；霧素一束，腰無憑而。鼠姑舒合，體修長而；酥凝脂結，衽微傾而。鵝翎半擘，爪有光而；玉鉤聯屈，指節纖而。蓮本雪素，臂仍攘而；角弝脫韝，履高牆而。輕飆卷霧，行褰裳而；梨花轉夜，睡末明而。溫泉浸玉，澡蘭湯而；陽和駘宕，醉敖翔而。詠曰：「儷火齊兮瑱本難，簪鳴鳳兮釵琅玕。絡琴瑟兮銀指環，被珠綬兮龍繫臂。珮璜而澣兮褶翡翠，金裾鉤兮繡曳地。襜黃潤兮袢方空，綈例頓兮玉膏箭。蓁丹谷兮素五綜，麗炎炎兮倫無雙。」〔註23〕

此賦在寫法上和內容上主要借鑒了《衛風・碩人》和樂府詩《陌上桑》。在這裡，我們主要看它對《詩經》的引用和化用。

　　唐寅在這裡描繪的女主人公是一位未嫁的少女。她「長壯妖潔，聊賴善顧……既閒巧笑」，這點明顯是對《衛風・碩人》中「碩人其頎」、「碩人敖敖」、「巧笑倩兮，美目盼兮」〔註24〕的化用，二者都描繪了一個身材頎長挺拔又明眸善睞的美女。「抱布貿絲」，典出《衛風・氓》：「氓之蚩蚩，抱布貿絲」。〔註25〕氓是一位小商人。唐寅在這裡直接用來表述嬌女也是一位商戶家的女孩子，她不但會做生意，還很勤勞，所謂「厭浥行露」。此句典出《召南・行露》一章：「厭浥行露，豈不夙夜，謂行多露。」毛《傳》：「厭浥，濕意也」。〔註26〕唐寅在這裡主要是說女孩為了去賣絲，早上起得很早，不怕露多地濕，非常的勤勞。從「蟲耀夏蛻」句至「指節纖而」，唐寅從不同的角度描繪了嬌女的美麗。這位白天辛勤勞作了一天的嬌女，晚上睡覺時作了一個美麗的夢。夢中嬌女變成了一位美女。這段寫法也明顯是摹仿《衛風・碩人》「手如柔荑，膚如凝脂。領如蝤蠐，齒如瓠犀。螓首蛾眉」。〔註27〕對美女不同部位的描繪。其中具體的用語：「華瓠列犀，齒微呈而」就是對「齒如瓠犀」的化用。「蝤蠐齊李，領文章而」就是對「領如蝤蠐」的化用。「酥凝脂結」就是對「膚如凝脂」的化用。這位嬌女還頗有俠女風範，不但美麗，似乎還會武功，為了和心上人約會。她「蓮本雪素，臂仍攘而；角弝脫韝，履高牆而。輕飆卷霧，

〔註23〕《唐伯虎全集》，第5～6頁。

〔註24〕（漢）毛公：《毛詩正義》，上海：上海古籍出版社，1990年，第128～129頁。

〔註25〕（漢）毛公：《毛詩正義》，上海：上海古籍出版社，1990年，第133頁。

〔註26〕（漢）毛公：《毛詩正義》，上海：上海古籍出版社，1990年，第54頁。

〔註27〕（漢）毛公：《毛詩正義》，上海：上海古籍出版社，1990年，第128頁。

行褰裳而」。嬌女在夢中卷起了衣袖，露出雪白的胳膊。如「角弭脫韣」一樣，翻躍了高牆。《小雅・采薇》有「象弭魚服」。〔註28〕弭，弓兩端攀弦處，飾以骨角，叫「弭」。象弭，以象牙爲飾的弓弭。魚服，魚皮製作的箭袋。這句說嬌女就像脫弦的箭，勇往直前。如風卷霧，「行褰裳而」。「褰裳」語出《鄭風・褰裳》：「子惠思我，褰裳涉溱。子不思我，豈無他人。狂童之狂也且」。〔註29〕這是一首女子戲謔情人的詩。但女子戲謔之語，乃是戲中有眞，謔內寓莊，有著正話反說的意味的。《褰裳》中的女子在愛情上卻表現得大膽潑辣，她以其不同尋常的語言鼓勵愛慕她的男子來找她。唐寅在《嬌女賦》中塑造的嬌女也是一位有著勇敢性格的女性，雖然是夢中的約會，也展現了嬌女的大膽熱情。本賦中唐寅對《詩經》的引用特點也是很鮮明的，涉及到國風的召南、衛風，鄭風的篇章。有些是直接引用，有些是巧妙化用，總之唐寅對《詩經》的引用是信手拈來、爲我所用、靈活多變的。

在唐寅的散文中，如果出現四言句式時，也存在經常應用《詩經》之語的情況。如《上吳天官書》中有「明星告旦，而百指伺餔；飛鼠啓夕，而奔馳未遑。秋風飄爾，而舉翮觸隅；周道如砥，而垂頭伏枥。……傍徨閹閭之下，婆娑里巷之側」。〔註30〕這段話也多處出現《詩經》中用語。如「周道如砥」，《小雅・大東》：「周道如砥，其直如矢」。〔註31〕唐寅在這裡反用「周道如砥」，大路很直暢，但是卻不得不「垂頭伏枥」，表達了志向不得實現的壓抑之情。《鄭風・出其東門》：「出其闉闍，有女如荼」。〔註32〕闉闍，城門外甕城的重門。闉爲城門外的甕城，闍爲城門上的臺。此處指城門。在城門下彷徨，在里巷之側輾轉，理想的實現看起來困難重重。有時唐寅會把《詩經》中的用語巧妙地黏合起來，渾然一體。如本書中有「日雲夕矣，而契闊寤歎」，表達的是時間流逝而壯志未酬的感歎。「寤歎」，睡不著而歎息。語出《曹風・下泉》：「愾我寤歎，念彼周京」。〔註33〕《小雅・大東》：「契契寤歎，哀我憚人」。〔註34〕都是因憂心無法入睡的意思。唐寅把他們連在一起，表達願望難以實現的憂心與感歎。

〔註28〕（漢）毛公：《毛詩正義》，上海：上海古籍出版社，1990年，第333頁。
〔註29〕（漢）毛公：《毛詩正義》，上海：上海古籍出版社，1990年，第172頁。
〔註30〕《唐伯虎全集》，第218頁。
〔註31〕（漢）毛公：《毛詩正義》，上海：上海古籍出版社，1990年，第437頁。
〔註32〕（漢）毛公：《毛詩正義》，上海：上海古籍出版社，1990年，第180頁。
〔註33〕（漢）毛公：《毛詩正義》，上海：上海古籍出版社，1990年，第271頁。
〔註34〕（漢）毛公：《毛詩正義》，上海：上海古籍出版社，1990年，第438頁。

在唐寅流傳下來的作品中，四言體詩歌數量極少，四言句式的散文也不多。在非四言體的作品中，唐寅對《詩經》的引用也是常見和隨意的。在題畫詩中，唐寅也可以隨時把《詩經》的用語融入其中。孫小力在《元明題畫詩文初探》中說：「題畫詩的特定功能，規定了他少用典故、多發天然的美學風格」。〔註35〕但就在這需要少用典故的題畫詩中，唐寅也會在天趣勃發的詩文中不經意地用到《詩經》。如《題敗荷脊令圖》：「飛喚行搖類急難，野田寒露欲成團；莫言四海皆兄弟，骨肉而今冷眼看」。〔註36〕「脊令」即「鶺鴒」，是一種水鳥，詩經《小雅·棠棣》有：「脊令在原，兄弟急難。」毛傳：「脊令，雝渠也。飛則鳴，行則搖，不能自舍而。急難，言兄弟之相救於急難」。〔註37〕意喻兄弟友愛互助。「敗荷」，在此處諧音「敗和」，指兄弟傷了和氣。從詩歌的題名上，唐寅就巧妙的把詩歌的主旨隱含了進去，特別是第一句「飛喚行搖類急難」更是對《詩經》原文及毛傳的靈活化用。又如《野望憫言圖》：

> 吳以水爲國，相城當其污，旱燧與眾異，淖洄不可鋤，淹潦先
> 見及，宛在水中居。己巳春不雨，逮秋欲焚巫；七夕月離畢，驟雨
> 風挾諸。始謂油然雲，助我潤槁枯；涔涔乃不息，山崩溢江湖，拯
> 溺急兒女，騎牛雜羊豬。始旱終以潦，歲一災二俱。縣官不了了，
> 按籍征稅租，連境盡魚鱉，比屋皆逃逋。我隨宰公來，舴艋如乘桴。
> 村有太邱生，典賣具牛鋪，公既卹以詩，廣之我能無，勸子賣積荒，
> 攜口就上腴，早晚得飽餐，鼓腹歌皇虞。〔註38〕

有兩處引用都是非常貼切的。一處是「宛在水中居」。《秦風·蒹葭》：「宛在水中央」〔註39〕的化用。一處是「七夕月離畢」。《小雅·漸漸之石》三章：「月離於畢，俾滂沱矣。」毛《傳》：「畢，噣也。月離陰星則雨」。〔註40〕本詩前有小序「正德己巳九月望後，寅忝侍柱國少傅太原公出弔石田鄉丈於相城。夜宿崇讓三舅校書宅，酒半書此，聊申慰答之私耳。吳趨唐寅」。可知詩作寫

〔註35〕章培恒等編：《中國文學古今演變研究論集二編》，上海：上海古籍出版社，2005年，第486頁。

〔註36〕《唐伯虎全集》，第146頁。

〔註37〕（漢）毛公：《毛詩正義》，上海：上海古籍出版社，1990年，第320頁。

〔註38〕《唐伯虎全集》，第346頁。

〔註39〕（漢）毛公：《毛詩正義》，上海：上海古籍出版社，1990年，第240頁。

〔註40〕（漢）毛公：《毛詩正義》，上海：上海古籍出版社，1990年，第524頁。

於正德己巳（1509）年，當時吳中遭遇大水，相城成了澤國，人民流離失散。唐寅的詩作就是對當時情況的反映，詩人先表達了對天氣時旱時澇的不可控制的無奈。在經歷了春天的久旱後，天公終於降下了滂沱大雨，「七夕月離畢」帶來的大雨終成災禍，「山崩溢江湖，拯溺急兒女」。在嚴重的天災面前，官府不但不體恤百姓，還「按籍征稅租」，使得民生益艱。

在唐寅的文、賦中，也常出現對《詩經》引用的情況。如《與文徵明書》中唐寅說自己不能去作小吏，因為小吏的「籧篨戚施，俯仰異態」〔註41〕是他不能接受的。「籧篨戚施」語出《詩·邶風·新臺》：「燕婉之求，籧篨不鮮。燕婉之求，得此戚施」。鄭注：「籧篨，不能俯者。戚施，不能仰者」。〔註42〕唐寅在此處把《詩經》之語和鄭注巧妙結合，活化了媚俗小人的醜態。在《金粉福地賦》中，被盛讚的描寫美女的名句「胡然而帝也胡然天」。〔註43〕語出《鄘風·君子偕老》「胡然而天也？胡然而帝也？」〔註44〕以上例證可見唐寅對《詩經》之熟悉與善用。

第三節　唐寅詩歌的主題取向

在一個作家的創作生涯中，其創作的題材是廣泛的，從題材內容來劃分詩歌，標準很難統一，由於詩歌內涵的豐富使得截然清晰的劃分幾乎很難做到。比如唐寅現存詩作從題材內容來看，大致可以分為詠懷言志之作、酬唱應答之作、紀遊之作、香豔之作、題畫之作、詠史覽古之作、歌詠市井生活之作、參禪悟道之作等等，每一類中又可以分為若干小類。雖然唐寅的詩作題材眾多，內容豐富，但其所表達的主題思想卻有著某些大致穩定的傾向，從中可體現出唐寅的創作個性。唐寅是個多情重義之人，其詩歌創作多為吟詠性情、表現人性之作，詩作反映了他豐富的主觀精神世界。由此來審視唐寅詩作的主題取向，大致以高揚自我、謳歌生命、懷才不遇與歸隱情懷等三個方面值得我們重視。這三個方面都側重於表現個人的性情，說明唐寅具有突出的自我認同意識。

〔註41〕　《唐伯虎全集》，第 221 頁。
〔註42〕　（漢）毛公：《毛詩正義》，上海：上海古籍出版社，1990 年，第 105 頁。
〔註43〕　《唐伯虎全集》，第 8 頁。
〔註44〕　（漢）毛公：《毛詩正義》，上海：上海古籍出版社，1990 年，第 110 頁。

一

　　認同自我、肯定自我、追求自我、個性張揚的精神在唐寅的詩歌創作中是隨處可見的，可以說唐寅狂放行為的表現與追求自我、展現自我有密切的關係。雖然吳中文人集團的文人們的詩歌創作大多顯示出作者肯定自我、追求自我、個性張揚的精神，但唐寅比他人更進一步的是在哲學意味上提出了對自我的思考。

　　唐寅才華出眾，少時有豪傑之志，雖受現實條件制約，未能實現，但他對自我有著充分的肯定意識。具體體現為充滿自信，追求功名，視奪取功名如探囊取物。唐寅有《領解後謝主司》：「壯心未宜逐樵漁，泰運咸思備掃除；劍責百金方折閱，玉遭三黜忽沽諸。紅綾敢望明年餅，黃絹深慚此日書；三策舉場非古賦，上天何以得吹噓？」〔註45〕詩作不但表達了詩人高中解元後的喜悅之情，還有對鄉試前受壓制之事的反諷，更多的是對自我的高度肯定和信心。為了更好地理解這首詩和詩中所傳達的唐寅對自我的肯定和自信的心理，我們得先來瞭解一下本詩創作的背景。在參加鄉試之前，唐寅是一位熱愛古文辭的學子，對舉業沒有太多興趣，且行為狂放，不為衛道士所喜。「適鄞縣人方志來督學。惡古文辭，察知寅，欲中傷之」。(《吳郡二科志》)〔註46〕方志不喜唐寅這類人物，使得唐寅參加鄉試前的預考時沒有通過。「寅從御史考下第，(曹)鳳立薦之，得隸名」。(《吳郡二科志》)〔註47〕可知，由於曹鳳的薦舉唐寅才取得參加鄉試的機會。這件事對唐寅肯定有打擊，可以推測當時肯定有類似這樣的說法：唐寅並沒有多少才華，只是因好古文辭而文章寫得好而已。這對於自信的唐寅來說，顯然是很難接受的事情。在接下來的鄉試中，唐寅果然以自己驕人的實力取得了第一名，終於得以揚眉吐氣。《領解後謝主司》就是這一背景下的創作，詩作首聯說自己豪情壯志在心，不宜歸隱漁樵，以前的蹇運終於被一掃而光，否極泰來；頷聯以「劍」、「玉」自比鄉試前所遭遇到的挫折，也即是方志對他的壓制和打擊，表達了對自己才華的信心；頸聯抒發了詩人對明年會試的期待；尾聯「三策舉場非古賦，上天何以得吹噓」更是對自我才華的肯定和認同，唐寅在這裡說自己參加考試時所寫「非古賦」，還是取得了第一名的好成績，說明自己很有才華，絕非浪得

〔註45〕《唐伯虎全集》，第59～60頁。
〔註46〕四庫全書存目叢書，史90，濟南：齊魯書社，1996年，第138頁。
〔註47〕四庫全書存目叢書，史90，濟南：齊魯書社，1996年，第132頁。

虛名。雖然略顯張狂，確是詩人本色。又如《夜讀》：「夜來欹枕細思量，獨臥殘燈漏轉長；深慮鬢毛隨世白，不知腰帶幾時黃。人言死後還三跳，我要生前做一場；名不顯時心不朽，再挑燈火看文章」。〔註48〕詩作毫不掩飾自己對功名的渴望與必得的信心。又如《題畫》：「秋月攀仙桂，春風看杏花；一朝欣得意，聯步上京華」。〔註49〕詩作對春闈之試充滿信心，表達了詩人對蟾宮折桂的自信。

　　唐寅對自我不但持肯定態度，表現爲充分的自信。還極力張揚自我。如《桃花庵歌》：

> 桃花塢裏桃花庵，桃花庵裏桃花仙；
> 桃花仙人種桃樹，又摘桃花換酒錢。
> 酒醒只在花前坐，酒醉還來花下眠；
> 半醒半醉日復日，花落花開年復年。
> 但願老死花酒間，不願鞠躬車馬前；
> 車塵馬足貴者趣，酒盞花枝貧者緣。
> 若將富貴比貧者，一在平地一在天；
> 若將貧賤比車馬，他得驅馳我得閒。
> 別人笑我忒瘋癲，我笑他人看不穿；
> 不見五陵豪傑墓，無花無酒鋤作田。〔註50〕

詩中的桃花仙人就是唐寅自我的化身。這個桃花仙人過著極爲逍遙的生活，他種桃樹賣桃花換酒錢，他不管醉與醒都與花相伴，過著純任自然的瀟灑生活。他寧願老死花酒間，也不願違背自己的心願去爲五斗米折腰。他追求現時的快樂，無意於所謂的富貴生活。在他眼裏富貴而驅馳奔忙，不如貧賤而閒散於花酒之間。他強調的是對個性自我的張揚和尊重，做一個個性自我舒展自如的貧者，比一個壓抑自我俯仰異態的富者對他更有吸引力。他認爲個性舒展的貧者與壓抑自我的富者在精神享受上完全是天壤之別，這種對比完全與世人眼中的貧富對比相反，其核心之處便在於詩人的著眼點在於舒展自我張揚自我，使個性得到最大限度的高揚，強調的就是個人意願的極大實現，我願意做什麼就做什麼，決不違背自己的本性與心願去換取所謂的富貴。所

〔註48〕《唐伯虎全集》，第88頁。
〔註49〕《唐伯虎全集》，第102頁。
〔註50〕《唐伯虎全集》，第24～25頁。

以他高唱「別人笑我忒瘋癲，我笑他人看不穿。不見武陵豪傑墓，無花無酒鋤作田」，在他眼裏，違背心願壓抑自我的一生雖換取富貴功名也是不值得追求的，縱使是武陵豪傑這類人物，還不是被人遺忘，墳墓都被鋤平成了田地。所以，追求自由自在，追求對個性的張揚和舒展才是詩人的心願。如《把酒對月歌》：

> 李白前時原有月，惟有李白詩能說；
> 李白如今已仙去，月在青天幾圓缺。
> 今人猶歌李白詩，明月還如李白時；
> 我學李白對明月，月與李白安能知？
> 李白能詩復能酒，我今百杯復千首；
> 我愧雖無李白才，料應月不嫌我醜？
> 我也不登天子船，我也不上長安眠；
> 姑蘇城外一茅屋，萬樹桃花月滿天。〔註51〕

唐寅追慕李白，其詩作中即有歌詠李白之作，如《題畫》：「李白才名天下奇，開元人主最相知。夜郎不免長流去，今日書生敢望誰？」〔註52〕唐寅對李白的詩作也非常熟悉，熟悉到能巧妙地化用詩句，借鑒創意的地步。李白喜歡酒，喜歡月，喜歡花，唐寅也喜歡這些，未免不是受李白的影響。這首《把酒對月歌》顯然與李白《月下獨酌四首》其一有著密切的關係。李白詩曰：「花間一壺酒，獨酌無相親。舉杯邀明月，對影成三人。月既不解飲，影徒隨我身。暫伴月將影，行樂須及春。我歌月徘徊，我舞影零亂。醒時同交歡，醉後各分散。永結無情遊，相期邈雲漢」。〔註53〕唐寅把酒對月聯想起了李白的月下獨酌，並把自己與李白進行了對比，認為自己雖無李白之詩才，但也不輸於李白。不但不輸於李白，還比李白更狂放，更自我。杜甫《飲中八仙歌》：「李白一斗詩百篇，長安市上酒家眠。天子呼來不上船，自稱臣是酒中仙」。〔註54〕在唐寅眼中，李白亦不夠曠達，也免不了為功名邀寵於帝王，如何比得上自己棄絕功名之念，不登天子船，不上長安眠，過著「萬樹桃花月滿天」

〔註51〕《唐伯虎全集》，第26頁。
〔註52〕《唐伯虎全集》，第136頁。
〔註53〕（唐）李白：《李太白文集》卷二十，文津閣四庫全書，集355，第431～432頁。
〔註54〕（宋）郭知達編：《九家集注杜詩》卷二，文津閣四庫全書，集356，第31頁。

的自由生活。唐寅在這裡對自我進行了極度張揚，表達了詩人連帝王之寵也不放在眼裏的狂放情懷，雖然多少有些酸葡萄心理，但確實是唐寅的獨抒胸臆，推陳出新之作。

唐寅還對自我進行過哲學意味上的思考，雖然張揚個性與自我是許多吳中文人的共同特點，但對自我進行思考的卻不多。《伯虎自贊》:「我問你是誰？你原來是我；我本不認你，你卻要認我。噫！我少不得你，你卻少得我；你我百年後，有你沒了我。」〔註55〕這首詩頗有哲學意味，王文欽評價此詩「能不能說唐寅認識到自己創造了第二個『自我』？即他的思想、他的藝術、他的名聲。血肉之軀的『我』離不開那個現實，思想卻能影響到未來；人會死去，但他的藝術和聲名永留在人間」。〔註56〕王文欽的提法很有價值，細讀此詩，可以推測唐寅確實對「自我」進行了深刻的思考和有趣的假設。他認識到了作爲現實生活中的「自我」，這就是活在當下的唐寅，還認識到了「自我」所產生的「你」，這就是個體生命在社會中所帶來的影響，或許可以解釋爲唐寅的精神、思想、聲名這些形而上的意識。唐寅認識到生命的有限和精神的無限，但精神又離不開具體產生它的個體生命。唐寅以客觀的眼光發現了另一個「自我」，即詩歌中的「你」，並對它進行了思想和考問。得出「我少不得你，你卻少得我」，肉體的唐寅終將隕滅，精神的唐寅卻可以不受生命的局限。「你我百年後，有你沒了我」，百年之後，留在人們記憶中的唐寅就只有精神上的「你」了。

二

唐寅是一個多情重義之人，他關注現世人生，他熱愛生活，雖然他一生坎坷，屢受打擊，情志不得舒展，但他對生活的熱愛，對生命的熱愛卻從未曾消退過，因而在唐寅的詩作中存在許多謳歌感性生命的詩篇。

唐寅熱愛世俗生活，並爲之大唱讚歌。吳中自古繁華，明中葉的經濟復蘇，使得商業發展迅速，人民生活日益豐富多彩。唐寅的有些詩作就是時代步伐的記錄，他謳歌現世生活，描述繁華都市，展現了吳中迷人的風采。如我們最爲熟悉的《閶門即事》:

〔註55〕《唐伯虎全集》，第271頁。
〔註56〕王文欽:《唐寅思想初探》，《蘇州大學學報》（哲學社會科學版），1987年第3期，第92頁。

> 世間樂土是吳中，中有閭門更擅雄；
>
> 翠袖三千樓上下，黃金百萬水西東。
>
> 五更市買何曾絕？四遠方言總不同；
>
> 若使畫師描作畫，畫師應道畫難工。〔註57〕

詩人以熱烈的筆觸描繪了閭門的繁華和勃勃生機，唐寅把自己的家鄉比作傳說中的樂土，在這片樂土上，閭門更是首屈一指的地方，這裡有美女與財富，有繁華的市場和往來不絕的商人，這裡的生活充滿誘惑。詩人用充滿感情色彩的語句給我們展現了一幅商品經濟繁榮發展的市井生活圖畫，讀起來彷彿可以感受到詩人對這片樂土的熱愛之情撲面而來，詩作具有很強的感染力。

如《江南四季歌》：

> 江南人住神仙地，雪月風花分四季。
>
> 滿城旗隊看迎春，又見鰲山燒火樹。
>
> 千門掛彩六街紅，鳳笙鼉鼓喧春風；
>
> 歌童遊女路南北，王孫公子河西東。
>
> 看燈未了人未絕，等閒又話清明節；
>
> 呼船載酒競遊春，蛤蜊上市爭嘗新。
>
> 吳山穿繞橫塘過，虎丘靈崖復元墓；
>
> 提壺挈榼歸去來，南湖又報荷花開。
>
> 錦雲鄉中漾舟去，美人鬢壓琵琶釵；
>
> 銀箏皓齒聲繼續，翠紗汗衫紅映肉。
>
> 金刀剖破水晶瓜，冰山影裏人如玉；
>
> 一天火雲猶未已，梧桐忽報秋風起。
>
> 鵲橋牛女渡銀河，乞巧人排明月裏；
>
> 南樓雁過又中秋，悚然毛骨寒颼颼。
>
> 登高須向天池嶺，桂花千樹天香浮；
>
> 左持蟹螯右持酒，不覺今朝又重九。
>
> 一年好景最斯時，桔綠橙黃洞庭有；
>
> 滿園還剩菊花枝，雪片高飛大如手。
>
> 安排暖閣開紅爐，敲冰洗盞烘牛酥；
>
> 銷金帳掩梅梢月，流酥潤滑鈎珊瑚。

〔註57〕《唐伯虎全集》，第51頁。

湯作蟬鳴生蟹眼，罐中茶熟春泉鋪。

寸韭餅，千金果，黿群鵝掌山羊脯；

侍兒烘酒暖銀壺，小婢歌闌欲罷舞。

黑貂裘，紅毾䇈，不知蓑笠漁翁苦！〔註58〕

唐寅更以富麗的語言，描繪了江南四季繁華如錦的市井生活。唐寅把江南稱為「神仙地」，可見他對這裡的熱愛。詩作以立春、元宵、清明、七夕、重陽等各種重大節日為線索，連貫整篇詩歌，謳歌了在這片充滿生機的土地上，人們以各種方式遊春、消夏、賞秋、暖冬，過著令人豔羨的生活。《禮記·月令》：「立春之日，天子親帥三公九卿諸侯大夫以迎春於春郊」。〔註59〕可見迎春歷來是一個重大的節日，詩作先寫了立春日「滿城旗隊」的盛況，全城彩旗飄飄，可見慶祝活動之熱烈。「又見鰲山燒火樹」，「火樹」指的是彩燈，這句描繪的應該是元宵節的盛況。元宵節人們賞燈遊景。喜慶的氣氛還沒消失，轉眼又到了清明節。踏春賞景，人們在虎丘橫塘的山光水色之中欣賞美景，品味美食。春天的喜慶剛過完，夏天的美景又接踵而來。人們為了消夏，乘舟去欣賞盛開的荷花，在水面的清風與空氣中的荷香中，聽著曼妙的絲竹，看著妖嬈的歌女，品著冰涼的瓜果，此樂何極。詩人對七夕節、中秋節未作深入描述，重點寫了重陽節的活動。在一年中最美好的收穫季節，映目的是橙黃橘綠的美景，登高賞桂，吃螃蟹飲美酒，這樣的秋天真是充滿了誘惑力。冬天時，人們用熊熊燃燒的火爐驅趕嚴寒，營造溫香的暖閣，這裡有銷金帳，有珊瑚鈎，有茶香，有暖酒，還有寸韭餅、千金果、黿群、鵝掌、山羊脯，更有美婢的輕歌豔舞。嚴寒的冬天，也擋不住室內暖暖的春意，人們盡情享受美好的室內生活。詩中對飲食之精美、景色之宜人、歌舞之曼妙進行了不厭其煩的詳細描繪，表達了詩人對這種生活的嚮往和肯定。一向被傳統禮教認為是鄙俗的生活模式，在唐寅的詩中卻表現出了勃勃的生機與誘人的魅力。雖然詩作結尾對這種鮮花著錦般的生活提出了批判：「黑貂裘，紅毾䇈，不知蓑笠漁翁苦」，與漢賦勸百諷一的方式有相通之處，但由於前面敘述的熱情與讚美，使得詩作譴責的力度大大削弱。我們從詩歌中更多地還是感受到了江南繁華富庶生活的美好與令人嚮往。

時間的永恆與生命的短暫，是人類必須要面對而又始終無法解決的矛

〔註58〕《唐伯虎全集》，第 35 頁。

〔註59〕（清）孫詒讓著：《十三經注疏校記》，濟南：齊魯書社，1983 年，第 495 頁。

盾，因而對於人生苦短時光易逝的詠歎也就成爲了中國古典詩歌的母題之一。對這一母體歌詠最力又影響很大的莫過於漢樂府了，漢樂府中有許多詩歌都有對時光流逝而功業未建的哀歎。如漢樂府《長歌行》：「青青園中葵，朝露待日晞。……百川東到海，何時復西歸」。〔註60〕就表達了對時光轉瞬即逝的焦慮感。面對流逝的時間，未成的功業，詩人轉而追求人生現世的享樂，希望在享受現世生活中彌補這種焦慮與困惑。樂府詩中還有很多提倡及時享受生活的詩歌，主要體現爲追求對物欲及自身欲望的滿足。如《古詩十九首》之十五「晝短苦夜長，何不秉燭遊。爲樂當及時，何能待來茲」。〔註61〕就是對及時行樂的張揚和追求。這一主題也經常被歷代失意文人不斷傳承與發揚，多爲排解苦悶之憤語。在唐寅詩歌中，也有繼承這一主題的作品，但唐寅不單純停留在繼承，還對這一主題進行了創新，變求取功名不到的被動享受爲主動追求人生享樂，熱烈讚美世俗生活。如《一年歌》：

> 一年三百六十日，春夏秋冬各九十；
> 冬寒夏熱最難當，寒則如刀熱如炙。
> 春三秋九號溫和，天氣溫和風雨多。
> 一年細算良辰少，況又難逢美景何？
> 美景良辰倘遭遇，又有賞心並樂事；
> 不燒高燭對芳樽，也是虛生在人世。
> 古人有言亦達哉，勸人秉燭夜遊來。
> 春宵一刻千金價，我道千金買不回。〔註62〕

詩歌對一年中堪稱美好的時光進行了透徹的分析，一年雖然有三百六十日，但分成四季，一季也不過九十天。冬天有嚴寒，夏天有酷熱，春秋天氣雖溫和，但風雨又多。這樣來看，一年之中良辰實少，更何況有良辰時未必逢得上美景。所以如果擁有了良辰美景，再加上賞心樂事，那是一定要秉燭夜遊，縱情歡樂的。在這裡唐寅勸人們一定要把握良好的時機，盡情享受美好生活。他還推陳出新地高唱「春宵一刻千金價，我道千金買不回」，把縱情聲色及時享樂推到了更高的地位。又如《一世歌》：

> 人生七十古來少，前除幼年後除老；

〔註60〕　（宋）郭茂倩：《樂府詩集》卷三十，文津閣四庫全書，集450，第307頁。
〔註61〕　馬茂元著：《古詩十九首初探》，西安：陝西人民出版社，1981年，第97頁。
〔註62〕　《唐伯虎全集》，第26頁。

中間光景不多時，又有炎霜與煩惱。

花前月下得高歌，急須滿把金尊倒。

世人錢多賺不盡，朝裏官多做不了；

官大錢多心轉憂，落得自家頭白早。

春夏秋冬撚指間，鐘送黃昏雞報曉。

請君細點眼前人，一年一度埋芳草；

草裏高低多少墳，一年一半無人掃。〔註63〕

唐寅不但要人們追求享樂生活，而且還要人們抓緊兌現這種幸福。「人生七十古來少，前除幼年後除老，中間光景不多時，又有炎霜與煩惱」，人生中的好時光實在不多，幼年時我們不能縱情享受生活的美好，老年時我們沒有體力和精力去追求快意人生。青壯年時期，還要忍受季節與人事的煩惱。人生美好的時光實在短暫，所以必須「花前月下得高歌，急須滿把金尊倒」，賞嬌花對明月一定要縱情高歌，「急須」一詞更表達了詩人時不我待的心理。要趕緊享受對酒當歌，愉悅身心的快意生活。這種生活遠比「官大錢多心轉憂，落得自家頭白早」的勞心勞力生活更值得人們去珍惜與享受。再如《進酒歌》：

吾生莫放金叵羅，請君聽我進酒歌：

為樂須當少壯日，老去蕭蕭空奈何！

朱顏零落不復再，白頭愛酒心徒在；

昨日今朝一夢間，春花秋月寧相待？

洞庭秋色盡可沽，吳姬十五笑當壚；

翠鈿珠絡為誰好，喚客那問錢有無？

畫樓綺閣臨朱陌，上有風光消未得；

扇底歌喉窈窕聞，尊前舞態輕盈出。

舞態歌喉各盡情，嬌癡索贈相逢行；

典衣不惜重酪酊，日落月出天未明。

君不見劉生荷鍤真落魄，千日之醉亦不惡。

又不見畢君拍浮在酒池，蟹螯酒盃兩手持。

勸君一飲盡百斗，富貴文章我何有？

空使今人羨古人，總得浮名不如酒。〔註64〕

〔註63〕《唐伯虎全集》，第 27 頁。

〔註64〕《唐伯虎全集》，第 33 頁。

詩人開篇宣言「吾生莫放金叵羅」，這一輩子是不會離開酒了。詩人不但自己要進酒，還勸人進酒。時光易逝，青春易老，一朝紅顏不再，只剩下鏡中衰鬢，再也無法享受快樂人生，是一件多麼無奈的事情。所以，人生如夢，春花秋月不會爲誰等待，一定要及時地去發現生活的美好，去享受生活的美好。在溫香軟玉中「典衣不惜重酤酒」，矢志追求人生享樂。詩歌結尾以嗜酒的劉伶和畢生來號召人們享樂還需趁少壯。在詩人眼裏，富貴功名不過是一場空，都不如縱酒享受當下的生活更重要。類似的主張還見於《閒中歌》：

> 人生七十古來有，處世誰能得長久？
> 光陰真是過隙駒，綠鬢看看成皓首。
> 積金到斗都是閒，幾人買斷鬼門關；
> 不將尊酒送歌舞，徒把鉛汞燒金丹。
> 白日昇天無此理，畢竟有生還有死；
> 眼前富貴一枰棋，身後功名半張紙。
> 古稀彭祖壽最多，八百歲後還如何？
> 請君與我舞且歌，生死壽夭皆由他。〔註65〕

詩歌對時光如過隙白駒之易逝作了深刻的詠歎，一旦綠鬢成皓首，縱然有黃金萬兩，也擋不住死亡的腳步。詩人勸人們也不要白花力氣去煉丹，空想白日昇天。有生就有死，塵世間的富貴與功名不過是過眼雲煙。即使像彭祖那樣高壽，八百年後還是要歸與地府，所以不如縱情聲色沉湎歌舞。唐寅這種念念不忘，不厭其煩地表達及時享樂的強烈要求，正是他對世俗生活熱愛的體現。

男女互相愛慕本是自然之情，謳歌男女之情也是古今中外文學中永恆的主題之一。早在《詩經》中，就有不少歌詠男女之情的佳作。唐寅以前的歷代詩文中這類作品也不在少數。唐寅在詩歌中不僅謳歌男女之情，而且明確肯定男女之情乃自然之事，應該以自然的態度來對待男女之情，抨擊了假道學以之爲恥的虛僞觀點，這在受程朱理學影響下的時代，確實是很進步的兩性觀，是頗有近代情愛色彩的言論。唐寅《焚香默坐歌》有：「頭插花枝手把杯，聽罷歌童看舞女；食色性也古人言，今人乃以之爲恥」。〔註66〕在唐寅眼中，飲食男女，人之大欲，此「欲」是合乎自然的，合乎人性的，是不應該

〔註65〕《唐伯虎全集》，第33～34頁。
〔註66〕《唐伯虎全集》，第27～28頁。

以之爲恥的，是應該以自然而然的態度坦然面對我們的基本生理欲求的。而道學家們卻自欺欺人，他們那種表裏不一、陽奉陰違的行徑才是眞正「沒天理」的行爲，才是值得批判和否定的。唐寅肯定男女情愛，重視眞摯的愛情。在《哭妓徐素》中：「清波雙珮寂無蹤，情愛悠悠怨恨重；殘粉黃生銀撲面，故衣香寄玉關胸。月明花向燈前落，春盡人從夢裏逢；再託生來儂未老，好教相見夢姿容」。〔註67〕唐寅以深情的筆調表達了對徐素的眷戀與懷念，這懷念還深入到詩人的夢中。詩人想像自己能在夢裏遇見深愛的人，再看看愛人曾經青春嬌豔的容顏，其感情之眞摯深沉一反蕩子形象。唐寅對那些無情者持批判態度。《題畫》有：「一盞瓊漿託生死，佳人才子自多情；世間多少無情者，枕席深情比葉輕」。〔註68〕詩作對死生相託的佳人才子進行了謳歌，對把「枕席深情」看得比樹葉還輕的無情者進行了嘲諷。唐寅還肯定男女性愛，並對之進行率眞歌詠。如《題花陣圖》八首：

> 風暖香消翠帳柔，相逢偏喜得春稠；
> 憐卿自是多情者，猶是多情在後頭。
> 窗滿蕉陰小洞天，香風時度竹欄邊；
> 東君管領春無價，笑倩金蓮上玉肩。
> 滿樹天香晝掩門，無端春意褪紅裩；
> 恩情只在牙床上，閒殺香閨兩繡墩。
> 蜀錦纏頭氣若絲，風流不減瘦腰肢；
> 多情猶恐春雲墜，捱枕扶頭倩小姬。
> 逐逐黃蜂粉蝶忙，雕欄曲處見花王；
> 春心自是應難制，做出風流滋味長。
> 夜雨巫山不盡歡，兩頭顛倒玉龍蟠；
> 尋常樂事難申愛，添出餘情又一般。
> 江南春色鶯花老，又汲新泉浸芰荷；
> 春色後先君莫訝，後頭花更得春多。
> 春色撩人不自由，野花滿地不忘憂；
> 多情爲惜郎君力，暫借風流占上頭。〔註69〕

〔註67〕《唐伯虎全集》，第 96 頁。
〔註68〕《唐伯虎全集》，第 132 頁。
〔註69〕《唐伯虎全集》，第 158～159 頁。

這八首詩是唐寅詩歌中集中歌詠豔情之作，也是唐寅描述性愛最大膽的作品，常被論者認為是浮薄輕豔有傷風雅之作。細讀詩歌，我們可以發現詩人不過是客觀描述了一些性愛場景，且詩作雖有香豔之色卻沒有猥褻下流之意，詩人不過大膽率真地說出了許多人經常做的事情，或許這觸犯了中國人對性愛只能做不能說的禁忌，才被口是心非的衛道士們所不容。

　　唐寅肯定男女之情，有健康的愛情觀，因而他對女性的態度也是比較尊重的，其詩畫中多有歌詠女性生活的作品。他大膽歌詠女性身體之美。如《題半身美人》二首：

> 天姿孅娜十分嬌，可惜風流半節腰；
> 卻恨畫工無見識，動人情處不曾描。
> 誰將妙筆寫風流，寫到風流處便休；
> 記得昔年曾識面，桃花深處短牆頭。〔註70〕

還善於描寫女性嬌憨之態，如《妒花歌》：

> 昨夜海棠初著雨，數朵輕盈嬌欲語；
> 佳人曉起出蘭房，折來對鏡比紅妝。
> 問郎花好奴顏好，郎道不如花窈窕；
> 佳人見語發嬌嗔，不信死花勝活人。
> 將花揉碎擲郎前，請郎今夜伴花眠。〔註71〕

唐寅還對那些在婚戀中多有勇敢積極表現的女性進行歌詠，被他讚美的既有千金小姐，如卓文君、崔鶯鶯，又有婢女如紅拂，還有歌妓如李端端，傳達了唐寅進步的女性觀。特別是《西廂記》中的崔鶯鶯，唐寅為之歌詠再三，作有《鶯鶯圖》、寫有《題雙文小照》，唐寅還有一枚圖章「普救寺婚姻案主者」，可見他對大膽追求愛情的女性的禮贊和嚮往。

三

　　唐寅因科場案的牽連，絕意仕途，選擇隱居生活。雖然歸隱是唐寅的主動選擇，但作為一個古代的文人，「學而優則仕」的傳統價值觀依然對他有著深刻的影響，再加上他滿腹才華沒有施展的機會，正如祝允明說唐寅「有過人之傑，人不歆而更毀；有高世之才，世不用而更擯；此其冤宜如何已！」（《唐

〔註70〕《唐伯虎全集》，第 153 頁。
〔註71〕《唐伯虎全集》，第 34 頁。

子畏墓誌並銘》）〔註72〕人生經歷的不幸使得唐寅的詩歌創作中多有懷才不遇的憤懣，王世貞說唐寅詩作「冀託於風人之指」。〔註73〕毛慶臻《一亭考古雜記》中說唐寅「乃詩中牢騷感慨，至不可解」。〔註74〕徐充說唐寅「然詩中往往多窮愁憤疾之語，而欲鳴不平」。〔註75〕顧起元在《客座贅語》中說唐寅：「唐才情絕勝，失意後所作，多淒咽感歎之旨，往往使人欲歔欲絕，眞一代之異才也」。〔註76〕所謂「淒咽感歎之旨」說的就是唐寅詩歌裏所包含的那種抑鬱不平的身世之慨。王世貞評價唐寅的《答文徵明書》及《桃花庵歌》爲「見者靡不酸鼻也」。〔註77〕也是爲唐寅詩歌中懷才不遇的身世寄託所感動。但憤懣並不能眞正解決問題，所以詩人爲了排解自己的精神痛苦，又開始主動謳歌歸隱的生活。

　　唐寅曾有《和沈石田落花詩》三十首，對落花極盡歌詠。花開絢爛，但好花不常開，花期的短暫正象徵著唐寅在高中解元後曾經有過的瞬間繁華。從唐寅一生的經歷來看，春風得意的日子確實太短暫，從弘治十一年的秋闈到弘治十二年的春闈，不過是四五個月的輝煌和絢爛，歌詠落花實際上就是詩人在悲歎自己不幸的遭遇，抒發自己懷才不遇的鬱悶情懷。《和沈石田落花詩》中有：

> 今朝春比昨朝春，北阮翻成南阮貧；
> 借問牧童應沒酒，試嘗梅子又生仁。
> 六如謁送錢塘妾，八斗才逢洛水神；
> 多少好花空落盡，不曾遇著賞花人。
> 花開共賞物華新，花謝同悲行迹塵；
> 可惜錯拋傾國色，無緣逢看買金人。
> 熒熒愛水衫前淚，渺渺遊魂樹底春；
> 一霎悲歡因色相，欲從調御懺癡嗔。
> 花朵憑風著意吹，春光棄我竟如遺；

〔註72〕（明）祝允明：《懷星堂集》卷十七，文津閣四庫全書，集421，第375頁。

〔註73〕（明）王世貞：《弇州續稿》卷一百四十八，文津閣四庫全書，集429，第230頁。

〔註74〕《唐伯虎全集》，第594頁。

〔註75〕《唐伯虎全集》，第597頁。

〔註76〕（明）顧起元：《客座贅語》卷六，南京：鳳凰出版社，2005年，第229頁。

〔註77〕（明）王世貞：《藝苑卮言》卷六，見丁福保《歷代詩話續編》，北京：中華書局，1983年，第1044頁。

五更飛夢環巫峽，九畹招魂賚楚詞。

衰老形骸無昔日，凋零草木有榮時；

和詩三十愁千萬，此意東君知不知？〔註78〕

「多少好花空落盡，不曾遇著賞花人」、「可惜錯拋傾國色，無緣逢看買金人」、「花朵憑風著意吹，春光棄我竟如遺」，這些詩句蘊含了詩人無限的傷心與落寞，對自己才高八斗，卻空被見棄的不幸經歷，詩人發出了不平的吶喊。詩人不加掩飾地直陳心迹，毫不諱言自己的激憤與失意，反覆對落花進行歌詠，就是對不幸身世的詠歎。在《漫興》十首中也多有這樣的詩句，如：「十載鉛華夢一場，都將心事付滄浪」。〔註79〕「白面書生空賦鵬，黃金遊客勝貂裘」。〔註80〕表達了才志不得舒展的抑鬱。「黃金誰買長門賦，黛筆難描滿額鬟」。〔註81〕「難尋萱草酬知己，且摘蓮花供聖僧」。〔註82〕「去日苦多休檢曆，知音諒少莫修琴」〔註83〕抒發了知音難求的落寞。在《過閩寧德宿旅邸館人懸畫菊愀然有感因題》：「黃花無主為誰容？冷落疏離曲徑中；盡把金錢買脂粉，一生顏色付西風」。〔註84〕沒有主人的菊花引發詩人想起了自己有才不被見用的淒涼現實，詩人說菊花縱然買盡脂粉，裝扮自己，還不是沒人看在眼中，不過是把絢爛的美留給了西風。實際上詩人是在述說自己懷才不遇的現實，抒發了自己知音難覓的惆悵情懷。短短的詩歌中蘊含了詩人不平、憤懣、傷感的情感，其濃鬱的悲傷讀來令人動容。在難以排解的極度苦悶之中，他不斷從歷史人物中尋找寄託。他歌詠「獻納親曾批逆鱗，忽以讒言棄於野」的白居易，對「欲濟時艱須異才，瑣尾小人有何益！讒言不用時事危，忠臣志士最堪悲」（《題潯陽送別圖》）〔註85〕的黑暗現實作出了悲憤地評述。在《題畫》中他歌詠李白：「李白才名天下奇，開元人主最相知。夜郎不免長流去，今日書生敢望誰」。〔註86〕就連名聞天下的奇才李白，即使曾被唐明皇欣賞過，還不是也因為參與永王李璘東巡之事而受累坐罪、長流夜郎，李白都遭

〔註78〕《唐伯虎全集》，第66～73頁。
〔註79〕《唐伯虎全集》，第84頁。
〔註80〕《唐伯虎全集》，第83頁。
〔註81〕《唐伯虎全集》，第85頁。
〔註82〕《唐伯虎全集》，第83頁。
〔註83〕《唐伯虎全集》，第84頁。
〔註84〕《唐伯虎全集》，第111頁。
〔註85〕《唐伯虎全集》，第41頁。
〔註86〕《唐伯虎全集》，第136頁。

此厄運，又何論他一介書生唐寅呢？懷才不遇的悲劇，在歷史上還是很多的。他歌詠蘇東坡「烏臺十卷青蠅案，炎海三千白髮臣；人盡不堪公轉樂，滿頭明月脫紗巾」。(《題東坡小像》) 〔註87〕蘇東坡因烏臺詩案遭貶，雖歷經坎坷而矢志不渝。唐寅從這些曠世奇才曾經不幸的遭遇中找尋到了精神上的支撐，從這些身陷逆境又絕不屈服的前輩身上得到了啟迪和安慰，獲得了精神上的解脫。

　　既然不能在仕進的道路上施展自己的才華，不如寄情山水，在清風明月中修心養性。唐寅詩作中有不少歌詠漁樵之樂的作品，如《詠漁家樂》：

> 時泰時豐芻米賤，買酒頗有青銅錢；
> 夕陽半落風浪舞，舟船入港無危顛。
> 烹鮮熱酒招知己，滄浪疊唱仍扣舷；
> 醉來舉盞酹明月，自謂此樂能通仙；
> 遙望黃塵道中客，富貴於我如雲煙。 〔註88〕

漁夫雖然靠打漁為生，與功名富貴無緣。但不論時事如何變化，大自然總能滿足漁夫的生活需求。不管米價是貴是賤，漁夫只要打到魚，就可以養活自己，還能有閒錢去買酒。在大自然的懷抱中，好客而並不富裕的漁夫烹調好鮮美的食物，溫熱好醉人的美酒，扣舷高唱滄浪歌，與知己把酒言歡。詩作把漁夫的生活寫得逍遙自在，樂能通仙，令人嚮往。如《煙波釣叟歌》：

> 太湖三萬六千頃，渺渺茫茫浸天影；
> 東西洞庭分兩山，幻出芙蓉翠翹嶺。
> 鸕鷀啼雨煙竹昏，鯉魚吹風浪花滾；
> 阿翁何處釣魚來？雪白長須清凜凜。
> 自言生長江湖中，八十餘年泛萍梗；
> 不知朝市有公侯，只識煙波好風景。
> 蘆花蕩裏醉眠時，就解蓑衣作衾枕；
> 撐開老眼恣猖狂，仰視青天大如餅。
> 問渠姓名何與誰？笑而不答心已知；
> 玄真之孫好高士，不尚功名惟尚志。
> 綠蓑青笠勝朱衣，斜風細雨何思歸？

〔註87〕《唐伯虎全集》，第 132 頁。
〔註88〕《唐伯虎全集》，第 38 頁。

筆床茶竈兼食具，墨筒詩稿行相隨。
我曹亦是豪吟客，萍水相逢話荊識；
飄飄敞袖青幅巾，清談卷霧天香生。
兩舟並泊太湖口，我吟詩分君酌酒；
酒杯到我君亦吟，詩酒賡酬不停手。
大瓢小杓何曾乾？長篇短句隨時有；
飲如長鯨吸巨川，吞天吐月黿鼉吼。
吟似行雲流水來，星辰搖落珠璣走；
天長大紙寫不盡，墨汁蘸乾三百斗。〔註89〕

唐寅歌詠了一位自小生活在江湖中的釣叟，他「不知朝市有公侯」，對富貴更
沒什麼概念，只知道「煙波好風景」，只熱愛自己打漁為生的自然生活。喝醉
了就睡覺，解下蓑衣當枕被。釣叟「仰視青天大如餅」、「不尚功名惟尚尚」
的生活態度，無疑暗合詩人心態，對釣叟的歌贊，也就是詩人對自己生活態
度的肯定。又如《題釣魚翁畫》：

直插漁竿斜繫艇，夜深月上當竿頂；
老漁爛醉喚不醒，滿船霜印蓑衣影。〔註90〕

詩中塑造了一個率性隨意的漁翁形象，在一天的辛勤勞作後，他隨意的繫住
小艇，飲酒至爛醉，在月光的映照下沉沉睡去，這是何其舒適與隨意的生活。
更多的時候，唐寅直接歌詠山水隱逸之樂，表達自己的歸隱情懷。如《題
畫》：

促席坐鳴琴，寫我平生心；
平生固如此，松竹諧素音。〔註91〕

詩人說坐下來彈彈琴，在琴聲中寄託自己的心願。這個心願即是歸隱林間，
高潔的松竹可以代表詩人高潔的情懷與不渝的追求。又如《題畫》：

長松落落倚青天，滿地濃陰覆野泉；
短著田衣揮羽扇，此心於世已囂然。〔註92〕

詩人表達了對紛煩的塵世心生厭倦，惟願在山間泉邊度過一生。這裡有落落

〔註89〕《唐伯虎全集》，第37～38頁。
〔註90〕《唐伯虎全集》，第152頁。
〔註91〕《唐伯虎全集》，第100頁。
〔註92〕《唐伯虎全集》，第143頁。

的長松，有汨汨的野泉。脫去讀書人的裝扮，穿上田間勞作的短衣，揮搖著羽扇，忘卻那喧囂紛繁的世俗生活，真是一件令人嚮往的事情。詩人的隱逸生活並不寂寞，如《題畫》：

> 山隱幽居草木深，鳥啼花落晝沉沉；
> 行人杖履多迷路，不是書聲何處尋。
> 水色山光明几上，松陰竹影度窗前；
> 焚香對坐渾無事，自與詩書結靜緣。〔註93〕

在美麗的山光水色中，在幽靜的隱居生活中自有詩書相伴，詩人在吟詠詩書中獲得身心的愉悅。有時詩人借吟詠歷史人物表達自己隱逸的情懷，如《題畫淵明卷》二首：

> 滿地風霜菊綻金，醉來還弄不弦琴；
> 南山多少悠然意，千載無人會此心。
> 五柳先生日醉眠，客來清賞榻無氈；
> 酒貲盡在東籬下，散貯黃金萬斛錢。〔註94〕

詩作歌詠了陶淵明東籬賞菊的千古高韻，抒發了自己對陶淵明隱逸志趣的理解和嚮往之情。如《題輞川》：

> 輞川風景更如何？天色秋光趣益多；
> 白日蒼松塵外想，清風明月醉時歌。
> 林間鹿過雲還合，溪面魚游水自波；
> 高隱不求軒冕貴，且將蹤迹寄煙蘿。〔註95〕

詩人借歌詠王維的隱居，來表達隱逸生活的樂趣。這裡有白日蒼松，這裡有清風明月，林間的小路和溪面的游魚都使得隱居的生活顯得無比美妙。詩人讚歎不求軒冕貴的隱居生活，其實也是在表達自己的高潔情懷。如《題自畫濂溪卷》：

> 草苫書齋石壘塘，闌干委曲遶溪傍；
> 方床石枕眠清晝，荷葉荷花互送香。〔註96〕

詩人借歌詠周敦頤清雅的隱逸生活，來表達自己的隱逸情懷。然而唐寅的歸

〔註93〕《唐伯虎全集》，第134～135頁。
〔註94〕《唐伯虎全集》，第124頁。
〔註95〕《唐伯虎全集》，第98頁。
〔註96〕《唐伯虎全集》，第131頁。

隱畢竟是因時所迫，雖然在諸多詩作中均可見到隱逸生活的樂趣與逍遙，詩人還是免不了要一再述說自己歸隱的緣由，是不願俯首低眉做仰人鼻息的人。如《抱琴圖》：

> 抱琴歸去碧山空，一路松聲兩腋風；
> 神識獨遊天地外，低眉寧肯謁王公！〔註97〕

詩人志向高潔，追求神遊物外的清空生活，是因為不能低眉折腰事權貴。在《題畫》中也有同類志向的述說：「長夏山村詩興幽，趁涼多在碧泉頭；松陰滿地凝空翠，肯逐朱門耪襪流？」〔註98〕詩人不願隨波逐流的個性躍然而出。

第四節　唐寅詩歌的藝術風格

錢謙益評唐寅詩說：「伯虎詩少喜穠麗，學初唐，長好劉、白，多淒怨之詞，晚益自放，不計工拙，興寄爛漫，時復斐然」。〔註99〕「穠麗」、「淒怨」、「爛漫」可謂對唐寅詩作不同風格的精準概括。今人多據此論述唐寅詩歌早期風格穠麗，晚期風格俚俗直白。但唐寅詩作多沒有繫年，用沒有確切紀年的詩歌來論證不同時期詩歌風格的變化難免存在問題。而且，由於近年來對通俗文學的高度關注，使得我們對唐寅詩作中部分俚俗之作過於關注，而對其詩歌中其他風格的作品則多少有些視而不見，這使得對唐寅詩作藝術風格的整體評價，多少有些偏頗。因而，筆者不從時間的角度來論證這一問題，僅對唐寅詩歌中所存在的三種藝術風格作簡單論述。

一

第一種藝術風格為精工富麗。主要表現為詩作講究對仗，講究用韻，精緻工整，且喜用富麗之語。此類作品通常缺乏主觀感情色彩，富於文采卻不能打動人心。如《詠春江花月夜》：

> 麝月重輪三五夜，玉人聯槳出靈娥；
> 內家近制河汾曲，樂府新諧役鄧歌。
> 十里花香通彩殿，萬枝燈焰照春波；

〔註97〕《唐伯虎全集》，第 122 頁。
〔註98〕《唐伯虎全集》，第 143 頁。
〔註99〕（清）錢謙益：《列朝詩集小傳》，上海：上海古籍出版社，1983 年，第 297～298 頁。

　　不關仙客饒芳思，畫短歡長奈樂何？〔註100〕

詩作對仗工穩，「霽月」對「玉人」，「十里」對「萬枝」，「花香」對「燈焰」，「通彩殿」對「照春波」，可謂字斟句酌。詩歌韻腳鮮明，「娥」、「歌」、「波」、「何」，一韻到底。從對仗和用韻來看，詩歌可謂精工之作。從詞語來看，也多為富麗之語，頗有六朝旖旎之風氣。其《春江花月夜》二首，也明顯是此種風格之作品。詩作如下：

　　嘉樹鬱婆娑，燈花月色和；春江流粉氣，夜水濕羅裙。

　　夜霧沉花樹，春江溢月輪；歡來意不持，樂極詞難陳。〔註101〕

其一中「嘉樹」對「燈花」，「春江」對「夜水」，對仗工穩。婆娑的樹影，月色籠罩下的朦朧迷離的燈花，在流溢著脂粉之氣的春江上，夜霧打濕了那些歌兒舞女的羅裙。其二也是類似的詩作。這兩首詩用細膩的筆觸描述了人們豐富的夜生活。雖然詩句沒有出現明確的主人公，但通過脂粉氣和羅裙暗示了那些在春天的夜色中，泛舟江上的遊船畫舫裏的歌兒舞女。人們欣賞著迷人的月色，朦朧的燈花，在歌兒舞女的陪伴下，消磨著漫漫長夜。這樣的風光是旖旎的，這樣的情感是多少有些委靡的，但這樣的月色、這樣的春天、這樣的脂粉氣又是醉人的。所以詩人說語言已經難以表達快樂的心意了。又如《觀鰲山》四首：

　　禁籞森嚴夜沉寥，燈山忽見翠岩嶢；
　　六鼇並駕神仙府，雙鵲聯成帝子橋。

　　星振珠光鋪錦繡，月分金影亂瓊瑤；
　　願身已自登緱嶺，何必秦姬奏洞簫？

　　金吾不禁夜三更，寶斧修成月倍明；
　　鳳蹴燈枝開夜殿，龍銜火樹照春城。

　　蓮花捧上霓裳舞，松葉纏成熱戲棚；
　　杯進紫霞君正樂，萬民齊口唱昇平。

　　仙殿深岩號太霞，寶燈高下綴靈槎；
　　沉香連理三株樹，結綵分行四照花。

　　水激葛陂龍化杖，月明緱嶺鳳隨車；
　　蕭韶沸處開宮扇，法杖當墀雁隊斜。

〔註100〕《唐伯虎全集》，第 14 頁。
〔註101〕《唐伯虎全集》，第 14 頁。

> 上元佳節麗仙都，內殿歡遊愜睿圖；
>
> 壁際金錢銜鸑鷟，水中鐵網出珊瑚。
>
> 鼓將百戲分為埒，燈把三山挈入壺；
>
> 不是承恩參勝賞，歌謠安得繼康衢。〔註 102〕

詩作從不同角度描述了鰲山美麗的夜景，從對仗到用韻與用語都與《詠春江花月夜》有異曲同工之妙。詩作第一首先從整體上描述了夜色深沉中燈光照耀下的鰲山美景。沈寥，高朗空曠貌，多用來形容天空的深遠。詩人開篇第一句，描述了在深沉遼遠的夜色籠罩下禁禦森嚴的鰲山，第二句筆觸一轉，以帶有光感的「燈」照亮了人們的視線，在燈光的映照下我們看到了一座翠綠的岩石山。接著詩人用熱烈的筆觸描繪了他眼中的鰲山，在明星的輝光和寶珠的光輝的互相映照下，鰲山像披上了美麗的錦繡，月色和金影的輝映也如散亂的瓊瑤。這幾句寫燈光、星輝、珠光、月色、金影交織輝映下的鰲山美景。緱嶺，多指修道成仙之處。詩人在結尾不禁感歎，如此美景哪裏需要秦姬來吹簫招仙，賞景之人早已有如登仙境的感覺了。詩中「六鼇」對「雙鵲」，「神仙府」對「帝子橋」，「星振」對「月分」，「珠光」對「金影」，「鋪錦繡」對「亂瓊瑤」等都是非常工穩的對仗。韻腳「嶢」、「橋」、「瑤」、「簫」也是一韻到底，讀來朗朗上口。接下來的三首詩，詩人變換角度，以描述人們的喜慶活動來展現繁華富庶的太平生活。如「蓮花捧上霓裳舞，松葉纏成熱戲棚；杯進紫霞君正樂，萬民齊口唱昇平」，「蕭韶沸處開宮扇，法杖當墀雁隊斜」，「上元佳節麗仙都，內殿歡遊愜睿圖」都是對繁華富庶又太平生活的謳歌。詩作用語比較講究，可謂精緻工整。但由於語言的富麗使得詩作顯得過於花哨，雖然精緻工整，有富麗之神韻，卻多少損失了詩歌的自然之風韻。這種風格在其賦作《金粉福地賦》中也多有體現：

> 閩山右姓，策將元勳；玉節凌霄而建，金符奕世而分。位定高明，補娲天以五石；職俾貞觀，捧堯日以三雲。四庫唐書，秘殿分球琳之賜；九州禹迹，丹書鏤帶礪之文。館備鳳鸞之佳客，衛總虎貔之禁軍。載賦卜居，當清溪之曲；列陳支戟，倚赤山之氣。揆定星於北陸，察景日於南薰。籃粉釵金，借靈光於織女；移山變海，假福地於茅君。竹苞矣而秩秩；木向榮而欣欣。〔註 103〕

〔註 102〕《唐伯虎全集》，第 58 頁。

〔註 103〕《唐伯虎全集》，第 6 頁。

賦作開頭以精工典雅之語描繪了一處貴族世家的佳地，主人是有勳業的貴族，且雅好風雅，此處依赤山傍曲水，風光秀麗，有佳客往來，有禁軍護衛，可謂人間福地。賦作多爲四六句，也夾雜有五言、七言，卻並不零亂，反而顯得生動活潑。僅從此開篇的用語和押韻，我們即可感受到唐寅語言之富於文采又富於韻味之特點。但這類作品，多少有擿翰振藻之嫌，缺乏感人的情感色彩。王世貞在《鳳洲筆記》中說唐寅詩作：「少法初唐，如鄠杜春遊，金錢鋪埒；公子調馬，胡兒射雕」。〔註104〕指的應該就是這類作品。

二

　　第二種藝術風格爲平易流暢。主要表現爲用語趨向平易，不再過分追求語言的文采，而以自然流暢取勝。如《漫興》二十首、《和沈石田落花詩》三十首、《花月詩》十首堪稱此類作品的代表。茲各舉幾例，如《漫興》：

> 此生甘分老吳閶，萬卷圖書一草堂；
> 龍虎榜中題姓氏，笙歌隊裏賣文章。
> 跏趺說法蒲團軟，鞵袜尋芳杏酪香；
> 只此便爲吾事了，孔明何必起南陽。
> 驅馳南北蔫頭塵，襤褸衣衫墊角巾；
> 萬點落花俱是恨，滿杯明月即忘貧。
> 香燈不起維摩病，櫻筍難消穀雨春；
> 鏡裏自看成一笑，半生傀儡局中人。
> 自怨迂疏更自憐，焚香掃榻枕書眠；
> 蘇秦捫頰猶存舌，趙壹探囊已沒錢。
> 滿腹有文難罵鬼，措身無地反憂天；
> 多愁多恨多傷壽，且酌深杯看月圓。
> 踏遍迴廊細自籌，騰騰無語重低頭；
> 四更中酒半床病，三月傷春滿鏡愁。
> 白面書生空鵬賦，黃金遊客剩貂裘；
> 年來蹤迹尤漂泊，飛葉僧房細雨舟。〔註105〕

詩作對仗依然工穩，但用語卻不再追求精緻典雅，而開始用平常的語言顯現

〔註104〕《唐伯虎全集》，第 596 頁。
〔註105〕《唐伯虎全集》，第 81～83 頁。

平易之風格。如《漫興》（此生甘分老吳閶），開篇直抒胸臆，這輩子就甘心老死在吳閶了，表達了詩人絕意功名富貴的決心。但詩人的隱居生活卻並不寂寞，有萬卷圖書相伴，有歌兒舞女相陪，閒暇之餘參參佛法，遊遊春，詩人的生活可謂豐富多彩，樂比神仙。所以詩人高唱：「只此便爲吾事了，孔明何必起南陽」。這樣快意的生活，即使是諸葛亮也未必願意出山了。這類詩作語言簡單，少修飾，頗具散文特色，如話家常。如「鏡裏自看成一笑」、「滿腹有文難罵鬼」、「騰騰無語重低頭」之類，均爲平易之語。但由於詩歌的意韻較高，語含深情，詩作中因蘊含身世之感而格外動人，詩作的整體藝術水平也得以提升。如《和沈石田落花詩》：

> 春盡愁中與病中，花枝遭雨又遭風；
> 鬢邊舊白添新白，樹底深紅換淺紅。
> 漏刻已隨香篆了，錢囊甘爲酒杯空；
> 向來行樂東城畔，青草池塘亂活東。
> 節當寒食半陰晴，花與蜉蝣共死生；
> 白日急隨流水去，青鞋空作踏莎行。
> 收燈院落雙飛燕，細雨樓臺獨囀鶯；
> 休向東風訴恩怨，自來春夢不分明。
> 春來赫赫去匆匆，刺眼繁華轉眼空；
> 杏子單衫初脫暖，梨花深院自多風。
> 燒燈坐盡千金夜，對酒空思一點紅；
> 倘是東君問魚雁，心情說在雨聲中。
> 花落花開總屬春，開時休羨落休嗔；
> 好知青草骷髏冢，就是紅樓掩面人。
> 山屐已教休泛臘，柴車從此不須巾；
> 仙塵佛劫同歸盡，墜處何須論廁茵。
> 楊柳樓頭月半規，笙歌院裏夜深時；
> 花枝的的難長好，漏水丁丁不肯遲。
> 金釧袖籠新藕滑，翠眉匳映小蛾垂；
> 風情多少愁多少，百結愁腸說與誰？〔註106〕

這些詩作多含有詩人的身世之感，表達了詩人才志不得舒展的抑鬱情懷，因

〔註106〕《唐伯虎全集》，第68～72頁。

語含深情而格外感人。西園公曾題唐寅落花詩卷曰其詩：「柔情綽態，如泣如
訴」。〔註107〕可謂是對落花詩的最好評價。又如《花月詩》：

> 高臺明月照花枝，對月看花有所思；
> 今夜月圓花好處，去年花病月虧時。
> 飲杯酬月澆花酒，做首評花問月詩；
> 沉醉欲眠花月下，只愁花月笑人癡。
> 月轉東牆花影重，花迎月魄若為容；
> 多情月照花間露，解語花搖月下風。
> 雲破月窺花好處，夜深花睡月明中；
> 人生幾度花和月，月色花香處處同。
> 花正開時月正明，花如羅綺月如銀；
> 溶溶月裏花千朵，燦燦花前月一輪。
> 月下幾般花意思？花間多少月精神？
> 待看月落花殘夜，愁殺尋花問月人！〔註108〕

詩作語言更為簡單，主要以花月為主，雖多處出現此二字，卻不覺重複拖沓，
反而有朗朗上口之韻味。詩人對花問月，對月賞花，對好花美月愁落花殘月，
在花月中寄託自己無限的情思。詩作風格平易流暢卻極為感人。

三

　　第三種藝術風格為俚俗直白。主要表現為大量用俗語、俚語、口語入詩，
詩作風格有氣韻流動、一瀉千里之暢快。這部分作品因過於俚俗，通常被論
者批評。如《歎世》：

> 富貴繁華莫強求，強求不出反成羞；
> 有伸腳處須伸腳，得縮頭時且縮頭。
> 地宅方圓人不在，兒孫長大我難留；
> 皇天老早安排定，不用憂煎不用愁。

《避事》

> 多憑乖巧討便宜，我討便宜便是癡；
> 繫日無繩那得住？待天倚杵是何時？

〔註107〕《唐伯虎全集》，第 598 頁。
〔註108〕《唐伯虎全集》，第 76～77 頁。

隨緣冷暖開懷酒，懶算輸贏信手棋；

七尺形骸一邱土，任他評論是和非。〔註109〕

詩作中「伸腳」、「縮頭」、「乖巧」、「便宜」等詞語多為俗語或口語。「有伸腳
處須伸腳，得縮頭時且縮頭」、「多憑乖巧討便宜，我討便宜便是癡」、「任他
評論是和非」簡直就是大白話了。這些詩句不再追求對仗的工穩，而主要以
意韻取勝。又如《警世》八首：

措身物外謝時名，著眼閒中看世情；

人算不如天算巧，機會爭似道心平。

過來昨日疑前世，睡起今朝覺再生；

說與明人應曉得，與愚人說也分明。

世事如舟掛短篷，或移西岸或移東；

幾回缺月還圓月，數陣南風又北風。

歲久人無千日好，春深花有幾時紅？

是非入耳君須忍，半作癡呆半作聾。

但凡行事要知機，斟酌高低莫亂為；

烏江項羽今何在？赤壁周瑜業更誰？

贏了我時何足幸？且饒他去不為虧；

世事與人爭不盡，還他一忍是便宜。

萬事由天莫苦求，子孫綿遠福悠悠；

飲三杯酒休胡亂，得一帆風便可收。

生事事生何日了？害人人害幾時休？

冤家宜解不宜結，各自回頭看後頭。

為人須是要公平，不可胡為肆不仁；

難得生居中國內，況兼幸作太平民。

交朋切莫交無義，做鬼須當做有靈；

萬類之中人最貴，但行好事莫相輕。

貪利圖名滿世間，不如布衲道人閒；

籠雞有食鍋湯近，海鶴無糧天地寬。

富貴百年難保守，輪迴六道易循環；

勸君早向生前悟，一失人身萬劫難。

〔註109〕《唐伯虎全集》，第89頁。

仁者難逢思有常，平居慎勿恃無傷；

爭先徑地機關險，退後語言滋味長，

爽口物多終作疾，快心事過必爲殃；

休言病後能求藥，孰若病前能預防！

去年殘花今又開，追思年少忽成呆；

數莖白髮催將去，萬兩黃金買不回。

有藥駐顏眞是妄，無繩繫日轉堪哀；

此情莫與兒郎說，直待兒郎老自來。〔註110〕

這些詩作用語極爲簡單，俗語、俚語與口語更是隨處可見，如「人算」、「天算」、「說與」、「莫亂爲」、「莫苦求」、「不爲虧」、「害人」、「人害」、「爽口」、「快心」、「忽成呆」、「買不回」等等，多爲口語與俚語。這些文字看起來雖缺乏文采，但詩歌內在卻有著氣韻生動、一氣呵成的妙處，讀來頗有感染力。王世貞說唐寅詩作：「暮年脫略傲睨，務諧俚俗」。〔註111〕說得應該就是這部分作品。此類作品還曾被他譏爲「如乞兒唱蓮花樂」。〔註112〕今人研究基本經常引用王世貞的這一評價來論述唐寅此種風格的作品。但王世貞本人在晚年時曾明確對創作《藝苑卮言》的草率態度進行過反思，在《書西涯古樂府後》他說：「余作《藝苑卮言》時，年未四十，方與于鱗輩是古非今、此長彼短，未爲定論。至於戲學世說，比擬形似，既不切當，又傷僞薄，行世已久，不能復秘，姑隨事改正，勿令多誤後人而已」。〔註113〕可見王世貞當時正值盛年，看問題未免不夠客觀，其評價既有意氣用事之傾向，也有戲說之成分。且本詩評前王世貞有小序：「余於國朝前輩名家，亦偶窺一斑，聊附於此，以當鼓腹」。〔註114〕可知王世貞當時評價前輩名家時，確實有戲說成分。所以錢謙益說：「今之談藝者，尊奉弇州《卮言》，以爲金科玉條，引繩批格，恐失尺寸；

〔註110〕　《唐伯虎全集》，第95～96頁。

〔註111〕　（明）王世貞：《明詩評》卷二，周維德集校：《全明詩話》三，濟南：齊魯書社，2005年，第1949頁。

〔註112〕　（明）王世貞：《藝苑卮言》卷五，見丁福保《歷代詩話續編》，北京：中華書局，1983年，第1034頁。

〔註113〕　（清）錢謙益：《列朝詩集小傳》，上海：上海古籍出版社，1983年，第246頁。

〔註114〕　（明）王世貞：《藝苑卮言》卷五，見丁福保《歷代詩話續編》，北京：中華書局，1983年，第1032頁。

豈知元美固晚而自悔，以其言爲土苴唾餘乎」。〔註115〕可知錢氏也不同意王世貞的許多戲評。但四庫館臣在作《四庫全書總目提要》時，對明人別集的評價，多援引了王世貞的這一戲評，後來的研究者遂因襲其說。細讀此類詩作，雖多用俗語、俚語與口語，但由於詩歌整體意韻頗具哲理性，且讀來流暢上口，在同時代的同類作品中，是很成功的創新之作。詩作中用俗語、口語並不是唐寅一人的特點，前文論及師友詩文創作傾向對唐寅的影響時，就談到了唐寅的許多師友也喜歡以俗語、口語入詩。如沈周《苦雨寄城中諸友》二首：

> 一陣接一陣，一朝連一朝。官仍追舊賦，天又沒新苗。
>
> 白日不相照，浮雲那得消。君休問饑飽，且看沈郎腰。
>
> 新雨似舊雨，今年即去年。只愁沈垕土，或喜夢青天。
>
> 頓頓黃虀甕，家家白鷺田。惟應五穀地，改納水衡錢。〔註116〕

詩作雖援引口語入詩，卻在詩歌的氣韻上卻不如唐寅的詩作。與唐寅此類詩作在氣韻上差可比擬的或許是祝允明的《口號》三首：

> 枝山老子鬢蒼浪，萬事遺來剩得狂。
>
> 從此日和先友對，十年漢晉十年唐。
>
> 不裳不袂不梳頭，百遍迴廊獨步遊。
>
> 步到中庭仰天臥，便如魚子轉瀛洲。
>
> 蓬頭赤腳勘書忙，頂不籠巾腿不裳。
>
> 日日飲醇聊弄婦，登床步入大槐鄉。〔註117〕

但祝氏此類詩作數量不多，且祝氏多是對自我的關注。不像唐寅此類作品，多是對世情的關注，且說理透徹，頗有哲學意味，很能打動人心。或許我們應該換一種眼光來看待唐寅此類詩作的成就，雖然俚俗直白，但詩歌以整體意韻取勝，不妨看成是唐寅詩歌文體創新的成功之作。

唐寅詩作豐富，其創作風格當然不僅僅體現爲這三種，但這三種卻是唐寅詩作中比較鮮明的特點。在這三種風格中，第一種和第三種的整體創作量都是比較少的，第二種風格的作品在唐寅的詩作中比重是最大的，也即是說，

〔註115〕（清）錢謙益：《列朝詩集小傳》，上海：上海古籍出版社，1983 年，第 247頁。

〔註116〕（明）沈周：《石田詩選》卷一，文津閣四庫全書，集 417，第 409 頁。

〔註117〕（明）祝允明：《懷星堂集》卷六，文津閣四庫全書，集 421，第 323 頁。

唐寅那些平易流暢又語含深情的作品是占主導地位的。因而，唐寅詩歌的整體風格應該以第二種爲主。

參考文獻

1. （漢）毛公：《毛詩正義》，上海：上海古籍出版社，1990 年。
2. （漢）司馬遷：《史記》，北京：中華書局，1982 年。
3. （北齊）魏收：《魏書》，北京：中華書局，1974 年。
4. （唐）盧仝：《玉川子詩集》，《續修四庫全書》，集 1311。
5. （唐）李白：《李太白文集》，文津閣四庫全書，集 355。
6. （唐）房玄齡等撰：《晉書》，北京：中華書局，1974 年。
7. （後晉）劉昫等撰：《舊唐書》，北京：中華書局，1975 年。
8. （宋）郭知達編：《九家集注杜詩》，文津閣四庫全書，集 356。
9. （宋）郭茂倩：《樂府詩集》，文津閣四庫全書，集 450。
10. （宋）司馬光編著：《資治通鑒》，北京：中華書局，1956 年。
11. （宋）李昉等編：《太平廣記》，北京：中華書局，1961 年。
12. （宋）楊萬里：《誠齋易傳》，九州出版社，2008 年。
13. （元）脫脫等撰：《宋史》，北京：中華書局，1985 年。
14. （宋）范曄：《後漢書》，北京：中華書局，1965 年。
15. （明）唐寅撰：《唐伯虎集》一卷，（明）俞憲編：《盛明百家詩》三百二十四卷，明嘉靖隆慶間刻本，國家圖書館藏，膠捲。
16. （明）華淑輯：《明詩選》十二卷，《四庫禁燬書叢刊》，集部 1。
17. （明）唐寅撰，（明）何大成輯：《唐伯虎先生集》上下卷，《唐伯虎先生外編》五卷，《唐伯虎先生外編續刻》十二卷，《續修四庫全書》，集部 1334～1335 冊。
18. （明）唐寅撰，（明）何大成輯：《唐伯虎先生集》上下卷，《唐伯虎先生外編》五卷，《唐伯虎先生外編續刻》十二卷，《六如居士畫譜》三卷，國家圖書館藏，膠捲。

19. （明）唐寅撰，（明）何大成輯：《唐伯虎集》4種，明萬曆刻本，北京大學圖書館藏。

20. （明）唐寅撰，（明）何大成輯：《唐伯虎先生集》二卷，《唐伯虎先生外編》五卷，明萬曆刻本，復旦大學圖書館藏。

21. （明）唐寅撰，（明）何大成輯，（清）顧桐批：《唐伯虎先生集》上下卷，《唐伯虎先生外編》五卷，《唐伯虎先生外編續刻》十二卷，《六如居士畫譜》三卷，上海圖書館藏。

22. （明）唐寅撰：《唐伯虎先生外編》，存兩卷，上海圖書館藏。

23. （明）唐寅撰，沈思輯，曹元亮校：《唐伯虎集》四卷，附刻外集一卷，明萬曆四十年曹元亮翠竺山房刻本，四冊，國家圖書館藏，膠捲。

24. （明）唐寅撰，沈思輯，曹元亮校：《唐伯虎集》四卷，附刻外集一卷，明萬曆四十年曹元亮翠竺山房刻本，一函四冊，北京大學圖書館藏。

25. （明）唐寅撰，沈思輯，曹元亮校：《解元唐伯虎彙集》四卷，附刻外集一卷，明萬曆四十年曹元亮翠竺山房刻本，四冊，上海圖書館館藏。

26. （明）唐寅撰，袁宏道評：《袁中郎先生批評唐伯虎彙集》四卷，附刻外集一卷，《六如唐先生畫譜三卷》，六冊，國家圖書館藏，膠捲。

27. （明）唐寅撰，袁宏道評：《袁中郎先生批評唐伯虎彙集》四卷，附刻外集一卷，《六如唐先生畫譜》三卷，白玉堂藏版，一函四冊，中央民族大學圖書館館藏。

28. （明）唐寅撰，袁宏道評：《袁中郎先生批評唐伯虎彙集》四卷，附刻外集一卷，《六如唐先生畫譜》三卷，四美堂藏版，一函四冊，中國社會科學研究院歷史研究所古籍室藏。

29. （明）唐寅撰，袁宏道評：《袁中郎先生批評唐伯虎彙集》四卷，一函四冊，清華大學圖書館藏。

30. （明）唐寅撰，袁宏道評：《袁中郎先生批評唐伯虎彙集》四卷，附刻外集一卷，二冊無函，上海圖書館藏。

31. （明）唐寅撰，袁宏道評：《袁中郎先生批評唐伯虎彙集》四卷，附刻外集一卷，二冊無函，上海圖書館藏。

32. （明）唐寅撰，袁宏道評：《袁中郎先生批評唐伯虎彙集》四卷，附刻外集一卷，一函四冊，上海師範大學圖書館藏。

33. （明）唐寅撰，（清）俞長城選評：《唐伯虎稿》一卷，《可儀堂一百二十名家制義》，文盛堂懷德堂全梓。

34. （明）唐寅撰，（清）俞長城選評：《唐伯虎稿》一卷，《可儀堂一百二十名家制義》，步月樓令德堂全梓。

35. （明）唐寅撰，（清）唐仲冕編：《六如居士全集》七卷，補遺一卷；《六如居士外集》六卷，《六如居士制義》一卷，《六如居士畫譜》三卷，清嘉慶6年，果克山房。

36.（明）史鑒：《西村先生集》，二十八卷，清初抄本，縮微膠片。

37.（明）唐寅撰：《才子文》，巾箱小品十三種。

38.（明）唐寅撰：《六如詩鈔》，綠滿書窗六種。

39.（明）唐寅撰：《唐六如先生小簡》，吳門紫櫻軒珍藏，上海崇文書局印行。

40.（明）唐寅撰：《唐六如先生箋啓》，吳門紫櫻軒珍藏，虞山襟霞閣印行。

41.（明）唐寅撰：《六如居士尺牘》，一函四冊，光霽草廬印。

42.（明）王鏊：《震澤集》，文津閣四庫全書，集 419～420。

43.（明）吳寬：《家藏集》，文津閣四庫全書本，集 419。

44.（明）王鏊：《震澤長語》，文津閣四庫全書，子 287。

45.（明）沈周：《石田詩選》，文津閣四庫全書，集 417。

46.（明）程敏政：《篁墩文集》，文津閣四庫全書，集 418～419。

47.（明）祝允明：《懷星堂集》，文津閣四庫全書，集 421。

48.（明）黃云：《黃丹岩先生集》，四庫全書存目叢書，集 60。

49.（明）閻秀卿：《吳郡二科志》，四庫全書存目叢書，史 90。

50.（明）汪砢玉撰：《珊瑚網》，文津閣四庫全書，子 271。

51.（明）劉鳳：《續吳先賢贊》，四庫全書存目叢，史 95。

52.（明）歸有光：《震川集》，文津閣四庫全書，集 430。

53.（明）楊循吉：《松籌堂集》，四庫全書存目叢書，集 43。

54.（明）袁褧：《衡藩重刻胥臺先生集》，四庫全書存目叢書，集 86。

55.（明）賀復徵編：《文章辨體彙選》，文津閣四庫全書，集 468～471。

56.（明）朱存理：《樓居雜著》，文津閣四庫全書，集 418。

57.（明）俞弁：《山樵暇語》，四庫全書存目叢書，子 152。

58.（明）陸粲：《陸子餘集》，文津閣四庫全書，集 426。

59.（明）皇甫汸：《皇甫司勳集》，文津閣四庫全書，集 426。

60.（明）姜紹書：《韻石齋筆談》，文津閣四庫全書，子 289。

61.（明）黃省曾：《吳風錄》，《續修四庫全書》，史 733。

62.（明）王世貞：《弇州四部稿》，文津閣四庫全書，集 427～428。

63.（明）王世貞：《弇州續稿》，文津閣四庫全書，集 428～429。

64.（明）錢穀：《吳都文粹續集》，文津閣四庫全書，集 463。

65.（明）郁逢慶：《書畫題跋記》，文津閣四庫全書，集 271。

66.（明）郁逢慶：《續書畫題跋記》，文津閣四庫全書，集 271。

67.（明）何良俊：《四友齋叢說》，北京：中華書局，1959 年。

68.（明）李詡：《戒庵老人漫筆》，北京：中華書局，1982 年。

69.（明）文洪編：《文氏五家集》，文津閣四庫全書，集 462。

70.（明）楊一清：《楊一清集》，北京：中華書局，2001 年。

71.（明）張丑：《眞迹日錄》，文津閣四庫全書，集 271。

72.（明）王稚登：《國朝吳郡丹青志》，四庫全書存目叢書，子 71。

73.（清）安岐：《墨緣彙觀錄》，《續修四庫全書》，子 1067。

74.（清）黃宗羲：《金石要例》，文津閣四庫全書，集 496。

75.（清）王士禎：《古夫於亭雜錄》，北京：中華書局，1988 年。

76.（清）陳田：《明詩紀事》，《續修四庫全書》，集 1710～1712。

77.（清）陸廷燦：《續茶經》，清雍正間刻本。

78.（清）陸心源：《皕宋樓藏書志》，《續修四庫全書》，史 928～929。

79.（清）陸心源：《穰梨館過眼錄》，《續修四庫全書》，子 1087。

80.（清）陸時化：《吳越所見書畫錄》，《續修四庫全書》，子 1068。

81.（清）王應奎：《柳南隨筆》，北京：中華書局，1983 年。

82.（清）吳升：《大觀錄》，《續修四庫全書》，子 1066。

83.（清）劉寶楠：《論語正義》，北京：中華書局，1990 年。

84.（清）張予介等修、（清）顧登等纂：《崑山新陽合志》，清乾隆 16 年刻本。

85.（清）趙宏恩等修：《江南通志》，文津閣四庫全書本，集 172～173。

86.《御定書畫譜》，文津閣四庫全書，子 271～272。

87.（清）張照等：《石渠寶笈》，文津閣四庫全書，子 273。

88.（清）張廷玉：《明史》，北京：中華書局，1974 年。

89.（清）何文煥輯：《歷代詩話》，北京：中華書局，1981 年。

90.（清）錢謙益：《列朝詩集小傳》，上海：上海古籍出版社，1983 年。

91.（清）孫詒讓著：《十三經注疏校記》，濟南：齊魯書社，1983 年。

92.（清）葉昌熾：《藏書紀事詩》，上海：上海古籍出版社，1989 年。

93.（清）朱彝尊：《靜志居詩話》，北京：人民文學出版社，1990 年。

94. 錢基博著：《明代文學》，上海：商務印書館，1933 年。

95. 宋佩韋：《明文學史》，上海：商務印書館，1934 年。

96. 鐵琴瘦主編輯：《唐伯虎尺牘》，上海：大通圖書社，1935 年。

97. 溫肇桐：《明代四大畫家》，世界書局，1946 年。

98. 楊靜庵編：《唐寅年譜》，上海：商務印書館，1947 年。

99. 鄭振鐸：《插圖中國文學史》，北京：人民文學出版社，1957 年。

100. 江兆申：《關於唐寅的研究》，臺北：「國立」故宮博物館，1969 年。

101. 馬茂元：《古詩十九首初探》，西安：陝西人民出版社，1981 年。

102. 柳聞：《唐伯虎》，南京：江蘇古籍出版社，1981 年。

103. 鄭騫：《唐伯虎詩輯逸箋注》，聯經出版事業公司，1982 年。

104. 丁福保輯：《歷代詩話續編》，北京：中華書局，1983 年。

105. 周道振輯校：《文徵明集》，上海：上海古籍出版社，1987 年。

106. 呂錫生：《徐霞客家傳》，吉林：吉林文史出版社，1988 年。

107. 胡適著：《胡適古典文學研究論集》，上海：上海古籍出版社，1988 年。

108. 黃立新：《紅樓夢十論》，復旦大學出版社，1990 年。

109. 李昌集：《中國古代散曲史》，上海：華東師範大學出版社，1991 年。

110. 徐朔方：《晚明曲家年譜》，杭州：浙江古籍出版社，1993 年。

111. 陳正宏：《沈周年譜》，上海：復旦大學出版社，1993 年。

112. 張沛編著：《昭陵碑石》，西安：三秦出版社，1993 年。

113. 陳書錄：《明代詩文的演變》，南京：江蘇教育出版社，1996 年。

114. 陳麥青：《祝允明年譜》，上海：復旦大學出版社，1996 年。

115. 周道振：張月尊纂：《文徵明年譜》，上海：百家出版社，1998 年。

116. 郭預衡：《中國散文史》，上海：上海古籍出版社，1999 年。

117. 杜信孚、杜同書：《全明分省分縣刻書考》，北京：線裝書局，2001 年。

118. 周道振、張月尊輯校：《唐伯虎全集》，杭州：中國美術學院出版社，2002 年。

119. 張仲謀著：《明詞史》，北京：人民文學出版社，2002 年。

120. 紫都、霍豔文編著：《唐寅生平與作品鑒賞》，呼和浩特：遠方出版社，2005 年。

121. 黃卓越：《明代中後期文學思想研究》，北京：北京大學出版社，2005 年。

122. 章培恒等編：《中國文學古今演變研究論集二編》，上海：上海古籍出版社，2005 年。

123. 羅宗強：《明代後期士人心態研究》，天津：南開大學出版社，2006 年。

124. 徐朔方、孫秋克：《明代文學史》，杭州：浙江大學出版社，2006 年。

125. 孫海洋：《明代辭賦述略》，北京：中華書局，2007 年。

126. 趙義山：《明清散曲史》，北京：人民出版社，2007 年。

127. 汪滌：《明中葉蘇州詩畫關係研究》，上海：上海文化出版社，2007 年。

128. 范志新編年校注：《徐禎卿全集編年校注》，北京：人民文學出版社，2009 年。

期刊論文

1. 闞風：《唐六如評傳》附年譜，《清華周刊》1932 年第 4 期，頁 287～314。

2. 謝孝思：《唐寅三絕》，《名作欣賞》，1980 年第 1 期，頁 157～160。

3. 施寧：《吳門才子畫苑名流——唐寅詩歌表裏》，《南京藝術學院學報》（音樂與表演版），1984 年第 2 期，頁 30～36。

4. 林堅：《高情逸韻風流千古——從題畫詩看唐伯虎的思想風貌》，《鹽城師範學院學報》（人文社會科學版），1985 年第 3 期，頁 21～28。

5. 宋戈：《論唐寅詩歌的藝術特色》，《遼寧大學學報》（哲學社會科學版），1985 年第 3 期，頁 51～55。

6. 魏際昌：《唐六如評傳》，《承德民族師專學報》，1986 年第 1 期，頁 1～6。

7. 俞明仁：《漫議唐伯虎》，《杭州大學學報》（哲學社會科學版），1986 年第 4 期，頁 61～68。

8. 王文欽：《唐寅思想初探》，《蘇州大學學報》（哲學社會科學版），1987 年第 3 期，頁 87～92。

9. 周月亮：《唐寅和晚明的浪漫思潮》，《讀書》，1987 年第 12 期，頁 65～68。

10. 章培恒：《明代的文學與哲學》，《復旦學報》（社科版），1989 年第 1 期，頁 1～9。

11. 段炳果：《唐伯虎的遭遇及其對藝術思想的影響》，《藝術百家》，1989 年第 1 期，頁 73～76。

12. 王乙：《唐寅詩與〈列子〉享樂主義》，《昆明師範高等專科學校學報》，1989 年第 3 期，頁 20～24。

13. 朱萬曙：《一個文學史不該忘卻的作家——唐伯虎文學創作試論》，《安徽大學學報》（哲學社會科學版），1990 年第 3 期，頁 88～94。

14. 周怡：《略論唐寅》，《齊魯藝苑》，1990 年第 4 期，頁 16～21。

15. 鄭平昆：《〈金瓶梅〉詠打秋韆詩乃唐寅原作》，《文獻》，1991 年第 1 期，頁 265～266。

16. 宋戈：《風流才子唐伯虎》，《文史知識》，1994 年第 1 期，頁 62～65。

17. 馬曠源：《唐伯虎故實考略》，《雲南師範大學學報》（哲學社會科學版），1996 年第 1 期，頁 34～39。

18. 雷廣平：《論唐寅詩風對《紅樓夢》詩詞創作的影響》，《社會科學戰線》，1996 年第 2 期，頁 224～228。

19. 彭茵：《狂放與悲涼交織的人生——唐寅的人生道路》，《古典文學知識》，1999 年第 1 期，頁 55～60。

20. 張耀宗：《明代藏書家朱承爵》,《江蘇地方志》,1999 年第 2 期,頁 35 ～36。

21. 張春萍：《論唐寅詩歌中的「畸人」特質》,《學術交流》,2000 年第 1 期, 頁 122～125。

22. 張春萍：《佛教與唐寅詩歌思想內涵》,《河南師範大學學報》(哲學社會 科學版),2000 年第 2 期,頁 56～59。

23. 戴誠、沈劍文：《讀唐寅詠花詩》,《蘇州鐵道師範學院學報》,2000 年第 3 期,頁 70～74。

24. 王富鵬：《論唐寅思想的多面性和整體性》,《嘉應大學學報》,2000 年第 4 期,頁 48～52。

25. 叢彬彬：《談談唐伯虎和他的勸世詩》,《南通職業大學學報,2001 年第 4 期,頁 27～29。

26. 王富鵬、魏建欽：《論唐寅的佛道出世人格》,《韶關學院學報》,2002 年 第 10 期,頁 26～29。

27. 王曉輝：《唐寅生命意識的解讀》,《南通師範學院學報》(哲學社會科學 版),2003 年第 2 期,頁 60～62。

28. 王富鵬：《論唐寅的儒俠入世人格》,《韶關學院學報》,2003 年第 4 期, 頁 49～52。

29. 趙義山：《論詞場才子之曲與明中葉散曲之復興》,《河北師範大學學報》 (哲學社會科學版),2003 年第 11 期。

30. 孫植：《論唐寅詩的情志內容及其人格表現》,《重慶大學學報》(社會科 學版),2004 年第 2 期,頁 67～70。

31. 雷文學、成傑：《唐伯虎與〈紅樓夢〉》,《武漢理工大學學報》(社會科學 版),2004 年第 3 期,頁 376～379。

32. 馬宇輝：《文學史寫作的一個挑戰──唐伯虎之文化意義論析》,《南開學 報》(哲學社會科學版),2004 年第 4 期,頁 118～124。

33. 馬宇輝、陳洪：《一部續寫不已的「名著」──唐伯虎》,《中國文學古今 演變研究論集二編》,2005 年,頁 491～511。

34. 孫小力：《元明題畫詩文初探──兼及「詩畫合一」形式的現代繼承》,《上 海大學學報》(社會科學版),2005 年第 1 期,頁 36～41。

35. 沈金浩：《唐寅、文徵明文化性格比較論》,《深圳大學學報》(人文社會 科學版),2005 年第 6 期,頁 72～76。

36. 蔣旻：《論〈唐伯虎點秋香〉中「唐伯虎」文學形象的生成》,《江南大學 學報》(人文社會科學版),2005 年第 6 期,頁 80～82。

37. 馬宇輝：《畫家唐寅的一次詩學探討》,《明代文學研究國際學術研討會論 文集》,2006 年,頁 173～193。

38. 談晟廣:《明弘治十二年禮部會試舞弊案》,《故宮博物院院刊》,2006 年第 5 期,頁 124～139。

39. 王富鵬:《論唐寅性格的女性化特徵及成因》,《韶關學院學報》,2006 年第 2 期,頁 1～3。

40. 楊繼輝:《唐寅科場案詳考》,《蘇州教育學院學報》, 2007 年第 2 期,頁 30～33。

41. 王文英:《唐伯虎的人生歷程及其立名思想》,《河北師範大學學報》(哲學社會科學版),2007 年第 3 期,頁 113～115。

42. 鄧曉東、吳樂雅:《唐寅〈謁故福建僉憲永錫陳公祠〉賞析——兼論唐寅中舉前的心態》,《名作欣賞》,2007 年第 6 期,頁 70～72。

43. 馬宇輝:《唐寅與弘治己未春闈案的文學史影響》,《南開學報》(哲學社會科學版),2008 年第 1 期,頁 124～132。

44. 劉暢:《唐寅散曲略論》,《哈爾濱學院學報》,2008 年第 1 期,頁 103～106。

45. 鄧曉東:《百年來唐寅研究的回顧與展望》,《南京師範大學文學院學報》,2008 年第 2 期,頁 32～37。

46. 鄧曉東:《審美趣味的嬗變與唐寅集的編選》,《南京師範大學學報》(社會科學版),2009 年第 1 期,頁 138～142。

研究生學位論文

1. 馬宇輝:《「唐伯虎點秋香」考論》,〔博士後報告〕,上海:華東師範大學,2007 年。

2. 馬宇輝:《新視野中的唐伯虎》,〔博士論文〕,天津:南開大學,2002 年。

3. 黃朋:《明代中期蘇州地區書畫鑒藏家群體研究》,〔博士論文〕,南京:南京藝術學院,2002 年。

4. 李雙華:《明中葉吳中派研究》,〔博士論文〕,南京:南京師範大學,2004 年。

5. 邸曉平:《明中葉吳中文人集團研究》,〔博士論文〕,北京:首都師範大學,2004 年。

6. 汪滌:《吳門畫派的詩畫結合研究》,〔博士論文〕,上海:華東師範大學,2005 年。

7. 李志梅:《唐寅與「三笑故事」》,〔碩士論文〕,西安:陝西師範大學,2002 年。

8. 李承鋒:《唐寅心態及其詩歌研究——兼論明中葉吳中士風》,〔碩士論文〕,武漢:湖北大學,2003 年。

9. 於雯霞：《明中葉吳中四才子論》，〔碩士論文〕，濟南：山東大學，2003年。

10. 王穎：《「西廂制藝」考論》，〔碩士論文〕，揚州：揚州大學，2003年。

11. 童皓：《徜徉於出處之間——明代中葉吳中文人心態研究》，〔碩士論文〕，蘇州：蘇州大學，2005年。

12. 曹燕：《唐伯虎明代印象研究》，〔碩士論文〕，上海：上海大學，2006年。

13. 路國華：《世俗的詩化和詩的世俗化——明代中葉吳中文人生活及詩文創作探究》，〔碩士論文〕，上海：上海大學，2006年。

14. 許麗媛：《唐寅人格探析》，〔碩士論文〕，廈門：廈門大學，2007年。

15. 楊繼輝：《唐寅年譜新編》，〔碩士論文〕，蘇州：蘇州大學，2007年。

16. 謝丹：《唐寅文學研究》，〔碩士論文〕，蘇州：蘇州大學，2008年。

17. 劉暢：《唐寅、祝允明曲化詞研究》，〔碩士論文〕，哈爾濱：黑龍江大學，2008年。

18. 王春花：《明清時期吳門袁氏家族刻書藏書事業及其與吳門藝文關係初探》，〔碩士論文〕，蘇州：蘇州大學，2008年。

附　錄

一、友人與唐寅交遊詩歌補輯

（一）徐禎卿

《喜值唐子》

　　以我夢寐心，逢君別離面。秋鴻昔共辭，春燕今同見。

　　范志新校注：《徐禎卿全集編年校注》，北京，人民文學出版社，2009 年版。第 114 頁。

（二）黃雲

《送唐子畏遊廬山》

　　我昔遊廬山，春歸萬花送。歸來已十年，廬山長入夢。唐子天馬不可羈，鳳歌夙興李白期。忽來別我泛彭蠡，直指廬山發興奇。追思舊遊隔煙霧，恨不從君縱飛步。千峰紫翠動晴光，九疊屏風掃空素。九天一派垂銀河，瀉入湖腹翻雪波。燦如美蓉落天鏡，鐘聲出寺青巍峨。昭明書臺委衆草，內史墨池散群鵝。白蓮之杜已寂寞，禁此猿啼鶴怨何。唐子胷中久蟠□，擲鼇掣鯨或鼓鼉。桑落洲前宜引領，此生不遊雙鬢皤。好與山人借白鹿，搜抉奇古窮洞谷。解衣盤礴浴天池，石床眠霞留信宿。群仙來相招，臨風長歌謠。和以玉管，酌之雙玉瓢，調笑不使朱顏凋。山靈爲子開畫苑，咫尺能裝萬里遠。僧堂蔬筍飽白飯，吳楚江山任舒卷。浪傳太華如船藕，絕頂□□摘南斗。東海三山袖中有，可圖五老爲我壽。

《題張汝勉藏唐伯虎畫》

　　山中白云誰贈我，舒卷只向圖中看。新圖乃是伯虎畫，秋林忽生春晝寒。
　　□危倚峻復回互，滴瀝泉聲石群聚。不聞老鶴巢長松，似有微風吹碧樹。
　　丹楓秋未深，人居仙品何招尋。清言不可測玄度，我欲對之披我襟。伯
　　虎畫法實神授，有如文字肖天秀。電光石火散浮名，草木山中共堅瘦。
　　綠煙茗碗捧玉纖，春酒一瓢戒濡首。下有雙行小字：伯虎爲酒困自作戒
　　甚切綠煙其侍人也

《唐子畏作墨竹，署曰：秋風寒淅瀝，夜雨碧淋漓。竹法有文、蘇遺意。爲賦》

　　聽風聽雨總秋聲，意到毫端妙忽生。金薤葉披蒼玉立，洋洲衍狐祖彭城。

《唐子畏勾勒竹》

　　天上白團光罔罔，一枝夜送窗前影。淋漓醉墨揮灑餘，摹取水綃出俄頃。
　　雪翎斂戢鷥或停，飛白書成風自靜。佳人不拾瑣碎金，金錯刀寒鐵鉤冷。
　　虎頭癡絕見伯虎（雙行小字：子畏一字伯虎），詩筆堂堂初脫穎。一時遊
　　戲眞漫耳，忽略蕭森露精猛。誰家吹斷玉參差，魂斷湘靈空引領。

《唐伯虎》

　　走馬春城遍綠煙，揮金隨處擁嬋娟。自家花樣天機杼，笑領蓬萊第一仙。

《題唐子畏畫》

　　三月開先看瀑流，山風吹雨凜於秋。六如畫景渾相似，白髮蕭蕭憶舊遊。
　　（明）黃云：《黃丹岩先生集》，四庫全書存目叢書，集 60。

二、顧櫚批跋語

　　《唐伯虎先生集》，外編五卷，續刻十二卷，畫譜三卷。（清）顧櫚批跋
何刻本。索書號線善 798279～84 上海圖書館藏

　　1、見第一冊第二頁下半頁

　　　　余舊有袁中郎□□□□（缺字數不詳）詩文較之是編，十闕其二三，
　　　　然中郎所收者，此或失之，故於題上記一紅圈對同明白。是編有未盡
　　　　收者，亟宜錄入。再，六如向有書畫題跋散見《清河書畫舫》、《眞迹
　　　　日錄》、《庚子銷夏記》等書甚夥。二編均未收錄，若得搜羅，續刻一
　　　　編更佳。

　　　　　　　　　　　　　　　　　　庚寅七月廿九日小癡燈下記

2、樂府一十二首下有「袁中郎所刊唐六如文集已載者，題上以紅圈爲記」。

3、《傷內》下有「是詩蓋又如悼元配徐氏而作，繼配沈氏以妒被斥」。

4、《唐伯虎先生集》卷下第十四頁上半頁倒數第二行，《劉太僕墓誌銘》批語「敘述太率略」。

5、《唐伯虎先生集》卷下第十四頁上半頁最後一行「戊戌仲春小癡道人重閱於紫筠軒中」。

6、《漫興》下有評語「六如詩詞大約輕率浮薄者居多，《漫興》十首，如春華秋實，沉著塗厚，且有悔悟返眞之語，非凡流可及之。」

7、《花月詩》十首下有評語「靈心妙腕，如春蠶吐絲，絡繹纏綿，嫋嫋不絕。雖非大家體格，卻不失爲才子筆墨。」

8、《桃花庵歌》有「豪情逸思一片性靈」。

9、外編卷之三，第四頁眉批「黃九煙撰張靈崔瑩合傳，選入《虞初新志》，甚妙。」批的是「伯虎與張靈俱爲郡學生，赤立泮水中以水相擊事」。

10、外編卷一《五十詩》批語「六如無子，此詩蓋爲他人作」。

《花酒》「此等詩近於小說品格之最工者」。

《醉時歌》眉批「自述當時取禍之由」，詩結尾又有夾批「考吳門有陸南字海觀，爲六如前輩，上浮字疑誤刊。」

《百忍歌》眉批「得禪那三昧」

《歎世》六首「此等詩乃小說家氣習」

11、《蓮花似六郎》批語「其意層出不窮，變幻莫測，靈心獨運，妙義積生，此眞江南第一風流才子筆墨。讀此，使錐鈍者開發心思，悟超靈境。」

12、《擬瑞雪降群臣賀表》「逸氣淩雲，神光孕玉，典則工麗，與天池白鹿表足稱雄。」

13、「唐子畏被放後於金閶見一畫舫」批語「別本作無錫華氏所紀情事與此稍異」。改華升爲華昶。

14、伯虎與客出遊，盜果，掉入廁中。批語「此則與劉青田《郁離子》所記西郭子僑事，絕相似。」

15、六如題虎丘劍池……批語如下

十八年

王公中成化十一年乙未會元,廷試第三人。李公中成化二十年甲辰狀元

王公在正德元年丙寅以禮部尙書遷文淵閣大學士,即遊虎丘之次年也。三年八月,王公致仕。嘉靖三年五月王公卒,年七十五,諡文恪。

16、外編卷之三「有徐生名經者」批語「經係宏治乙卯科鄉貢,考戊午科鄉貢四十一名爲徐璋,崑山人,非經也。且都穆亦非與子畏同榜,乃宏治己未進士也。」

17、外編續刻卷之二上半頁收《春江花月夜》二首,下半頁無豎格,黑色毛筆書寫兩首詩

《題醉曼倩圖》

盡將東海釀流霞,醉倒瑤池阿母家。

卻笑小童扶不住,月明踏碎碧桃花。

《題贈謝相國梅花圖》眞迹藏余家

萬樹苦梅一草堂,相公歸去了年芳。

天宗勝此和羹手,澤國來開屑玉莊。

18、《作詩三法序》批語「持論極當,惜不如自爲詩,合此三法者,殊少。大抵失之不經意耳。」

19、《送陶大癡分教撫州序》批語「蒼涼感喟,文生於情。宛曲盤旋,層復迭出,令人百讀不厭,是六如集中第一傑作。」

20、《六如唐先生畫譜目錄》有批語「壬辰仲秋閱於瓜步榷館」,結尾有「小癡重閱」。

三、明中期以後歷代書目對唐寅著作的記載

1、(明)王道明《笠澤堂書目》

國朝詩文集

《伯虎集》一冊　唐寅

(清)錢謙益等編,《稿抄本明清藏書目三種》,北京:北京圖書館出版社,2003 年版。〔註1〕

〔註 1〕（清）錢謙益等編:《稿抄本明清藏書目三種》,北京:北京圖書館出版社,2003 年版。三種分別是:明王道明:《笠澤堂書目》、清錢謙益:《絳雲樓書目》、清姚際恒:《好古堂書目》。

2、（明）晁瑮《寶文堂書目》

文集類

唐伯虎集

（明）晁瑮撰，《晁氏寶文堂書目》；（明）徐火勃撰，《徐氏紅雨樓書目》，上海：上海古籍出版社，2005 年版。

3、（明）徐㶿《徐氏紅雨樓書目》

集部

吳縣唐寅子畏六如集

畫類

畫譜三卷　唐寅

（明）晁瑮撰，《晁氏寶文堂書目》；（明）徐㶿撰，《徐氏紅雨樓書目》，上海：上海古籍出版社，2005 年版。

4、（清）錢謙益《絳雲樓書目》

雜藝類

唐六如畫譜

六如有書畫手鏡一卷

（清）錢謙益等編，《稿抄本明清藏書目三種》，北京：北京圖書館出版社，2003 年版。

5、（清）姚際恒《好古堂書目》

集部

《唐寅伯虎集》四卷　附紀事　畫譜　二本

（清）錢謙益等編，《稿抄本明清藏書目三種》，北京：北京圖書館出版社，2003 年版。

6、（清）黃虞稷《千頃堂書目》

卷二十一，別集類

唐寅，唐伯虎集二卷，字伯虎，一字子畏。吳縣人。舉南京鄉試第一。坐事下獄放歸。重編唐伯虎集四卷，袁宏道編。

卷十五，藝術類

唐寅畫譜三卷

（清）黃虞稷撰；瞿鳳起，潘景鄭整理，《千頃堂書目》，上海：上海古籍出版社，2001 年版。

7、（清）趙宗建《舊山樓書目》

　　唐伯虎集　明刊本　兩本

　　（清）馬瀛撰；潘景鄭校訂，《唅香倦館書目》，（清）趙宗建撰，《舊山樓書目》，上海：上海古籍出版社，2005 年版。

8、《八千卷樓書目》

　　六如居士外集一卷　國朝唐仲冕編　昭代叢書本

　　六如畫譜三卷　明唐寅撰　惜陰軒刊本

　　六如居士全集七卷外集六卷制義一捲畫譜三卷　明唐寅撰　刊本

　　《八千卷樓書目》，見《海王邨古籍書目題跋叢刊》，第四冊，北京：中國書店出版社編，2008 年版。